Haymo Empl
MILZBRAND

BRUNO
GMÜNDER
TASCHENBUCH

Haymo Empl

MILZBRAND

BRUNO GMÜNDER

Leuschnerdamm 31, 10999 Berlin
info@brunogmuender.com

Zuerst erschienen 2000 im Verlagshaus No. 8, Wetzlar

Covergestaltung von Stefan Adler unter Verwendung
eines Fotos von Joe Phillips
Druck: Nørhaven A/S, Dänemark
ISBN 3-86187-324-9

Dieses Buch ist Ralph Baumgartner gewidmet – danke für alles!

Danke auch meinen Freunden:

Lars Hangartner: Hoch das Likörchen; auf unsere bald zehnjährige Freundschaft, Andreas Empl für Brother-Support, Nicole Westenfelder – du bist die beste Wetterfee, die es gibt! Joerg Kressig, danke für deine Freundschaft. Dani Fohrler – ohne dich macht Weißbiertrinken keinen Spass und Storys ausdenken ist alleine auch öde, Patricia Kast, du gibst die besten Inputs und bis eine wahre Freundin. Merci auch den Mädchen von der Heinrichstrasse 99 (keine ist über 25 J - ich halte dicht!), Rainer „Superlektor" Marek (trägst du ein Cape?), Helmuth „The Horst" Täuber für PR – überhaupt der ganzen Gmünder Familie.

Pit Schwarz: ein großes DANKE für deine Vorarbeit – Milzbrand ist durch dich um die ganze Welt geflogen! (Also das Manuskript meine ich jetzt...) Ursula Thüler: weißt du noch damals? Danke für deine Arbeit! Netforce-Guys; Danke an Mark, Roman und Dani!

Arnim-Thomas Bühler und Birgit Kawohl samt Brut: Thanks For The Chance! Und Joe Fuchs: freue mich auf die nächste Buchmesse mit dir! Du musst mir unbedingt zeigen, wie du das mit dem Champagneraufspüren an den Messeständen machst.

Ursula Zangger: Bald können wir wieder grillen gehen! Danke für den Support.

Ein grosses Dankeschön meinen Kritikern, zum Beispiel... Nun ja. Jetzt geht mir der Platz aus.

Have Fun! Haymo

www.haymo-empl.ch

Die Handlung und die Personen sind frei erfunden und reine Fiktion. Die Schauplätze sind authentisch, aber keiner der Vorfälle hat je dort stattgefunden.

Prolog

»Nicht schlagen«, wimmerte Michèle. Ihr dünnes Nachthemd klebte am schweißnassen Körper. Etwas bohrte sich in ihr Zwerchfell, Michèle schnappte nach Luft. Die Unbekannte trat einen Schritt zurück. Willenlos folgte ihr Michèle. Wie an ihrem Arm festgenagelt.

Plötzlich verlor sie den Halt und kippte nach hinten. Wie eine Puppe. Sie versuchte, die Kommode am Eingang des Salons zu erreichen, um sich daran festzuklammern. Plötzlich war alles ganz glatt, die Kommode rutschte Michèle aus den Fingern, die nackten Füße glitten auf dem Boden weg, als sei der Parkettboden mit Seife eingeschmiert worden. »Mama«, röchelte Michèle.

Sie hatte diesen süßen Geschmack vor langer Zeit zum letzten Mal gespürt. Sie war mit ihrer Mama Skilaufen in Flims gewesen, als sie auf ihren Kinderskiern hingefallen war und sich mit dem Skistock vier Milchzähne herausgebrochen hatte. Sie hatte ihrer Mutter damals versprochen, ganz vorsichtig den Berg hinunterzufahren.

Der weiße Schnee war rot. Ihre Mutter schimpfte nicht, sondern lächelte gütig.

»Mama.« Doch es kam keine Mutter, die sie aus dem Schnee zog, die sie an die Brust drückte und sie beruhigte. »Nicht mehr schlagen, bitte«, stöhnte Michèle. Sie war sich nicht sicher, ob dieser Schmerz in der Brust überhaupt von den Schlägen kam. Aber es tat weh. Die Unbekannte schwieg, ihre Augen ruhig, dunkel. Kein Hass, kein Gram. Nur die dunkelblaue Iris mit einer leblosen Pupille. »Was hast du für schöne Augen«, flüsterte Michèle, als sie in den Schlaf glitt. Gesichter flimmerten vorbei. Michèle träumte. Sie träumte, dass sie schlafe. Sie träumte, dass die Dunkelheit sie umfange und es nur noch Schlaf gab. Das Messer wurde aus der Brust gezogen, die Tür fiel ins Schloss, doch das alles hörte Michèle bereits nicht mehr.

Die erste Woche

Montag, 25. Juli, 11.58 Uhr.
Fernsehstrasse 1-4, 8052 Zuerich-Oerlikon.

Er kochte vor Wut, verließ das Studio und marschierte schnurstracks in seine Garderobe. Seine Schwester folgte ihm, die Redakteurin stolperte neben ihm her und versuchte sich zu verteidigen. »Sie hat im Vorgespräch ganz wunderbar erzählt! Sie war eine richtige Plaudertasche!«

»Verdammt noch mal! Warum wurde sie als Erste gesetzt?« Der Talkshowmoderator verlangsamte das Tempo. »So wird das nichts mehr mit den Quoten!«, blaffte Frank, Talkshowmoderator und Shootingstar. Seine Show *Frank live* hatte dem Sender traumhafte Einschaltquoten geliefert. Bis Ende Frühjahr. In den letzten Monaten ging es stets bergab. Die Redakteurin versuchte es erneut: »Wenn wir auch nur die leiseste Ahnung gehabt hätten, dann ...«

»Dann was?« Frank blieb stehen. Tina, seine jüngere Schwester, hielt einen Sicherheitsabstand von gut drei Metern.

»Das genau wäre dein Job. Dass du eine Ahnung hast, was sie sagen. Oder eben nicht sagen. Und dass du weißt, wer als erster Gast kommt und wer als letzter!«

»Wenigstens hat das Publikum toll mitgemacht. Es hat die gute Frau verstanden. Schließlich ist es nachvollziehbar, dass sie nicht mehr reden wollte.«

Frank starrte in die Augen der Redakteurin. Sie war neu im Team. Und sie würde nicht mehr lange bleiben. Dafür würde er sorgen. Weiber! Immer wurden sie sentimental. Immer hatten sie Skrupel.

»Findest du es etwa unverständlich?«, meldete sich Tina zu Wort. Tina war als Animateurin eingestellt. Sie hatte das Gejohle, die Buhrufe und den Applaus zu koordinieren.

»Kindesmisshandlung ist schließlich etwas ziemlich Brutales. Kann ja gut sein, dass sie das noch nicht wirklich verdaut hat.«

Die Redakteurin war dankbar, dass sich Tina ins Geschehen einmischte. Auf sie schien er zu hören - er beruhigte sich.

»Klar ist es was Schlimmes. Aber das hat sie ja gewusst, als sie hierher kam«, sagte Frank, etwas milder gestimmt. »Aber sie hat mich hängen lassen! Hat einfach nicht mehr weiter gesprochen!«

Tina legte einen Arm um ihren Bruder, der gut einen Kopf größer war als sie.

»Sie hat es ja nicht mit Absicht gemacht. Sie war einfach gehemmt. Am Nachmittag werden wir es besser machen. Wir alle.« Tina zeigte auf sich und die Redakteurin, die noch immer schuldbewusst den Kopf zwischen ihre Schultern zwängte. Damit die Produktionskosten tief blieben, wurden immer zwei Sendungen aufgezeichnet. Manchmal auch drei, aber nur, wenn es einen triftigen Grund gab. Beispielsweise wichtige Medientermine. Oder Talkgäste, die nur am Abend teilnehmen konnten. Dann hatte das Team eine Woche Ruhe. Meistens jedenfalls.

Er war überarbeitet. Wurde Zeit, dass die Sommerpause endlich anfing.

»Du hast einfach zu viel um die Ohren - leg dich in deiner Garderobe doch kurz etwas hin!« Tina nickte der Redakteurin zu. Sie lächelte dankbar.

»Trotzdem ...« begann Frank erneut. »Es hätte doch möglich sein müssen, eine Frau aufzutreiben, die misshandelt wurde und dennoch ein paar zusammenhängende Sätze sagen kann. Mindestens eine Misshandlung – und damit meine ich was Krasses – hätte doch aufzutreiben sein müssen. Oder eine Misshandlung, kombiniert mit Vergewaltigung,« brummelte Frank und schaute sich nervös im Flur um.

»Vergewaltigung hatten wir letzte Woche schon, ich wollte nicht noch mal denselben Mist bringen«, meinte die Redakteurin trocken.

»Wer ist für die Sendung am Nachmittag zuständig?«, fragte er unwirsch. Die Redakteurin zuckte zusammen. »Ich«, sagte sie kleinlaut. »Und«, fuhr Frank fort, »auch wieder nur Ja- und Neinsager?«

»Nein.«

»Das Nachmittagsthema wird dir liegen«, warf Tina ein. Frank zog fragend die linke Augenbraue hoch. Eine Mimik, die er lange einstudiert hatte und die oft in seiner Talkshow Verwendung fand.

»›Ich bin schöner als Mister Schweiz‹ «, sagte Tina und strahlte. Sie hoffte, dass damit die Gewitterwolken schneller vorbeizögen. Weit gefehlt.

»Ich weiß genau, welches Thema wann kommt. Immerhin bereite ich die Fragen auf meinen Kärtchen vor!«

»Ich weiß. Und das machst du auch sehr gut. Du bist ein Profi und lässt dich doch wegen dieser Sendung nicht gleich aus dem Konzept bringen!«

Er zog seine linke Augenbraue hoch, hielt einen Moment inne und zeigte Tina stolz den Stapel mit den Kärtchen.

»Hör auf mit diesem Augenbrauengetue. Das nutzt sich ab«, lästerte sie. Obwohl jetzt nicht der Zeitpunkt für Streitereien war. Aber manchmal konnte sie nicht anders. Frank ging nicht darauf ein und wedelte erneut mit seinen DIN-A5-Kärtchen: auf der Vorderseite das Logo der Show – schwarz-weiß-grau *Frank live* – auf der Rückseite die Fragen, die Frank vorbereitet hatte.

»Leg dich jetzt einen Moment hin«, sagte Tina, ohne Frank nochmals für seine Kärtchenarbeit zu loben.

Frank knallte die Tür seiner Garderobe zu und begann sich abzuschminken.

»Ja, ja, der Quotendruck«, sagte Tina im Flur, mehr zu sich selbst.

Die verstörte Redakteurin nickte.

Montag, 25. Juli, 14.02 Uhr. Fernsehstrasse 1-4, 8052 Zuerich-Oerlikon.

»Hallo und herzlich willkommen zu *Frank live!*« Die Musik aus den Studiolautsprechern wurde leiser, das Publikum klatschte brav, angefeuert von Tina. Sie saß hinter der Studiokulisse mit Blick auf das Publikum, unsichtbar für die Fernsehzuschauer.

»Unser Thema heute: ›Ich bin schöner als Mister Schweiz!‹« Das Publikum klatschte erneut. So wie immer.

Während Frank noch redete, ging er die kleine Showtreppe herunter, er nahm immer zwei Treppenstufen auf einmal, was dynamischer, frischer wirken sollte.

»Danke, danke.« Frank machte eine Handbewegung Richtung Boden, um das tobende Publikum auf den Zuschauerplätzen zu beruhigen und hoffte insgeheim dennoch, dass es noch etwas lauter klatschen würde – dann wären nochmals 30 Sekunden Sendezeit verstrichen, die er weniger mit diesem grässlich langweiligen Thema füllen müsste. 35 Minuten waren sowieso viel zu lang. Er lächelte in Kamera zwei.

»Mein erster Gast ist Andy. Er sagt: ›Ich bin schöner als jeder Mister Universum.‹ Hier ist Andy!«

Wieder Applaus. Frank war sich plötzlich nicht mehr sicher, ob das tatsächlich Andy war, der im Trockeneisnebel durch die Showtür hereinkam. Aber weder die Regie noch der Gast meldeten Zweifel an. Offenbar war es Andy.

Frank konnte gerade noch einen Blick auf seine Kärtchen werfen, da ging auch bereits wieder das rote Lämpchen der auf ihn gerichteten Kamera an. Er war im Bild. Und strahlte.

»Andy – warum willst du nicht an der Mister Schweiz-Wahl teilnehmen?«

»Weil es mir nichts bringt.«

»Du würdest bekannt, prominent und hättest einen Titel. Und Geld.«

»Das kann ich auch anders erreichen«, sagte Andy und guckte in die falsche Kamera. Er war definitiv die falsche Erstbesetzung. Hawaiihemd, unsympathischer Baslerdialekt, zu schiefe Zähne.

»Findest du so eine Wahl überhaupt sinnvoll?«, fragte Frank weiter und hoffte, dass Andy wenigstens ein guter Redner war.

»Miss Schweiz-Wahlen finde ich okay, Mister Schweiz ist überflüssig.«

Daneben, dachte Frank. Ein absolutes Ei. Die haben mich sabotiert! Spätestens jetzt zappen selbst Hardcore-Talkshowfans weg.

»Warum?«

»Weil ein Mann nicht nur schön sein muss.«

»Sondern?«

»Er muss auch Geld haben.«

»Aha.« Frank fiel dazu nichts ein. Er hoffte auf das Kommando der Regie für den nächsten Gast. Das kam aber nicht, und so musste er wohl oder übel halbherzig nachhaken: »Warum?«

»Weil ein Mann eine Familie ernähren muss.«

»Aha«, sagte Frank und spähte ins Publikum. Vielleicht hatte ja jemand etwas dazu zu sagen. Vergeblich. Niemand meldete sich.

Endlich. Im Ohrknopf nuschelte die Regie, dass Ivan jetzt kommen würde. Frank war erleichtert.

»Mein nächster Gast ist ebenfalls extrem hübsch – hier ist Ivan.«

Musik, Tina begann zu applaudieren, das Studiopublikum zog nach.

»Ivan, herzlichen Dank, dass du hier bist. Wenn ich dich so sehe, müssten dir die Frauen eigentlich in Scharen nachlaufen?«

»Ich werde nicht oft angesprochen.«

»Haben Frauen Angst vor dir?«

»Vielleicht wirke ich etwas hart?«

»Was findest du schön an dir?«

»Ich würde sagen, ich habe einen schönen Bauch.«

»Zeig mal.«

Ivan zog sein T-Shirt rauf und zeigte seinen Bauch. Ein eher mäßiges Waschbrett mit leichtem Fettansatz.

Frank gab keinen Kommentar zum Bauch ab und fragte weiter: »Machst du viel Sport?«

»Ich gehe viermal die Woche ins Fitnessstudio.«

Wie kann man viermal die Woche ins Fitnessstudio gehen und trotzdem eine solch erbärmliche Figur haben, dachte Frank. Die Regie dachte dasselbe und gab Frank früher als erwartet das Zeichen für den nächsten Gast. Dieselbe Prozedur wie bei Ivan und Andy. Nebel, Musik, Applaus.

»Mein nächster Gast ist Automechaniker und wehe, wenn er unter dem Auto hervorkriecht! Hier ist René!« Frank hoffte, mit diesem Witz ein Lächeln auf die Lippen der Zuschauer zu zaubern, damit die Kamera einen Schwenk machen konnte. Freundliche Gesichter kamen immer besser als mürrische. Oder noch schlimmer: als teilnahmslose.

René sah tatsächlich nicht schlecht aus. Groß, blond und muskulös. Außerdem schick angezogen.

»René. Gucken dir die Frauen nach?«, fragte Frank.

»Ja, schon.«

»Gibt es Nachteile, wenn man schön ist?«

»Ich finde nicht!«

»Möchtest du Model werden?«, fragte Frank und wünschte sich, dass die Werbepause bald kommen würde.

»Nö. Model nicht. Ist mir zu stressig. Ich habe aber diesbezüglich schon Angebote gekriegt«, sagte René und spielte mit seinem Fingerring. Ein großes, protziges Ding aus Gold.

»Bist du etwas selbstverliebt?«

»Ich habe das Gefühl, dass man das sein muss. Schließlich gehe ich ebenfalls beinahe täglich trainieren.«

»Waschbrettbauch?«, fragte Frank. Nackte Haut war immer gut. Auch bei Männern. René nickte, zog sein T-Shirt ganz aus und zeigte seinen Oberkörper in die Kamera. Das Publikum johlte. René erhob sich aus seinem Stuhl und drehte eine etwas unbeholfene Pirouette. Sehr gut, dachte Frank. Vielleicht wendete sich doch noch alles zum Guten. Dieser Typ wird bestimmt noch mehr aus sich herausgehen.

»Mein nächster Gast verbringt täglich eine Stunde vor dem Spiegel. Hier ist Benny!

Nebel, Musik, Applaus, Frage:

»Benny, was machst du so lange vor dem Spiegel?«

»Pickel ausdrücken, Augenbrauen zupfen.«

»Stehst du nackt vor dem Spiegel?« Frank hoffte, weiter auf der Sex-Schiene fahren zu können. Vergeblich.

»Ähm, nein.«

»Welche Komplimente freuen dich?«, fragte Frank. Dies war der drittletzte Talkshowgast und der vorletzte vor der Werbepause. Er hoffte, sie würde bald kommen, die Pause. Er hatte mit der verantwortlichen Redakteurin ein Hühnchen zu rupfen. Außerdem schwitzte er, und es war nur noch eine Frage von Minuten, bis er anfangen würde zu glänzen.

»Ähm, schwierig, Komplimente freuen mich generell«, druckste Benny und schaute verlegen auf den Fußboden.

»Mein nächster Gast hat an der Mister Ostschweiz-Wahl teilgenommen, ein kräftiger Applaus für Dani.«

Nur noch spärlicher Applaus. Offenbar langweilte sich das Publikum. Selbst Tina war in solchen Situationen machtlos. Frank hatte bereits vor längerer Zeit beantragt, dass ein Teil des Applauses von einem Band kommen sollte. Vergeblich. ›Zu unnatürlich, zu wenig emotional‹, hatte die Begründung gelautet.

»Dani, war die Wahl erfolgreich?«

»Ich wurde Dritter!«

»Und konntest du davon irgendwie profitieren?«

»Ich habe viele neue Freunde kennen gelernt.«

»Bist du eitel?«

»Ja, Schönheit bedeutet mir viel. Ich trainiere oft und gehe regelmäßig zur Kosmetikerin.« Dann eine kurze Pause. Dani guckte die

Zuschauer an. Frank war sich nicht sicher, ob er den Faden verloren hatte, nichts mehr zu sagen hatte oder nachdachte. Dann, endlich: »Also, meine Mutter ist Kosmetikerin. Dann lege ich mich noch oft unters Solarium. Besonders stolz bin ich auf meinen Po.«

»Was ist das für ein Gefühl, wenn sie dir darauf starren?«

»Das bedeutet für mich Anerkennung!«

Frank hörte die Regie im Ohr. »Schluss machen.« Endlich. Frank blickte in die Kamera und lächelte.

»Warum Schönheit nicht nur Vorteile haben kann, erfahren wir nach der Pause. Dranbleiben!«

»Das war aber harzig«, brummte Tina, als Frank sich hinter das Dekor verzog. Frank erwiderte nichts und zog sich das beigefarbene Sakko aus. Dann, nach einigen tiefen Seufzern:

»Ich könnte jetzt ein Glas Champagner gebrauchen.«

»Hol dir selbst welchen, ich bin nicht für dein leibliches Wohl zuständig. Wasser kannste haben.«

Tina kramte in ihrem Bodybag und zog ein halbvolles Passuger Mineralwasserfläschchen heraus.

»Dann lieber sterben.«

Raquel, die Maskenbildnerin, tupfte Franks Stirn mit Anti-Shine ab.

»Du hast noch sieben Minuten.«

Frank starrte auf seine kleinen Kärtchen. »Wenn jetzt nicht noch ein Wunder passiert, haben wir absolute Magereinschaltquoten.«

»Die hast du schon seit einer Woche«, giftete Tina, die überhaupt keine Lust verspürte, ihrem Bruder schon wieder Trost zu spenden.

»Noch fünf Minuten«, warf Raquel ein.

»Schon gut.«

»Sei provozierender«, sagte die Produzentin der Talkshow. »Das war zu brav.«

»Das Thema ist auch nicht gerade superspannend, um es mal vorsichtig auszudrücken.«

»Da musst du dich nicht bei mir beschweren. Frag doch Dani, ob er schwul ist. Das kommt immer gut!«

»Du könntest das Publikum auch mal buhen lassen, Tina«, sagte Frank. Klar, dass irgendwer als Sündenbock herhalten musste. Und jetzt musste Tina herhalten. Sie gab sich souverän.

»Mit Buhrufen bin ich immer zurückhaltend. Ich habe schließlich auch meinen Stolz«, sagte sie und begutachtete im großen Spiegel den Spliss in ihren langen, dunkelblonden Haaren.

»Ich lasse sie erst ›buh‹ rufen, wenn uns sonst gar nichts anderes einfällt.«

Frank würde Dani bestimmt nicht fragen, ob er schwul sei. Sonst würde es vielleicht zu einer peinlichen Situation kommen. Oder gar zu einer Gegenfrage. Das wollte Frank unter gar keinen Umständen. Nicht, bevor die Homestory am Donnerstag in der *Schweizer Illustrierten* gedruckt wurde.

Nicht auszudenken, wenn ihn die Klatschpresse outen würde. Frank bleckte die Zähne und prüfte, ob sie für die kommende Strahl-Orgie vor der Kamera taugten. Horror, wenn sich irgendwo ein Krümel verfangen hätte. Er konnte nichts entdecken. Uff.

Ein Outing vor der Kamera wäre vielleicht gar nicht das Dümmste, es würde bestimmt traumhafte Quoten geben. Aber das war es ihm nicht wert. Es reichte schon, wenn der kleine, süße Kameramann von der 2 mit einem rosa Button mit der Aufschrift ›Schwul – na und?‹ demonstrativ vor Frank herumscharwenzelte.

Frank war bereit für Teil zwei der Sendung, er stieß die große, silberne Tür mit den goldenen F-Griffen auf und strahlte. Wo blieb bloß der verdammte Show-Nebel? Wie erwartet, wurde der zweite Teil der Show nicht spannender. Keine Konflikte, keine Intrigen, keine Tränen, keine Randale, keine Schlägerei, nichts.

»Das war's dann wohl«, sagte Tina vorwurfsvoll zu ihrem Bruder, als er die Zangengeburt endlich hinter sich hatte. »Du machst uns beide arbeitslos mit diesen langweiligen Talkshowthemen. Ich muss wohl wieder in irgendein Büro tippen gehen.«

»Morgen haben wir was Wissenschaftliches!«, nuschelte Frank zwischen zwei Bissen von seinem Sandwich hindurch.

»Na ja, zumindest ansatzweise. ›Die Medizin hat mir mein Leben gerettet‹ «, ergänzte er, als er Tinas fragenden Blick sah. Wissenschaftliche Themen waren in der Regel ziemliche Quotenlöcher. Es sei denn, es ging um plastische Chirurgie. Das mochten die Leute.

Tina setzte sich, zog sich die Schuhe aus und begann, sich die Füße zu massieren.

»Deine Redaktion hat auch eine superscharfe Ärztin eingeladen. Die bringt schon alleine wegen ihrer Titten Quote.«

»Woher weißt du das mit den Titten?«, fragte Frank. Ein Funken von Hoffnung keimte in ihm auf.

»Ich habe schon mal einen scheuen Blick in die Dossiers geworfen, da klebte auch ein Polaroid-Foto drin. Scharf, die Braut. Dagegen kann ich direkt einpacken. Haare sooo lang.«

Tina verdrehte sich und berührte mit der rechten Hand ihr Schulterblatt.

»Dann kommt bald der absolute Knüller. ›Ich und mein Bierbauch‹. Eine Glanzleistung. Und dann – tatata – Sommerpause!«

»Gehen wir. Ich habe keine Lust, noch länger hier rumzuhängen. Außerdem möchte ich noch was trinken gehen. Die ganze Stadt ist bei diesem schönen Sommerwetter auf den Beinen. Ich denke, das *Odeon* und das *Cranberries* werden brechend voll sein. Und diese neue Bar auch. Drinnen und draußen!« Frank hielt einen Moment inne und sah Tina an.

»Welche neue Bar?«

»*Angels* heißt sie, glaube ich. Ist im Kreis 4. Sie soll so'n bisschen alternativ sein.«

Tina zuckte mit den Schultern. »Wer ›sie‹?«

»Die Bar. *Angels*. Trinken. Plaudern. Flirten.«

»Schon klar«, winkte Tina ab.

»Meinst du, dass ich mich dort überhaupt noch zeigen kann? Immerhin ist es gut möglich, irgendeinem meiner Gäste aus den vergangenen *Frank live* über den Weg zu laufen ... Andererseits – wir waren schon eine halbe Ewigkeit nicht mehr in einem Gay-Schuppen.«

Tina zog ihre Schuhe wieder an. »Was mich betrifft, wir müssen über das ›dürfen‹ und ›sollen‹ gar nicht diskutieren. Ich habe keinen großen Bock mehr auf Party und Saufen. Ich bin müde. Außerdem sollten wir uns eigentlich noch *Nicole – Duell am Nachmittag* reinziehen. Da kannst du mal lernen, wie man professionell betroffen guckt!«

»Das konnte ich schon, als ich noch ein Baby war. Und definitiv gelernt, verfeinert und perfektioniert habe ich es mit Hilfe von Margarethe Schreinemakers.«

»Hoffentlich war das jetzt nicht ernst gemeint, oder? Ihr Abgang war ja nicht eben ... äh ... toll, um es mal vorsichtig auszudrücken.«

Beim Wort ›Abgang‹ seufzte Frank. Offenbar schien ihn das Schicksal der Ex-Talkmoderatorin tatsächlich mitzunehmen.

»Und überhaupt: Du bist noch meilenweit von der professionalisierten Weinerlichkeit ihrer Stimme entfernt!«

Frank guckte aus dem Fenster und drehte sich zu Tina.

»Ich hätte schon Lust, mal wieder was Schwules zu machen!«

»Einen im *Odeon* heben, ist meiner Meinung nach nicht was wirklich Schwules. Außer, du nimmst das wieder zu wörtlich …« Sie sah auf ihre Armbanduhr. »Und wenn du gehst, dann würde ich an deiner Stelle erst gegen 22.00 Uhr losdüsen, vorher ist auch bei diesem Wetter nichts los. Die Leute hocken noch alle in den Büros und werden bestimmt erst über die Seepromenade flanieren.«

Montag, 25. Juli, 09.35 Uhr. Industrie Zuerich-Nord, 8052 Zuerich.

Larissa betrat den kleinen Raum mit den Spinden an der Wand. Es sah wie in der Umkleidekabine eines Fitnessstudios aus. Sie war allein, zog sich aus und einen sterilen Anzug – weiße Hose und weißes Hemd – an, knotete sich die schulterlangen schwarzen Haare zusammen, stülpte sich eine Papierhaube über den Kopf, zog sterile Socken an und begann, nervös zu werden.

Sie war im Sicherheitsbereich 1 des Institutes. Ein prüfender Blick in den Spiegel, ob alles richtig saß. Sie hätte etwas weniger Lippenstift auftragen sollen. Das starke Korallenrot gab ihrem Gesicht einen billigen Touch. Andererseits – sie war bestimmt alleine im Labor. Zwei Minuten unter das blaue Licht, starke UV-Strahlen, die Viren und die meisten Bakterien zerstörten. Sie betrat den Sicherheitsbereich 2. Durch den unterschiedlichen Luftdruck spürte sie einen leichten Windstoß. Der Unterdruck verhinderte, dass gefährliche Krankheitserreger in die Zone 1 gelangten. Sie betrat das Zimmer der Zone 3, das auch Fastnachtszimmer genannt wurde. In diesem Raum bestäubte sie sich die Hände mit Babypuder und zog sich dünne Plastikhandschuhe über, die sie mit dem weißen Chirurgenhemd zusammenklebte. Ein wirksamer Schutz vor gefährlichen Krankheitserregern, billig, simpel und effektiv.

Damit war die erste Schutzschicht zwischen ihrer und der anderen Welt hergestellt. Zuletzt zog sie sich einen Schutzanzug über Hemd und Hose. Der Anzug war orange und sie sah damit aus wie Dustin Hoffman in *Outbreak*. Im Anzug waren Handschuhe aus Gummi integriert. Larissa kontrollierte den Anzug akribisch auf kleine Risse und spröde Stellen. In vielen Labors ging man dazu über, Einmalanzüge zu verwenden, die galten als sicherer, und obwohl ihr Labor über genügend Geld verfügte, wurde hierbei geknausert. Beim Überstülpen des Schutzhelmes beschlich sie ein leiser Anflug von Panik, eine Schwäche, die Larissa mittels konzentrierten Atmens zu beheben wusste. Sie ließ sich Zeit. Der Helm bestand aus einem speziellen Kunststoff, der weich und biegsam war. Sie zog den Reissverschluss zu und sofort beschlug die Klarsichthaube im Helm. Dann zog sie an einem der spiralförmigen Luftschläuche und verband ihn mit dem Ventil des Anzuges. Die Luft strömte mit einem Zischen ein und blähte den Anzug auf, die Kondenswassertröpfchen verschwanden ebenso schnell, wie sie gekommen waren. Larissa nahm sich eine Packung mit Sezierinstrumenten und wandte sich zur Edelstahltür, die in die Luftschleuse zur Zone 4 führte. Am Eingang klebte unübersehbar das Symbol für biologische Gefahrenstoffe, eine Art Knospe. Larissa murmelte eine Kurzversion des Vaterunsers, sie war nicht sonderlich gottgläubig, aber in diesen Momenten des Unbehagens tat es gut, eine Stimme zu hören, auch wenn es nur die eigene war. Alle Personen, die Zutritt zu Zone 4 hatten, übten solche kleinen Rituale aus. Sie löste die Verbindung zum Luftschlauch und stellte sich unter die Desinfektionsschleuse, die einen für Viren und Lebewesen absolut tödlichen Chemiecocktail über sie prasseln ließ. Die Tür schloss sich hinter ihr und sie war in der ›Todeszone‹.

Larissa füllte das Serum in Kulturflaschen mit Affenzellen, die daraufhin von einem aggressiven Grippevirus infiziert wurden und schnell absterben würden.

Würde ihr Team tatsächlich eine Grippe-Impfung gegen sämtliche Arten und Stämme finden, dann wäre nicht nur sie mit einem Schlag steinreich, sondern auch ihr Arbeitgeber würde Milliarden damit verdienen. Und im Moment sah es verdammt gut aus. Wenn dieser Test positiv ausfallen würde, dann käme Phase 2, die ersten Tierversuche. Das war aber noch Zukunftsmusik.

Sie gab ein Tröpfchen der Flüssigkeit auf ein kleines Glasplättchen (das einzige Glas, das in der Zone 4 erlaubt war) und legte es unter ein Mikroskop. Sie traute ihren Augen nicht. Das Serum war voller Virusteilchen, die aussahen wie gekrümmte Regenwürmer.

**Montag, 25. Juli, 15.52 Uhr.
Kernstrasse 35, 8004 Zuerich.**

Nach vier Jahren Radio war Frank endlich im Fernsehen. Etwas später als er sich einst gewünscht hatte. Sein Ziel war es gewesen, mit 25 eine eigene Sendung zu haben, jetzt war er 29. Ziel also verfehlt. Allerdings hatte er dafür jetzt eine vielbeachtete Talkshow. Was auch nicht zu verachten war. *Frank live* orientierte sich an den deutschen Talkshow-Vorbildern, welche sich wiederum nur wenig vom amerikanischen Original unterschieden. Frank fand das tiefe Niveau seiner Sendung zwar peinlich, aber er konnte nicht abstreiten, dass Fernsehruhm eine angenehm erregende Seite hatte: Sein Gesicht füllte die Seiten und wohl bald auch die Titelbilder der Klatschpostillen und er war wohl das, was in der Schweiz als ›prominent‹ galt, von seiner Art gab es nicht allzu viele in einem Land, das sieben Millionen Einwohner zählte. Die meisten waren irgendwelche kleinen Sternchen, die von der Presse ziemlich verächtlich ›Cervelatprominenz‹ genannt wurde. Und dann gab es noch die ganz peinlichen Promis, die sich noch nicht mal mehr einer Wurst-Kategorie zuordnen ließen.

Trotz des Startrubels mit all seinen Annehmlichkeiten fehlte ihm etwas. Er wäre viel lieber Anchorman gewesen. Die waren akzeptiert in der Gesellschaft. Und hatten die längeren Homestorys. Das mit den Homestorys entwickelte sich sowieso immer mehr zu einem Problem: Frank verdiente mit seinem Nachmittagsgequassel eine ziemliche Menge Geld, aber er konnte sich nicht von seinem Stadtkreis trennen, einem zwar nicht unbedingt schicken, aber zumindest trendy Viertel. Tina verbannte alles Rote (Franks Lieblingsfarbe) und alle Ikea-Möbel (Franks Lieblingsinnenausstatter) aus der Wohnung und stattete das Appartement mit Parkettböden und technizistischen Metallregalen aus. Trotzdem war die Wohnung für die Fotografen und Filmteams seiner Meinung nach zu wenig glamourös und gab bildmäßig nicht allzu viel her. Und war Fernsehen nicht Glamour pur?

Frank hörte die Nachrichten auf seinem Anrufbeantworter ab, während Tina sich vor den Fernseher setzte, um *Golden Girls* auf Video anzusehen.

»Die *Schweizer Illustrierte* will definitiv wissen, ob du nun auf das Sofa-Bild kommst oder nicht«, brüllte er ins Wohnzimmer.

»Klar. Kein Problem«, brüllte Tina zurück.

Montag, 25. Juli, 15.52 Uhr. Helvetiaplatz, 8004 Zuerich.

Tibor hustete, als er sich auf die Straßenbahnsitze der Linie 8 setzte. Er hustete immer, um das Knarren der Sitze zu übertönen. Und die knarrten immer. Das Hemd spannte über seinem Bauch. Und unter den Achseln bildeten sich dunkle Ringe auf dem Stoff. Bald würde sich der ganze Stoff dunkel verfärbt haben. Er hatte keine Ahnung, wie viel Wasser er bei seinen Schwitz-Orgien verlor, aber es musste eine ganze Menge sein. Wenn er darauf angesprochen wurde, pflegte er mit einem Lächeln zu antworten, schließlich sei er Schwyzer. Aber der Witz war abgelutscht und nicht alle kapierten die Pointe. Hätte er doch nur ein Taxi genommen, dann wären ihm die spöttischen Blicke der anderen Fahrgäste erspart geblieben.

Er sah es in ihren Augen: Wie kann ein Mensch nur so dick sein? Tibor war sich sicher, dass er etwas abgenommen hatte. Wie viel, würde die Spezialwaage des Doktors zeigen. Es wäre schon mit 230 Kilo zufrieden, das wären fünf weniger als beim letzten Arztbesuch.

»Bezahlt der Dicke zwei Sitzplätze?«, hörte Tibor ein Kind seine Mutter fragen.

Er versuchte, die schmerzhafte Bemerkung zu überhören. Richtig schrecklich würde es dann wohl am Bellevue werden, der nächsten Haltestelle. Dann musste er sich durch die zu engen Türen zwängen. Und so war es auch – die Aktion forderte seine ganze Puste.

Der Arzt beim Bellevue war auf eine neuartige Ernährungslehre spezialisiert. Anhand der Blutgruppe wurde festgelegt, auf welche Nahrungsmittel verzichtet werden sollte. Bei ihm waren das eine ganze Reihe: Pasta, Tomaten, Käse. Zugelassen waren seltsamerweise Weißbrot, Bier, Bananen und wenig Schokolade.

Ausgerechnet Pasta war verboten! Tibor fluchte leise im Aufzug des Arztes. Wie sollte er auf Teigwaren verzichten, wenn er sie tagtäglich im Restaurant *Cinque Cinque* für seine Gäste kochen musste. Und Tomaten. Mit viel Liebe begann er jeden Tag, den Sugo zu kochen. Einen Sugo, für den das Restaurant in der ganzen Stadt bekannt war. Er verwendete erlesene Gewürze und frische Tomaten. Ein kulinarischer Genuss.

Der Aufzug hielt im dritten Stock, Tibor ächzte. Die Juli-Vormittagshitze schaffte ihn.

Im Wartezimmer war er der Dickste. Mit Abstand der Dickste. Das schien den anderen Patienten Genugtuung zu verschaffen. Er kannte die verschiedene Arten der Menschen zu grinsen, konnte sie deuten. Verübeln konnte er es ihnen nicht, er hätte genauso reagiert.

»So, dann wollen wir mal«, forderte ihn die Praxis-Assistentin freundlich auf. Tibor versuchte, irgendwelche Anzeichen von Spott in ihren Augen zu erkennen.

»Machen Sie sich bitte frei, der Herr Doktor wird gleich vorbeischauen.«

Tibor zog sein Hemd mit den Schweißflecken aus und realisierte, dass er bereits stank. Obwohl es immer hieß, frischer Schweiß würde nicht stinken. Bei ihm hatte auch dieses Gesetz offenbar keine Gültigkeit. Die Hose machte ihm Mühe, sie schien noch enger geworden zu sein. Zudem klebte der Schweiß den feinen Baumwollstoff an sein Bein. Er setzte sich auf den Stuhl und hustete. Obwohl er alleine im Raum war und niemand das Knarren des Holzes hören konnte, hustete er.

Der junge, schlanke Arzt öffnete schwungvoll die Tür und begrüßte Tibor.

»Hallo, Herr Berger. Haben wir uns an die Ernährungsumstellung gewöhnt?«

Tibor hasste das Wort ›Ernährungsumstellung‹. Es war eine Diät, und zwar eine verdammt rigorose, nichts anderes. Eine Diät ohne Pasta.

»Ich habe getan, was ich konnte«, antwortete er wahrheitsgemäß. Er stand nun nur noch mit den Socken in der Praxis und hoffte, dass dieser Alptraum des Wiegens bald vorbei sein würde. 230 Kilo, dicke, weiße Fettwülste am Bauch, ein Penis, der kaum mehr sichtbar war. Tibor begann wieder zu schwitzen. Das schwarze, schüttere Haar klebte auf seiner Stirne.

Schließlich nahm Tibor all seinen Mut zusammen und tat, was getan werden musste, er stellte sich auf die Waage. Die Nadel sprang auf 300 Kilo, ging etwas zurück und machte schließlich bei 240 Halt.

»Das kann nicht sein«, murmelte Tibor und starrte fassungslos auf die Skala. Der Arzt schaute Tibor fragend an.

»Sie haben sich überhaupt nicht an meine Ernährungsvorschriften gehalten, nicht wahr?«

Das stimmte so nicht. Er aß bestimmt weniger.

»Ich habe mein Bestes getan«, wiederholte Tibor und starrte auf den Boden.

»Wenn Sie nicht sofort abnehmen, werden sie in zwei Jahren tot sein. Ihr Herz kann diese Belastung nicht mehr lange ertragen.«

In zwei Jahren, dachte Tibor. Dann wäre ich 47. Und keiner würde an meine Beerdigung kommen, weil ich niemanden kenne. Nur Rosa, die Bedienung im *Cinque Cinque*. Und Giovanni, den Frisör im Haus nebenan. Traurig.

»Gut, ich werde es nochmals versuchen.« Tibor versuchte, entschlossen zu klingen, was ihm aber offensichtlich nicht wirklich gelang. Der Arzt runzelte die Stirn und schnaubte geräuschvoll durch die Nasenlöcher.

Eigentlich war Tibor entschlossen. Bis er seinen Sugo aufsetzen würde. Aber immerhin konnte er versuchen, beim Kochen weniger zu probieren.

»Dann wird ihnen meine Assistentin jetzt noch den Blutdruck messen, und wir sehen uns in vier Wochen wieder. Lassen Sie sich einen Termin geben. Sie können sich anziehen.« Der Doktor zog sich zurück, ohne Tibor die Hand zum Abschied zu geben. Tibor bückte sich, um seine Hose anzuziehen. Und ächzte.

Montag, 25. Juli, 18.17 Uhr.
Heinrichstrasse 99, 8005 Zuerich.

Sie hasste den Sommer. Überall halbnackte Leiber, der Geruch von Schweiß und Parfüm in der Straßenbahn. Am widerlichsten fand sie die Schweißflecken unter den Armen der Menschen. Und dann die aufreizenden, jungen Dinger, die an jeder Straßenecke standen. Kein Wunder, dass es immer wieder zu Vergewaltigungen kam. Die Frauenbewegung pflegte zu sagen, dass die Männer die Schuldigen seien. Dass die Männer die Frauen ausnutzen würden. Das stimmte nicht. Die Nutten waren es, die die Männer verführten. Diese billigen Weiber. Es waren schon seit jeher die Frauen mit ihrem sündigen Fleisch.

Sie lächelte in den Spiegel und prüfte ihr Make-up. Die Wahrscheinlichkeit, dass jemand, den sie kannte, ihren Weg kreuzen würde, war gering. Sie fixierte ihre Frisur nochmals mit Haarspray, nahm das große Tranchiermesser, welches sie zuvor in der Küche gewaschen hatte, steckte es in die Handtasche und machte sich auf den Weg.

»Verdammt, wer wagt es, anzurufen«, zischte Nina. Sie erhob sich mühsam aus dem Bett im strengen Zimmer des *Salons Seiki*. Die Hitze schien den Kerlen in die Eier zu fahren, sie war beinahe rund um die Uhr beschäftigt. Eben hatte sie sich ein kleines Vorabendschläfchen gönnen wollen, daraus schien jetzt aber nichts zu werden. Wie hatte sie nur vergessen können, das Telefon auszustöpseln? Jetzt war Sense mit dem Nickerchen. Und die Nacht würde schlafmäßig bestimmt auch nicht viel hergeben. Andererseits – sie brauchte den Zaster für die dritte Rate ihrer neuen Brüste. Der plastische Chirurg, bestens informiert über ihre berufliche Tätigkeit, hatte eingewilligt, dass sie die Implantate abzahlen konnte. Und sie hielt Wort. Brav brachte sie die Geldbündel jeweils Ende des Monats vorbei. Immerhin handelte es sich bei ihren Brüsten um eine Art Investition – je besser sie aussahen, desto mehr Freier nahmen ihre Dienste in Anspruch. Und jetzt, da die Narben um die Warze kaum mehr sichtbar waren und die Warze selbst nicht mehr so schmerzempfindlich war, konnte sie endlich loslegen. Die Brüste waren ein kleines chirurgisches Kunstwerk, keine hässlichen Schnitte, das Silikonkissen weich und naturgetreu. Nicht zu groß und nicht zu spitz. Genau so, wie ihrer Ansicht nach Brüste sein mussten. Und sie würden nicht hängen. Auch nicht in zehn oder zwanzig Jahren.

Normalerweise waren die Monate Juli und August tot. Zu heiß. Die Männer waren mit ihren Familien im Urlaub oder hatten wegen der Ferien kein Geld. Um so erstaunlicher, dass es selbst Ende Juli noch lief wie geschmiert. Die Inserate im *Tages-Anzeiger* schienen sich zu lohnen.

Sie stolperte über einen Hundenapf. Ihr letzter Freier wollte erniedrigt werden, deswegen ließ sie ihn Hund spielen. Er musste scharfe Gewürze aus dem Napf lecken. Ihr war das egal, es war gutes Geld. Das Geld brauchte sie nicht nur für die Abzahlung der Brüste – die ausgefallenen Arbeits-Fummel kosteten ein Vermögen, dann waren da noch die 15 Prozent an Ricardo, der auf sie aufpasste, und schließlich den Rest für die Nase. Ricardo pflegte immer von ›Provision‹ zu sprechen, weil er dieses Wort schick fand. Sie mochte das Wort ›Umsatzbeteiligung‹ lieber. Das hatte etwas Ehrenhaftes. Eine Verkäuferin hatte Umsatzbeteiligung. Eine Kellnerin auch. Sogar eine Frisöse. In ihren Augen alles ehrenwerte Berufe. Sie würde nächstes Mal bei Ricardo von ›Umsatzbeteiligung‹ sprechen. Er würde mit diesem Begriff bestimmt einverstanden sein.

Als sie endlich am Telefon in der Küche ankam, ein altes Münztelefon aus den 80er Jahren, hörte es auf zu klingeln.

»Verdammter Mist«, fluchte Nina erneut.

Sie setzte Kaffeewasser auf und beschloss, ganz auf das Schläfchen zu verzichten und stattdessen die Konkurrenzangebote im *SAZ*, dem *Schweizerischen Sex Anzeiger*, zu studieren. Sie kam nicht über das kurze Editorial auf Seite 2 hinaus, als es erneut klingelte.

»Verdammte Sauerei!«, rief Nina. Auf dem kleinen Monitor in der Küche sah sie eine Frau. Ziemlich groß, attraktiv, ungefähr 30 Jahre alt.

Nina hatte nicht mit Damenbesuch gerechnet, zumal die Person an der Tür auch nicht gerade so aussah, als ob sie in ihrem Bordell arbeiten wollte. Aber wer konnte das schon wissen? In Zeiten wie diesen war es durchaus möglich, dass eine Ex-Bankerin aus Langeweile beschloss, in einem Puff zu arbeiten. Und ein Mädchen mehr konnte sowieso nie schaden. Gerade jetzt, wo die Auftragslage grandios war. Allerdings war es für ein Bewerbungsgespräch ungewöhnlich früh.

Nina zog sich einen Satin-Bademantel über und suchte nach ihren Pumps oder zumindest nach irgendwelchen Latschen. Sie stolperte erneut, diesmal über einen Berg Videokassetten.

Sie nahm immer zwei Stufen auf einmal. »Grauenhaft«, sagte sie laut. Wie konnte man hier nur leben? Im Treppenhaus roch es nach Urin, überall lagen Zigarettenkippen auf dem alten, abgenutzten Parkettfußboden und die Beschriftungen an den Türen wiesen darauf hin, dass hier ausschließlich dem Sexgewerbe nachgegangen wurde. Endlich im vierten Stock angekommen, klingelte sie. Sie wusste, dass die Salons Kameras an den Eingangstüren hatten, deswegen versuchte sie, so teilnahmslos wie möglich zu gucken. Die Zeit verging, nichts schien sich zu rühren. Offenbar war niemand zu Hause. Und dies, obwohl diese Frau immer in der Nacht von Samstag auf Sonntag hier schlief. Das wusste sie. An den kalten Tagen sah sie die Frauen sich jeweils gelangweilt aus dem Fenster lehnen. Selbst bei frostigen Minustemperaturen hatten sie nichts weiter an als einen knappen BH. Meist rot, oder gar transparent. Sündig.

Sie pflegte mit ihren geschminkten Lippen eine Zigarette zu rauchen, so dass das Mundstück bereits nach dem ersten Zug dieselbe Farbe hatte. Sie hätte nicht hierher kommen sollen. Nicht, nachdem diese Hure nicht ans Telefon gegangen war. Sie musste sich zusammennehmen, um vor der Tür stehen zu bleiben. Sie wollte der Frau noch eine letzte Chance geben, um den schlechten Eindruck wieder gutzumachen. Hure zu sein, war das Eine. Aber nicht auch noch unzuverlässig. Sie hasste Unzuverlässigkeit. Ob sie wohl bekokst war? Sie klingelte noch einmal. Diesmal länger, eindringlicher. Da hatte sie sich nun monatelang abgemüht, einen perfekten Plan zu entwickeln, und dann sollte sie alles umschmeißen müssen, bloß weil diese Hure ihre Finger nicht von den Drogen lassen konnte?

Nina hörte das lange Klingeln. »Verdammt, ich komme ja!«, rief sie. Sie fand ein paar Schuhe, die einem anderen Mädchen gehörten, und ihr mindestens zwei Nummern zu klein waren. Aber für zwei Minuten würde es reichen. Sie zwängte ihre Füße in die gewagte Kombination aus Metall und transparentem Kunststoff und öffnete die Tür.

Endlich. Es war also jemand da. Sie konnte die Schritte der Hure hören, unregelmäßig und unsicher. »Ich komme«, rief sie.

Sie lächelte, als sie das verschlafene Gesicht von Nina im Türrahmen sah.

»Ja?«, fragte diese unwirsch.

»Guten Tag. Ich habe Ihr Inserat in der Zeitung gelesen und wollte fragen, ob Sie noch ein Mädchen brauchen könnten.«

Nina stutzte. Irgendetwas stimmte an ihrem Gegenüber nicht. Nina war sich nicht sicher: War es das Flackern in ihren Augen? Oder das feine, nahezu faltenlose Gesicht? Die Haare? Sie hatten einen beinahe unnatürlichen Glanz, etwas, das ihr selbst nach unzähligen Haarspülungen nicht vergönnt war. Auch dieses teure Glanzspray vom Coiffeur half nicht wirklich. Es glänzte etwas mehr. Aber nicht so, wie es ihr die Coiffeuse versprochen hatte. Und schon gar nicht so wie die Haare der Unbekannten. Das Leben konnte schon sehr ungerecht sein.

Plötzlich zog die ungewöhnlich attraktive Frau etwas aus ihrer Handtasche. Nina sah noch einen blanken, gurkenartigen Gegenstand, dann krümmte sie sich unter einem scharfen, brennenden Stoß im Zwerchfell zusammen und rang um Atem. Nina taumelte einen Schritt zurück. Die Frau folgte ihr und zog mit einer raschen Handbewegung etwas aus ihrem Brustkasten. Nina realisierte noch immer nicht, was an der Frau nicht stimmte. Der seltsam dumpfe Schmerz verflog so schnell, wie er aufgetreten war. Dann sah sie das Messer. Wie das Messer eines Fleischers, dachte Nina. Sie legte eine Hand zwischen ihre Brüste und spürte einen rhythmisch pulsierenden Sprudel, der heiß gegen ihre Handfläche brandete. Waren ihre Brüste doch nicht in Ordnung? Waren es die Implantate, die schmerzten? Der Schmerz lag allerdings in der Mitte. Und war konzentriert. Es waren nicht die Brüste. Der Sprudel wurde wärmer. »Blut?«, flüsterte sie fassungslos. Die rote Flüssigkeit lief ihr über den Bauch, zwischen die Schenkel, auf den Boden und sammelte sich dort zu einer Lache. Blut, dachte Nina noch einmal. Mein Gott, was habe ich für rotes Blut. Wie hypnotisiert starrte sie auf den hellgrauen Teppichboden. Sah, wie sich das helle Rot mit dem Grau des Bodens mischte, wie es schwarz wurde. Sie fiel auf die Knie, dann auf den Boden. Ein Gefühl von Müdigkeit überkam Nina. Sie registrierte noch, wie die Frau das Messer in einen kleinen Plastiksack steckte. Und sah das Blut. Überall. »Blutflecken kriegste nie mehr raus«, murmelte Nina. Als die Schritte der Unbekannten im Treppenhaus verhallten, war Nina bereits tot. Das Blut aus dem dünnen Schlitz in ihrem Brustkasten zwischen den neuen Brüsten war versiegt und begann bereits zu gerinnen.

Montag, 25. Juli, 18.45 Uhr. Lang-/Heinrichstrasse, 8005 Zuerich.

Für die Zürcher war dieser Tag ein typischer Hundstag – einer dieser wenigen Tage, an welchem sich die eine Hälfte der Bevölkerung bei der anderen krank meldete. Auch an diesem Abend setzte die erwartete Kühlung nicht ein. Der Asphalt begann, die gespeicherte Wärme freizugeben. Tibor beschloss, so wenig wie möglich zu tun, da seine Schweißdrüsen schon ohne Bewegung auf Hochtouren liefen. Er setzte den Sugo im *Cinque Cinque* auf. Das meiste war von der tamilischen Küchenhilfe schon vorbereitet worden. Früher war das anders gewesen. Früher gab es noch Auszubildende. Aber seit große Gastrokonzerne und amerikanische Fastfoodketten in der Stadt das Zepter in die Hand genommen hatten, interessierte sich keiner mehr für eine solide Ausbildung. Zumal die Heinrichstraße zugegebenermaßen nicht gerade eine Top-Adresse war. Für Tibor spielte die Umgebung keine große Rolle. Sein ganzes Leben spielte sich hier ab. Er wohnte über dem *Cinque Cinque*, nebenan war Giovanni, sein Frisör, und um die Ecke ein kleiner Feinkostladen mit besten italienischen Weinen und einem sagenhaften Angebot an frischem Gemüse. Am Limmatplatz gab es ein riesiges Migros-Zentrum mit Lebensmitteln, Bank und Blumenladen und an der Langstraße ein Bekleidungsgeschäft für Übergrößen. Die Nutten auf der Straße störten ihn nicht und die Drogenszene war jetzt, über zehn Jahre nach der Schließung des Lettens, auch nicht mehr so dominant. Eigentlich wäre alles perfekt. Wäre! Wenn da nicht die Pfunde wären. Und die Schülerinnen der Primarklasse des Schulhauses Wengi. Er hasste sie. Von weitem riefen die 13-jährigen Gören: »Schaut euch mal den Fetten an, wie der Fette schwitzen kann!« Tibor versuchte immer, im nicht enden wollenden Strom von vorbeifahrenden Autos eine Lücke zu finden, die es ihm ermöglichte, auf die andere Straßenseite zu gelangen. Meist war er zu langsam und musste an den Kindern vorbei. Die halbfertigen Frauen waren meistens schon dick geschminkt und trugen knappe Kleidchen. »Bufta, Bufta«, tönte es aus einem der rot geschminkten Münder, und die anderen Mädchen begannen zu lachen. In seiner Küche war das anders. Dort fühlte er sich geborgen. Niemand lachte ihn aus. Sein Chef war selten im Restaurant, und wenn, dann war er meistens betrunken. Es hieß auch, dass sein

Chef bei den Drogen im Kreis 5 seine Finger im Spiel habe, und dass er ein stadt- und polizeibekannter Geldwäscher sei. Tibor schenkte dem Geschwätz der Gäste wenig Beachtung.

Tibor hatte die Hoffnung schon längst aufgegeben, einer Frau zu begegnen, die sich für ihn interessieren würde. Nur hin und wieder, wenn er gezwungen war, seinen unförmigen, ungeliebten Körper selbst zu streicheln, erinnerte er sich, was das Wort Liebe für ihn einmal bedeutet hatte. Damals, als er noch ein junger, schlanker Koch in Ausbildung war.

Tibor hob in der Küche das Netz mit den dampfenden Tomaten aus dem Bottich und schreckte sie mit kaltem Wasser ab. In der Küche war es noch heißer als auf der Straße. Er begann, leise summend die Haut der Tomaten abzuziehen. Die Gäste würden bald essen wollen.

Dienstag, 26. Juli, 8.00 Uhr.
Kernstrasse 35, 8005 Zuerich.

In der Nacht hatte es endlich geregnet. Ein heftiges Gewitter war über die Stadt hinweggezogen, und am Morgen war die Luft klar und rein. Frank hatte weder das Prasseln des Regens noch die krachenden Donnerschläge gehört. Er schaltete die vollautomatische Kaffeemaschine ein und guckte verschlafen auf das grün fluoreszierende Display. ›Wassertank füllen‹ stand da. Wenn schon Display und Hightech, warum dann nicht noch ein ›Bitte‹?, fragte er sich, als Tina in die Küche schlurfte. Sie war der einzige Mensch, den Frank kannte, der auch am Morgen, ungekämmt und ungeschminkt, absolut sensationell aussah. Sofern sie nicht ihr gelb-schwarz-gestreiftes T-Shirt anhatte. Dann sah sie wie Biene Maja aus.

Es war noch früh, Frank hatte noch genügend Zeit, um sich die Namen seiner Talkshowgäste einzuprägen. Dennoch schaute er nervös auf die große Küchenuhr. Tina gähnte laut und herzhaft und begann, einen Joghurt zu löffeln.

»Ich werde um 10 Uhr in den Sender fahren, kommst du mit oder fährst du später?«, fragte Frank. Er hasste es, wenn er nicht mindestens eine Stunde in der Garderobe Zeit hatte, um sich zu sammeln.

»Ich komme nach«, sagte Tina »irgendwer muss nämlich noch einkaufen gehen.« Das klang ziemlich vorwurfsvoll, aber Frank überhörte den bissigen Unterton in ihrer Stimme.

Frank machte sich fertig, packte seinen Kram in eine schwarze Aktentasche und stieg in ein Taxi. Eine gute halbe Stunde später war er im Sender.

Dienstag, 26. Juli, 10.35 Uhr. Fernsehstrasse 1-4, 8052 Zuerich-Oerlikon.

Der Visagist, der gerade von der Beerdigung seiner Großmutter in Glarus zurückgekehrt war, hatte sich mit schwarzen Stretchsachen und einem Silberkettchen herausgeputzt.

» ... ich also in den nächstbesten Kleiderladen, mit meiner schwarzen *Gucci*-Sonnenbrille, du weißt schon, die, die so schwer zu kriegen sind – schau bitte nach oben, Honey, nicht so weit nach oben, ich muss nur an dein Kinn kommen, nicht an deinen Hals .... und dann stehen da inmitten des Tales all die Trauergäste, und wen sehe ich da?«

»Keine Ahnung«, murmelte Frank, der nichts mehr hasste, als wenn die Maske ihn vollquatschte und nicht umgekehrt.

»Einen Adonis. Ich meine, meine Großmutter war eine hübsche Frau, aber sie war immerhin 85, und ich hatte keine Ahnung, dass Andrée, ihre Haushälterin, eigentlich André, ihr Haushälter war. Also früher mal. Du verstehst, was ich meine?« Er wartete keine Antwort ab. »Hätte ich das gewusst!«, fuhr er fort und klatschte Frank noch mehr Puder auf die Stirn. »Meine Omi hatte schon immer ein Faible für außergewöhnliche Menschen. Andrée war wohl einer der Ersten, der sich umbauen ließ. Wahnsinn, nicht? Das muss in den 60-ern gewesen sein. Ich wusste nicht, dass das damals schon möglich war.« Frank wusste das auch nicht, zweifelte einen Moment an der ganzen Geschichte und beschloss, dass es ihm egal war. Sollte die Oma des Maskenbildners doch eine Transe als Haushälterin einstellen. Andererseits – das wäre vielleicht ein Talkshowthema.

»Hoppla«, unterbrach der Visagist Franks Gedanken. »Sehe ich da etwa den Ansatz eines leichten Doppelkinns, mein Lieber? Da müssen wir aber sofort was machen. Wo habe ich nur meinen schwarzen Puder?«

»Schwarz?« Frank seufzte. Hätte er nur Raquel als Visagistin gehabt anstelle dieser schrecklichen Föntunte. Raquel hatte wohl ihren freien Tag.

»Genau. Schwarz. Schwarz lässt verschwinden. Verstehst du? Mit Schwarz kann ich dir dein Doppelkinn abdecken, das sieht kein Mensch. Natürlich werde ich dann mit einem Hautton wieder drüberpudern, sonst siehst du wie ein Kaminfeger aus.« Frank wusste, dass manchmal dunkler Puder eingesetzt wurde, aber bislang noch nie bei ihm. Er drehte den Kopf etwas nach links, um sein Doppelkinn zu begutachten. Aber er konnte lediglich sein ganz normales, wirklich sehr normales Kinn sehen. Keine fliehendes, kein doppeltes. Da war nur sein Kinn, mit einem ganz leichten Grübchen. Und das war ziemlich sexy. Die Produktionsassistentin steckte den Kopf durch die Tür. »Da steckst du also!« Er hasste dieses ›Da steckst du also‹, wenn damit ›Wo warst du denn?‹ gemeint war. »Wir haben ein riesiges Problem – um es mal milde auszudrücken. Einige Zuschauer sind nicht gekommen. Wir haben bereits versucht, Gäste von anderen Sendungen abzuwerben, jetzt sind unsere Leute an der Bushaltestelle und quatschen Passanten an.«

»Peinlich«, murmelte Frank. »Aber solange ich nicht an dieser Bushaltestelle stehen muss, ist mir egal, wie wir ans Studiopublikum rankommen.«

»Oh«, sagte der schwule Maskenbildner, »ab jetzt geht's bergab mit *Frank live.* Wenn noch nicht mal mehr das Publikum freiwillig kommt.«

»Blödmann«, zischte die Produktionsassistentin, »offenbar geht eine ziemlich krasse Grippe um, unser Publikum hat sich nämlich krank gemeldet.«

»Die sollen bloß alle zu Hause bleiben. Das würde noch fehlen, wenn die irgendwelche komischen Viren ins Studio schleppen«, giftete die Maskenbildnertucke.

»Um es kurz zu machen, ihr beide habt noch etwas Zeit, wir beginnen erst in einer guten Stunde. Tschüssi!«

»Viel Erfolg bei der Publikumssuche«, rief Frank ihr nach.

Der Visagist begann, sich über Franks Doppelkinn herzumachen.

Dienstag, 26. Juli, 10.00 Uhr. Roentgenstrasse 8, 8005 Zuerich.

Larissa war sehr behütet in Meilen am Zürichsee aufgewachsen. Zu dieser Zeit konnten sich nur ziemlich reiche Leute ein Haus in dieser Seegemeinde leisten, die meisten hatten ein eigenes Boot und Hausangestellte. Ihr Vater galt als einer der Pioniere der Gentechnik, so lag es auf der Hand, dass Larissa ein Biologiestudium begann. Während ihrer Diplomarbeit arbeitete sie an einem Masernprojekt, Viren wurden genetisch so verändert, dass sie im Labor fluoreszierten. Ihr Leben verlief perfekt, abgesehen davon, dass sie gerne einen Freund gehabt hätte. Aber das konnte noch werden, schließlich gab es unter ihren Freunden einige Singles. Und die waren gar nicht mal schlecht, hatten dieselbe Lebenseinstellung, ein gutes Einkommen. Und dieselbe Vision. Es würde also bestimmt bald was werden – in jeder Beziehung.

In dieser Nacht schlief Larissa erneut sehr schlecht. Sie war nach ihrer Arbeit im Labor erschöpft nach Hause gekommen, hatte nur noch die Rollläden in ihrer Wohnung heruntergelassen, ihre Medikamente mit einem Glas Wasser genommen und war dann früh ins Bett gegangen. Doch sie wachte um 2.00 Uhr wieder auf und begann zu malen. Ein Hobby, welches ihr half, sich zu finden und das sie beruhigte. Sie zeichnete mit feinem Kohlestift ein Gesicht, dann noch eins und noch eins. Die Gesichter überschnitten sich, es waren ausschließlich harte Männergesichter mit großen Nasen und einem starken Kinn. Larissa trat einen Schritt zurück und begutachtete die Skizze. Die Gesichter waren kaum mehr als solche zu erkennen, sie schienen ineinander zu fließen. Sie aß hastig ihre Cornflakes und machte sich auf den Weg ins Labor. Ihre Forschungsgruppe würde bestimmt schon auf sie warten.

Mittwoch, 27. Juli, 21.30 Uhr. Kernstrasse 35, 8004 Zuerich.

»Und wer singt da wirklich?«, fragte Frank zum zweiten Mal.

»Ich habe es dir schon mal gesagt. Ich. Moi. Me.«

»Ich wusste nicht, dass du tatsächlich singen kannst, Tina.«

Sie fummelte an der Stereoanlage und spulte das Demoband zurück.

»Willst du es nochmal hören?«

»Nee, lass gut sein. Ich habe die Melodie gehört. Und ich meine – ohne dich jetzt irgendwie verletzen zu wollen – könntest du nicht etwas kräftiger singen?«

»Kräftiger? Was meinst du mit kräftiger? Ich singe doch schon volle Pulle.«

»Na ja, es ist erst ein Demoband. Die können da bestimmt noch was schrauben, dass du mehr Power kriegst. Und den Titel des Songs würde ich auch noch ändern.«

»Was ist nicht gut an *Night*? Das können wenigstens alle aussprechen. Sogar Mama.«

»Die würde das sowieso nie hören. Viel zu nervös!«

»Wie nervös? Das ist überhaupt nicht nervös! Das ist das aktuelle Eurobeat-Tempo!« Tina nahm die Kassette aus dem Tapedeck.

»Du findest es also Scheiße?«

»Ich finde es ganz hervorragend, dass du so was durchziehst, ich finde auch, dass der Song durchaus seine Qualitäten hat, aber ich finde nicht, dass der Song fertig ist. Und das Tempo ist etwas zu nervös. Und – last but not least – nur wenige kriegen einen Plattenvertrag. Und noch weniger sind aus der Schweiz.«

»Ha!«, rief Tina, »und was ist mit DJ Bobo? Der hat auch international durchgestartet und in der Schweiz glaubte niemand an ihn! Wir werden das bestimmt schaffen und dann muss ich nicht mehr in deiner traurigen Talkshow den Clown mimen.«

»Tina, du machst das immer noch freiwillig. Ich war nie besonders scharf darauf, dass du die Publikumsanimation machst!«

»Wie auch immer. Wir nehmen jedenfalls noch zwei Songs auf und schicken das Tape an verschiedene Plattenfirmen. Und du könntest dich auch mal nützlich machen.«

»Wie denn?«

»Na, immerhin bist du ein Promi und wirst von Woche zu Woche bekannter. Lass dir was einfallen. Du hast doch bestimmt Beziehungen zu den richtigen Leuten. Wenn du nächstes Mal auf einer Medienparty bist, gibst du dir etwas Mühe und knüpfst Kontakte. Oder noch besser: Du nimmst mich mit!«

»Ich weiß nicht, ob das so einfach geht, Tina.«

»Dann koch uns wenigstens was. Du bist heute dran.«

Frank hasste Kochen ganz grundsätzlich, weil er den Aufwand für die Zubereitung der Speisen (mindestens 25 Minuten) und dem Essen der solchen (höchstens 3 Minuten) als entschieden zu groß fand. Aber er wollte seine jüngere Schwester nicht reizen und setzte brav Wasser für die Pasta auf. Tina kramte aus ihrer umfassenden CD-Sammlung eine alte Kylie Minogue-Scheibe heraus und hörte ziemlich laut *I should be so lucky*.

»Ach übrigens, Frank, wie ist das jetzt mit dieser Homestory in der *Schweizer Illustrierten*«, fragte Tina, während sie Franks kulinarisches Meisterwerk reichlich nachsalzte.

»Was soll denn damit schon sein? Das übliche Programm: Fotos auf dem Sofa in der Stube, Fotos vom Innenleben meines Kühlschranks mit der Unterschrift ›Das isst der sympathische Talkshowmoderator Frank am liebsten‹, und einige Fotos mit dir zusammen. ›Ein unzertrennliches Paar, Frank und seine Schwester Tina.‹«

»Blödmann. Das weiß ich auch. Aber wie löst du das mit deinem Liebesleben? Ich meine, die wollen bestimmt wissen, ob du eine Freundin hast oder so. Oder sagst du ihnen, dass du schwul bist?«

»Liebes. Dies ist nicht meine erste Reportage, ich weiß, was man in solchen Fällen sagt. Du hast Sauce am Kinn.« Frank achtete seit dem Zwischenfall in der Maske stets auf das Kinn seiner Mitmenschen, um herauszufinden, wie ein optimales Kinn ausschaute und wer ein echtes Doppelkinn hatte, wer nur einen Ansatz dazu zeigte und so weiter. Tina hatte definitiv keins. Sie wischte mit der Hand darüber. »Besser?«

»Ja. Ich werde sagen, dass ich im Moment beruflich dermaßen ausgefüllt bin, dass ich für eine Partnerschaft gar keine Zeit habe. Apropos Zeit, die kommen übermorgen vorbei, direkt nach der Aufzeichnung der ersten Sendung.«

Tina guckte besorgt. »Wäre es nicht besser, du würdest sagen, was Sache ist? Die Gay-Community würde es dir danken.«

»Scheiß auf die Community. Wenn ich solche Tucken wie diesen Maskenbildner sehe, bin ich nicht gerade stolz auf unsere Zunft.«

»Sieh das mal nicht so eng! Irgendwann wirst du geoutet werden, und dann wird die ganze Sache ziemlich peinlich. Hat es noch Pasta?«

»Nein, du hast sowieso genug gefuttert. Wenn das mit deiner Singerei klappen soll, dann musst du mindestens zwei Kilo abnehmen.«

»Schwein!«, zischte Tina und schaltete das Fernsehgerät ein, während sich Frank daran machte, den Geschirrspüler einzuräumen.

Tina unterbrach das lautstarke Geklapper des Geschirrs.

»Musst du eigentlich immer dermaßen laut sein, wenn du das Geschirr einräumst? Das tut unseren Migros-Designer-Tassen gar nicht gut.« Sie hielt einen Moment inne und guckte auf Franks Po, als er sich bückte, um einen Löffel aufzuheben, der aus dem Besteckkorb gefallen war. Er ächzte demonstrativ.

»Hast du Lust, mit mir noch etwas schwofen zu gehen?«, fragte sie. Frank drehte sich um.

»Wenn du mir noch schnell hilfst, warum nicht? Woran hast du gedacht?«

»Am liebsten bei deinen Jungs. Da kann ich so richtig abtanzen, ohne die ganze Zeit blöd angemacht zu werden.«

Frank runzelte die Stirn und hielt ein Glas gegen das Licht.

»Nicht sauber?«

»Nein. Sauber.«

»Also. Was ist? Kommst du mit?«

»Können wir nicht woanders hingehen?«

»Nein. Ich will in einen schwulen Tanzschuppen!«

»Hast du ...?« Frank guckte Tina fragend an. Sie wusste, worauf er hinauswollte.

»Nein. Habe ich nicht. Und das ist – wie schon letzten Monat erwähnt – ein von Männern erfundenes Klischee.« Frank hatte die Angewohnheit, alles und jedes auf Tinas Periode zu schieben. Zankereien, Stimmungsschwankungen, Vergesslichkeit, Überschwemmungen, Flugzeugtragödien ... Frank war überzeugt, dass Frauen ihre Hormonschübe nicht im Griff hatten. Das ärgerte sie.

»Nur weil ich tanzen gehen will, heißt das noch lange nicht, dass ich meine Tage habe, verstanden!«

»Siehst du. Da haben wir es. Du würdest dich viel netter ausdrücken, wenn du normal wärst. Ich bin mir sicher, dass bald dein Ei platzt.«

»Verdammt, Frank, hör auf! Es ist zu früh.«

»Okay«, sagte er und schloss die Tür des Geschirrspülers geräuschvoll. »Gehen wir!«

»Ich muss nur noch schnell ins Bad.«

»Aha.«

»Nein. Nicht deswegen. Ich will mir die Stirn abpudern.«

»Soso. Du hast also unreine Haut, wie?«

»Das hat jetzt nichts mit der bevorstehenden Menstruation zu tun, verstanden.«

»Schon gut. Mach vorwärts!«

Fünf Minuten später winkten die beiden nach einem Taxi.

Mittwoch, 27. Juli, 22.19 Uhr. T&M, Marktgasse 17, 8001 Zuerich.

Das Lokal war der erste schwule Tanzschuppen in Zürich mit Dauerbetrieb. Davor gab es nur sporadische Veranstaltungen, meist mit politischem Hintergrund. Gut, dass Frank damals noch nicht auf der Welt war. Oder zumindest noch nicht im erektionsfähigen Alter – er hasste alles, was mit Politik zu tun hatte. Mittlerweile hatte das Lokal trotz diverser Umbauten einen leicht schäbigen Touch. Vielleicht hatte es auch weniger mit der Einrichtung an sich als mit den Menschen zu tun, die dort verkehrten. Es gab drei Gruppen, die sich dort trafen: die Lederkerle, die keine Lust auf Leder hatten und sich sozusagen in Zivil trafen, die Disco-Tunten und die Geschäftsmänner, die sich nach der Arbeit noch auf einen Drink trafen. Frank konnte sich wie üblich nicht entscheiden, wen er toll fand. Frauen waren ebenfalls vertreten. Echte, falsche und – ganz vereinzelt – Lesben. Tina holte sich einen Drink und setzte sich auf einen der Barstühle beim Eingang. Frank sah sich um. Eigentlich war es nicht wirklich schäbig. Das wäre auch ein Widerspruch. Wäre es tatsächlich so, dann wäre er, der mit seiner Schwester just in diesem Moment auch dazugehörte, ebenfalls …

»Ich möchte ja nichts sagen, aber wenn du diese Geschichte in der *Schweizer Illustrierten* machst, und du nicht sagst, dass du schwul bist, dann wirst du dich hier nie mehr blicken lassen können. Dann ist es definitiv vorbei mit deinen großen, muskulösen Schönlingen.« Damit war Franks Grübelei über die allfällige Schäbigkeit des Lokals jäh unterbrochen und auf ganz andere Bahnen gelenkt worden.

»Manchmal habe ich es über!«

Tina lächelte. »Deine Prominenz?«

»Nein, das Schwulsein. Ich meine, es geht mir nicht ums Schwulsein an sich«, fuhr Frank fort, »ich meine die ganze schwule Kultur. Die Partys im *Aera, Labyrinth* und hier im *T&M.* Die Designer-T-Shirts, die nichts wert sind und trotzdem ein Schweinegeld kosten. Die blöden Sonnenbrillen, die alle tragen und die das eigene Gesicht zurückwerfen, wenn du ins *Odeon* gehst. Die ganzen Möchtegern-Machos. Falsche Polizisten, falsche Sportler, falsche Soldaten. Ich meine, das kann es doch nicht sein. Ich habe die Nase dermaßen voll, Tina. Man müsste doch auch schwul normal sein können.«

Tina zündete sich eine Zigarette an. »Du kannst ja lesbisch werden.«

»Keine schlechte Idee«, erwiderte Frank. »Die Lesben machen eine Menge Dinge, die ich gerne tun würde. Die haben richtige Dates, machen zusammen Sport. Und das nicht, um einen Traumbody zu haben, sondern aus purem Vergnügen. Und selbst wenn sie, trotz Sport, dicker werden, dann finden sie das super. Denen ist auch egal, wenn die Frisur wegen eines Windstosses im Eimer ist. Wenn sie denn überhaupt so was wie eine Frisur haben. Lesben ist es auch egal, ob sie ein Doppelkinn haben oder nicht.«

»Ein Doppelkinn?«, fragte Tina.

»Lesben latschen in bequemen Turnschuhen rum, und die müssen noch nicht mal einen Markenaufdruck haben. Hauptsache bequem. Und wenn sie sich treffen, dann, um etwas zu bewegen und nicht zum Vögeln!«

»Das kannst du ändern, wenn du willst.« Tina zog an ihrem Glimmstängel und schaute ihrem Bruder tief in die Augen.

»Ich weiß, ich höre mich furchtbar alt an.«

»Nein. Nur so, als ob du deine Tage hättest.«

Frank fand die Anspielung gar nicht komisch.

»Ernsthaft, Frank: Niemand zwingt dich dazu, ins Fitnessstudio zu gehen«, sagte Tina. »Niemand, weder Mutti noch Paps noch ich haben jemals gesagt, dass du berühmt sein musst, um akzeptiert zu werden. Wir haben dich schon längst akzeptiert. Ich wäre mit einem Hetero-Bruder ziemlich überfordert. Dann hätten wir dauernd irgendwelche Tussis bei uns zu Hause, mit langen Beinen und ohne Zellulitis.«

»Wie geht's so mit deiner?«, versuchte Frank abzulenken, weil ihm die Diskussion zu tiefgründig für einen Ort wie diesen wurde.

»Ganz gut, ich kann damit leben. Ist auch ziemlich stabil, die

Zellulitis. Außerdem ist es keine Krankheit. Auch wenn du das immer so siehst, du Klischee-Tucke!« Sie tätschelte ihm die Schulter.

»Wollen wir tanzen?«, fragte Frank.

Tina drückte ihre Zigarette aus. »Wie ein Liebespaar?«

»Wie ein Liebespaar«, sagte Frank. Sie tanzten eng umschlungen und zogen die Blicke auf sich.

»Die gucken alle«, sagte Frank. Tina nickte, obwohl sie ihren Bruder nicht verstanden hatte.

Als die Musik wechselte, gingen beide wieder an die Bar zurück.

»Hast du den Bär dort gesehen?«, fragte Tina.

Frank drehte ungraziös den Kopf und starrte den Mann an. Der starrte zurück.

»Hör schon auf zu glotzen, an euren Blicken könnte man die Wäsche eines ganzen Monats aufhängen!«

Der Mann lächelte schließlich und ging auf die beiden zu.

»Ich bin dann mal eben auf dem Klo«, sagte Tina und verdrückte sich.

»Habe ich deine Begleitung verscheucht?«

»Ach nein«, sagte Frank, »das ist nur meine Schwester, und die ist mal kurz für kleine Mädchen. Das kann länger dauern.«

»Ich habe euch tanzen gesehen ... Kannst du auch Engtanz?«

»Klar«, sagte Frank und konnte sich nicht vorstellen, wie dieser Mann genau tanzen wollte. Mit seinen knappen ein Meter achtzig schrumpfte Frank neben dem Mann, der ihn zum Tanzen aufforderte, zum Zwerg.

Und es gab noch ein weiteres Problem: Der Riese erwartete von Frank eindeutig, dass er sich führen ließ, und das zu Musik, die ganz und gar ungeeignet für diese Art Tanz war. Aber sie schafften es, sich dem Rhythmus anzupassen und plötzlich machte es Spaß, obwohl immer mehr Leute Frank erkannt hatten und ihnen zuguckten. Frank versuchte, die Blicke zu ignorieren und sich auf seinen Partner zu konzentrieren. Was ihm auch sofort gelang.

Frank ging noch einen Schritt weiter und lehnte seinen Kopf an die Brust seines Partners und nahm den Rhythmus der Musik auf. Der Mann drückte Frank an sich, so fest, dass dieser einen Hustenanfall bekam.

»Entschuldigung.«

»Macht nichts«, sagte Frank.

»Es ist alles noch neu und ungewohnt für mich. Ich bin zum ersten Mal hier.«

»Wo kommst du her?« fragte Frank.

»Kanton Luzern«, antwortete der Mann.

»Könnte ich den Ort kennen?«

»Kaum. Das Kaff hat gut 200 Einwohner und heißt Schönbühl.«

»Und was machst du in diesem Kaff?«

»Ich bin Bauer.«

Ein echter Mann! Das erklärte die rauen Hände.

»Ich war bis vor kurzem verheiratet.«

Vielleicht war auch das der Grund für seine Hände. Vielleicht hatte er seine Frau verprügelt, weil er eigentlich schwul war, das aber selbst nicht wusste und … Quatsch. Bloß, weil der Bauer Bauer war und raue Hände hatte, musste das noch lange nicht heißen, dass er deswegen seine Frau verprügelt.

Tina kam vom Klo zurück, setzte sich auf einen Barhocker und guckte ziemlich konsterniert. Franks Blicke kreuzten sich mit ihren. Er schmunzelte und lehnte sich wieder an die Brust seines muskulösen Bauers.

»Und … warum nicht mehr?«

»Ähm. Sagen wir mal so. Früher oder später hätte sie wohl gemerkt, dass ich auf Männer stehe.«

Frank fühlte sich rundum wohl in den Armen des Fremden. Selbst sein linkisches Verhalten war liebenswert. Entscheidend war aber nicht der Mann an sich, hielt Frank sich vor Augen, sondern die Umstände. Zwei dominante Kulturen, hetero und schwul, trafen aufeinander.

Der Mann rückte gerade so weit vor, dass sein Lächeln zu sehen war.

»Wie heißt du eigentlich?«, fragte er.

»Frank. Und du?«

»Theo.«

Ein schwuler Ex-Hetero-Bauer, der Theo hieß. Stark!

Theo beugte sich erneut vor und küsste Frank unbeholfen seitlich auf die Mundwinkel. »Du bist ein netter Kerl! Was arbeitest du?«

Es kam immer besser. Er mochte ihn tatsächlich. Es ging nicht – wie schon so oft in letzter Zeit – um einen Fernsehjob. »Ich arbeite beim Fernsehen.«

»Schade. Ich habe kein Fernsehgerät, nur Radio.«

»Halt mich einfach weiter fest, okay?«, sagte Frank und schloss die Augen.

Tina winkte Frank, vergebens. Sie wagte den Gang zur Tanzfläche.

»Ähm.«

»Ja?« Frank öffnete die Augen und hatte einen Liz Taylor-Schmachtblick.

»Wir sollten dann langsam nach Hause gehen, morgen müssen wir frisch aussehen, wenn die *Schweizer Illustrierte* Gast in unserem bescheidenen Heim ist.«

Theo streckte Tina die Hand hin. »Ich bin Theo«, stellte er sich vor.

»Tina. Franks Schwester.« Kein Wunder, dass Frank schwach wurde, dachte Tina. Allein der Händedruck.

»Kommst du mit? Wir haben Mövenpick-Glacé im Tiefkühlfach.«

»Schokolade?«, fragte Theo und grinste.

Frank wurde die Situation unangenehm. Er hasste es, wenn Tina sich einmischte. »Ich habe das Eis verputzt.«

»Ich denke, wir tauschen unsere Telefonnummern«, schlug Frank vor.

»Unbedingt«, sagte Tina.

»Wir tauschen, Tina!«

Frank zückte eine Visitenkarte und schrieb seine private Telefonnummer darauf. »Die ist für dich. Nicht weitergeben, okay?«

Mittwoch, 27. Juli, 22.45 Uhr. Heinrichstrasse 97, 8005 Zuerich.

Tibor gönnte sich nach der Arbeit einen Kaffee bei Giovanni, dem Frisör. Die Gäste waren an diesem Abend wegen der Sommerferien früh und spärlich gekommen.

Giovanni hatte seine kleine Wohnung direkt hinter dem Geschäft, eine Verbindungstür trennte den Laden von seinem Wohnzimmer. Obwohl seine Preise für die ärmliche Gegend eher hoch waren, hatte er meist alle Hände voll zu tun. Und da er Geld brauchte, arbeitete er bis spät in den Abend. Einen Service, den vor allem die Huren zu schätzen wussten. Solange die Gewerbeaufsicht nicht einschritt, hatte niemand was dagegen. Giovanni pflegte nie viel zu sprechen, aber wenn er etwas zu sagen hatte, dann musste Tibor meistens ziemlich lange über den Sinn des Gesagten nachdenken. Giovanni war überzeugt, dass die Menschen nicht ihr ganzes geistiges Potential ausschöpften würden, dies aber prinzipiell möglich sei. Offenbar schien er nun zu wissen, wie: »Glaub mir, Tibor, in der Gruppe würdest du dich auch wohl fühlen. Wir beten nicht oder so, sondern wir diskutieren und tauschen unsere Erfahrungen aus.«

Tibor nippte am heißen Espresso. »Ich bin kein Mann großer Worte.«

»Komm doch einfach mal mit, es kostet nichts! Was hast du schon zu verlieren? Du hast weder eine Frau, noch ein Hobby, noch ein eigenes Geschäft. Außerdem …«, Giovanni begann, die Illustrierten auf den Frisiertischen im Laden zu sortieren, »würden die Gespräche bei dir bestimmt bestehende Blockaden lösen und wenn die erst einmal gelöst sind, nimmst du bestimmt ab.«

Tibor gähnte und stemmte sich aus dem Stuhl. »Ich werde mal darüber nachdenken!«

Donnerstag, 28. Juli, 7.35 Uhr.
Kernstrasse 35, 8004 Zuerich.

Frank saß an seinem tragbaren Computer und schrieb seine Texte für die nächsten Sendungen. Die Redaktion lieferte ihm jeweils die Basisdaten und ›good to know facts‹. Beispielsweise ›jähzornig‹, ›kriegt 200 Franken extra, wenn er sagt ›ich habe mit meiner Lehrerin geschlafen‹, ›muss starke Medikamente nehmen‹ und Ähnliches. Die Einschaltquoten von ›Ich und mein Bierbauch‹ waren enorm hoch gewesen, was nicht nur Frank erstaunte. Offenbar liebten seine Zuschauer realitätsnahe Themen. Und da sein Hauptpublikum aus Hausfrauen bestand, und deren Männer offenbar alle Bierbäuche hatten, war das Thema offenbar der Renner. Auch heute schien die Sommergrippe wieder ganze Arbeit geleistet zu haben, die Redakteure von *Frank live* waren im Stress, weil drei der Gäste kurzfristig abgesagt hatten. Grund genug für ihn, so spät wie möglich zur Aufzeichnung zu erscheinen. Die Themen der heutigen Sendestaffeln waren ›Ich bin unheilbar krank‹ und ›Mein Freund ist ein arrogantes Arschloch‹. Klar, dass die Unheilbaren wahrscheinlich vorsichtig mit der Sommergrippe umgehen mussten, und die arroganten Arschlöcher konnten seiner Meinung nach sowieso gerne zu Hause bleiben.

Er fühlte sich selbst auch nicht besonders, das lag wohl aber weniger an der Grippe, sondern vielmehr an den Drinks der letzten Nacht. Er würde sich für die Journalisten der *Schweizer Illustrierten* noch etwas stylen müssen. Er klappte seinen Computer zu, um ins Bad zu gehen. Tina stand vor dem Spiegel.

»Mach Platz«, fuhr Frank sie an und stellte sich neben sie.

»Soll ich mich rasieren oder auf Macho mit Dreitagebart machen?«

»Rasier dich. Das finden ältere Damen immer toll. ›Netter junger Mann‹ und all so was.«

Frank fuhr sich übers Kinn. »Potentielle Liebhaber stehen aber eher auf Bart.«

»Potentielle Liebhaber lesen kaum die *Schweizer Illustrierte*.«

»Stimmt auch wieder. Also lass ich das mit dem Rasieren.« Immerhin würde man mit Bartstoppeln die Gesichtskonturen weniger stark erkennen, und das konnte bei seinem Doppelkinn nur vorteilhaft sein.

Tina zog sich mit dunkelbraunem Stift die Lippenkonturen. »Et moi? Wie sehe ich aus?«

»Toll. Kannst du mir was von deinem Lippenstift geben? Ich meine, auf Fotos sehen meine Lippen immer so dünn aus.«

»Quatsch, Frank. Deine Lippen sind voll und werden toll aussehen. Wann kommen die Typen denn?«

Frank schaute auf die Armbanduhr. »Uns bleibt noch eine gute halbe Stunde!«

Die People-Reporterin erwies sich als äußerst charmant, der Fotograf in ihrem Schlepptau guckte grimmig. Als er Frank und Tina auf dem schwarzen Ledersofa ablichtete, stieß er mit dem Stativ die blau-pinke Lavalampe um, die zerschellte und ihre Flüssigkeit sich über den Boden und unters Sofa verteilte. Damit hatte er es bei Tina verscherzt. Während sie putzte, begann die Reporterin ihren Fragenkatalog abzuarbeiten.

»Wie sieht es mit ihrer Freundin aus? Oder sind Sie Single aus Überzeugung?«, fragte sie beim Kaffee. Frank tat so, als würde die Kaffeetasse seine gesamte Aufmerksamkeit fordern.

»Ach … ähm … ja, ich bin Single aus Überzeugung.«

»Und wie müsste ihre Traumfrau aussehen?«

»Nun. Also eigentlich … ähm.«

»Wie Pamela Anderson? Oder Madonna? Meg Ryan? Bette Midler? Barbra Streisand? Oder eher schüchtern und kühl wie Doris Day?«

»Ja.«

»Was meinen sie mit ›ja‹? Also Doris Day-ähnlich?«

»Genau.«

Tina grinste, aber das konnte niemand sehen, da sie hingebungsvoll ihrer Putzarbeit nachging. Ausgerechnet Doris Day. Tuckiger ging es kaum. Obwohl auch die Streisand und Bette Midler ziemlich eindeutig gewesen wären. Wenn Frank schon lügen musste, dann hätte er sich besser für Anderson oder Ryan entschieden. Alle anderen waren Schwulen-Ikonen. Tina war sich nicht sicher, ob die Reporterin einfach nur naiv war, oder ob sie Frank irgendwie in die Pfanne hauen wollte. Andererseits, warum sollte sie sich die Mühe machen und ihn dann so kompliziert ausfragen? Die meisten Journalisten wussten, dass Frank schwul war, aber niemand schrieb darüber, solange er ein Garant für gute Auflagenzahlen war. Die Schmutzwäsche würde erst bei seiner Absetzung gewaschen werden. Und so weit war es noch nicht.

Die Reporterin lächelte und stellte ihr Aufnahmegerät ab, versorgte das kleine Mikrofon in ihrer Handtasche und trank ihren Kaffee aus. Tina beobachtet sie aus den Augenwinkeln. Es war ein ehrliches Lächeln.

»Können wir?«, fragte sie den Fotografen.

»Ja, I'm ready.« Tina puderte sich kurz nochmal das Gesicht, setzte sich neben Frank aufs Sofa und grinste mit ihm um die Wette.

»Spinnst du? Wir hatten abgemacht, dass du dich nicht verleugnest!«, sagte Tina, als das *Schweizer Illustrierte*-Duo die Wohnung verlassen hatte. »Wenn du schon nicht zum Schwulsein stehst, dann mach das wenigstens gut. Doris Day, ich fass es nicht! Wenn ein Mann die gut findet, dann ist er schwul. Supermegaultraschwul. Das wissen sogar die Heten.«

»Ach, das werden die schon nicht drucken«, warf Frank ein und begann, die Kaffeetassen in den Geschirrspüler einzuräumen.

»Ich muss langsam los, sonst habe ich im Studio keine Zeit, mir die Dossiers der neuen Gäste anzusehen. Ich hoffe nur, dass sie für die Kranken noch einen einigermaßen passablen Ersatz gefunden haben. Bis später.«

Donnerstag, 28. Juli, 9.52 Uhr. Heinrichstrasse 97, 8005 Zuerich.

Es war noch immer unerträglich heiß, die Nacht hatte nur wenig Abkühlung gebracht. Die Sonne brannte bereits jetzt auf den Asphalt und in weniger als einer Stunde würde der Teer weich sein. Sein Flüssigkeitsverlust war enorm, daher hatte Tibor eine Flasche Wasser dabei. Das Wasser hatte aber durch die hohen Temperaturen bereits den Plastik-Geschmack angenommen, deswegen vermied er es zu trinken. Aber sein Wasser war ihm immer noch lieber, als bei einer Fast Food-Bude anzustehen und sich den Blicken der dort Wartenden auszusetzen. Die wenigen Bäume, die der Straßenverbreiterung nicht zum Opfer gefallen waren, taugten nur bedingt als Schattenspender. Tibor schaute noch schnell bei Giovanni vorbei, dieser war aber beschäftigt. Er ließ den klimatisierten Frisiersalon hinter sich, um sich seinem Sugo zu widmen. In einer guten Stunde würden die ersten Mittagsgäste kommen. Trisa, eine zierliche blonde Prostituierte mit einem kleinen Zwei-Zimmer-Puff neben dem *Cinque Cinque*, winkte ihm zu. Sie führte ihren Minihund spazieren. »Nichts los, viel zu heiß«, rief sie ihm zu. Tibor nickte. Das wäre eine Frau. Schade nur, dass sie im Puff arbeitete und er fett war.

Die Mittagsgäste kamen nicht ganz so zahlreich wie üblich. Tibor trank einen Magenbitter. Seit er aufgestanden war, verspürte er starke Übelkeit, er war sich nicht sicher, ob dies auf die reduzierte Nahrungszufuhr zurückzuführen war, oder ob es die ersten Anzeichen einer Magengrippe waren. Er goss sich noch einen Appenzeller ein. Die schwarze Flüssigkeit zog seine Mundschleimhaut zusammen. Er beschloss, von seiner Zimmerstunde ausnahmsweise Gebrauch zu machen und sich am Nachmittag etwas hinzulegen. Während er in der Küche aufräumte, musste er wieder an Giovanni denken. Dieser Mann war klug! Er konnte die kompliziertesten Dinge einfach und leicht verständlich erklären. Und er hatte vielleicht tatsächlich nicht Unrecht mit der »inneren Blockade.« Vielleicht war er deshalb so dick? Vielleicht hatte sein Übergewicht seelische Ursachen? Er würde die nächste Veranstaltung der Gruppe besuchen. Tibor meldete sich im Lokal ab. Vor der kleinen Treppe des Lokals wurde ihm plötzlich speiübel. Sein Gesicht war aschfahl, fast grün verfärbt, und er hatte das Gefühl, dass er außer einer übermächtigen Übelkeit nichts mehr spürte. Raus hier, so schnell wie möglich, sonst … Er schlug sich beide Hände vor den Mund, machte rechtsum kehrt, zurück ins *Cinque Cinque*, durchquerte das Lokal, rannte so schnell er konnte zur Toilette, öffnete die Tür und im gleichen Moment brach in hohem Bogen eine bittere Brühe aus seinem Mund hervor und ergoss sich auf die grauen Kacheln des Herrenklos. Tibor keuchte. Und schwitzte. Er versuchte, das Erbrochene mit einem Lappen wegzuwischen, der Gestank rief erneute Übelkeit in ihm hervor. Tibor übergab sich noch einmal.

Als er eine Stunde später in seinem kleinen Zimmer war, riss er sich sein zu enges Hemd vom Leib, stieg in die alte Emailbadewanne und duschte abwechselnd heiß und kalt. Dann zog er, noch nass, eine alte Leinenhose und ein zerschlissenes Leinenhemd an. Die Hose konnte er nicht mehr zuknöpfen, so entschied er sich für einen Trainingsanzug. Dann setzte er sich aufs Bett. Die Übelkeit schien nachzulassen.

Donnerstag, 28. Juli, 13.12 Uhr. Heinrichstrasse 97, 8005 Zuerich.

Die Kundin hatte enorm brüchiges Haar. Es handelte sich nicht einfach um Spliss, falsche Pflege oder eine Färbung, die das Haar angegriffen hatte. Die Haare fielen schon bei sanftem Ziehen aus.

»Ist es tatsächlich so schlimm?«, fragte sie unsicher.

»Na ja, mit einer geeigneten Haarpackung können wir vielleicht noch was retten«, log Giovanni. »Wie sieht es mit Ihren Nägeln aus?«

»Was?«, fragte die Rothaarige geistesabwesend.

»Nun, sind Ihre Nägel ebenfalls brüchig geworden?«

Sie streckte ihm die Hand hin, ihren Nägel waren kurz geschnitten. »Ich habe Kinder!«

»Ich denke, dass Sie vielleicht mal einen Arzt aufsuchen sollten, Liebes. Ich gebe Ihnen ein Anti-Spliss-Fluid mit, eine Haarpackung und dieses Spezial-Shampoo, aber damit ist es nicht getan. Ich kann ihre Haare kaum schneiden.«

Die Kundin wurde unwirsch. »Ich gehe nicht zum Frisör, um mir sagen zu lassen, dass er mein Haar nicht schneiden kann.«

Giovanni zuckte mit den Schultern und begann, sachte die Haarspitzen zu schneiden. Schließlich war es nicht sein Problem, wenn ihr die Haare ausfielen.

Und er brauchte Geld. Viel Geld.

Als die Kundin ging, kam Tibor vorbei.

»Du siehst nicht gut aus, mein Lieber. Was ist los?«

»Ich fühle mich schrecklich, ich musste kotzen, habe Gliederschmerzen und in meinem Kopf tanzen die Presslufthammer Tango.«

»Du also auch? Die Hälfte meiner Kundinnen hat die Termine abgesagt, weil sie mit Grippe im Bett liegen.«

»Mmh.« Tibor hustete, als er sich setzte, obwohl die Stühle aus solidem Metall und Leder waren und nicht knarrten. »Ich denke nicht, dass ich eine Grippe habe. Ich bin einfach zu fett.«

»Nun sei mal nicht so. Ich mag dich, wie du bist.« Giovanni lächelte. »Ich meine, wie würdest du denn aussehen, wenn du plötzlich dünn wärst?«

Tibor tupfte sich den Schweiß mit einem Stofftaschentuch ab, welches er mühsam aus der Hosentasche gezogen hatte.

»Ich bin ein Fettsack.«

»Siehst du! Das ist genau das, wovon ich immer rede. Du hast null Selbstwertgefühl. Komm doch heute Abend zu unserem Treffen. Da lernst du bestimmt tolle Leute kennen!«

Tibor stopfte das Taschentuch wieder zurück in die Hose.

Donnerstag, 28. Juli, 11.58 Uhr. Fernsehstrasse 1-4, 8052 Zuerich-Oerlikon.

Frank war knapp dran. Er hasste es, wenn er vor der Aufzeichnung nicht noch genügend Zeit hatte, sich mit den Gästen zu beschäftigen. Es würde reichen, aber das Glas Champagner würde er streichen müssen. Er zog sich in seinem Ankleidezimmer um. Er würde etwas Schlichtes, Graues wählen.

Grau machte auch etwas schlanker. Nicht, dass er dick war. Aber seit *Frank live* konnte er nicht mehr jede Woche dreimal ins Fitnesscenter gehen. Und die dauernden Essen, Apéros und Empfänge schienen bereits erste Spuren zu hinterlassen. Also grau. Oder schwarz. Frank hielt sich ein schwarzes Hemd vors Gesicht. Grau. Das war düster, aber nicht zu düster. Das Thema »Unheilbar krank« verlangte etwas Würde, und dieses dunkle Mausgrau strahlte genau das aus. Frank guckte auf die Uhr.

Tina war noch nicht da, sie musste sich als Publikumsanimatorin auch nicht unbedingt vorbereiten. Außerdem verlangte das heutige Thema Betroffenheit und kein Gejohle.

Frank prüfte seinen Look im Spiegel, bevor er in die Maske ging. Dort arbeitete eine Aushilfe, weil Raquel immer noch krank war, und die Tucke mit dem englischen Namen, den Frank sich nie merken konnte, offenbar ebenfalls mit Grippe im Bett lag. Wie lange würde es wohl noch dauern, bis es ihn erwischte?

Die Aushilfe verpasste ihm einen seiner Meinung nach zu dunklen Teint und sie weigerte sich, ihm Lipgloss aufzutragen.

»Ich will aber Gloss!«, beschwerte er sich.

Tina kam herein. Sie trug ein *Dolce&Gabbana*-Tuch um den Kopf und eine XXL-Sonnenbrille. Frank fühlte sich an Tina Onassis und ihre Einkaufstouren in Griechenland erinnert. In der Hand hielt sie zwei Telefonnotizen.

»Hier. Dein Bauer hat angerufen, kurz nachdem du gegangen bist und das da«, sie hielt ihm den gelben Zettel dicht unters Gesicht, »das ist irgendein Privatradio.«

»Was wollen die? Wieder so ein Interview?«

»Ja. Die haben von der Doris Day-Geschichte Wind bekommen, die deiner Meinung nach nicht gedruckt wird, und wollen mit dir jetzt irgendwas in dieser Richtung machen.« Sie sah nochmals auf den Zettel und sagte tonlos: »Ich denke, dass das ein Wettbewerb wird. Aber ich habe keine Ahnung, was die Details betrifft!«

»Die müssen aber mit meiner Produktionsgesellschaft Kontakt aufnehmen, nicht mit mir. Ich kann dazu gar nichts sagen.«

»Das weiß ich, Bruderherz. Aber ich bin nicht deine Sekretärin und auch nicht dein Management, deswegen sagst du denen das mal schön selbst.«

Frank wählte die Nummer der Radiostation und verwies auf die Pressestelle der *Fools'n'Bananas*, seiner Produktionsfirma. Die Show verlief ereignislos, die Gäste waren langweilig und Frank war sich sicher, dass die Einschaltquoten entsprechend tief ausfallen würden. Er macht sich auf den Heimweg, ohne Tina, die es vorzog, noch mit einem der Techniker einen Happen essen zu gehen. Er nahm die S-Bahn bis Zürich City und stieg dort in die Straßenbahn. Während der ganzen Fahrt konzentrierte er sich angestrengt auf die Zeitung. Nicht dass ihn diese sonderlich interessiert hätte, viel mehr ging es um die Blicke der anderen Fahrgäste. Sie starrten ihn an und er hatte keinen Bock auf Smalltalk mit Hausfrauen. Oder pickeligen Teenagern. Manchmal stresste ihn seine Prominenz. Als er nach Hause kam, legte er sich auf das Sofa. Die Flüssigkeitsspuren der zerbrochenen Lavalampe waren im Teppichboden noch deutlich zu sehen, er überlegte, ob er einen zweiten Reinigungsversuch mit Teppichschaum in Angriff nehmen sollte, als er einschlief.

Donnerstag, 28. Juli, 19.00 Uhr. Sektenzentrum, Stauffacherplatz, 8004 Zuerich.

Die Menschen im großen Saal des Zentrums am Stauffacher waren tatsächlich sehr freundlich. Giovanni stellte ihn seinen Freunden vor. Dann setzten sie sich in die vorderste Reihe. Tibor brauchte zwei Stühle, wie üblich. Aber es schien sich niemand daran zu stören. Dieses Mal erntete er keine abschätzigen Blicke. Dann stand ein Redner ans Pult. Er trommelte mit den Fingern aufs Mikrofon, um zu testen, ob es eingeschaltet war.

»Brüder, Schwestern. Wir wollen eine Welt ohne Wahnsinn, keine Verbrechen. Es soll keine Kriege mehr geben. Wir wollen keine Revolution. Wir sind auf einer höheren Daseinsebene. Wir wollen Wissen. Ich begrüße heute ganz besonders die neuen Mitglieder unter uns. Applaus!«

Der Saal klatschte, Tibor sah sich um. Wer war denn sonst noch neu? Er fühlte sich wohl unter den gut hundert Menschen, die um ihn herum saßen. Er war akzeptiert.

»Wir heißen alle willkommen. Wir erwarten von euch lediglich, dass ihr mithelft, unsere Ziele zu erreichen. Und wir erwarten, dass euch geholfen wird. In einer turbulenten Welt wie dieser ist die Aufgabe nicht leicht zu bewältigen. Wir respektieren Menschen und glauben, dass der Mensch Hilfe verdient!«

Die Menge klatschte erneut. Die Stimme des Redners hatte etwas sehr Beruhigendes, Angenehmes. Tibor spürte, wie sich sein Magen beruhigte.

»Heute zählen wir weltweit mehr als tausend Kirchen, Missionen und angeschlossene Organisationen. Tausende Gemeindemitglieder in zwanzig verschiedenen Ländern glauben an unsere Grundsätze. Wir erfüllen ein grundlegendes religiöses Bedürfnis.«

Der Redner machte eine kleine Verbeugung, die Menge applaudierte erneut. Weiß gekleidete Frauen begannen, eine metallene Büchse in der Form eines Kreuzes herumzureichen. Tibor wurde nervös. »Ich habe kein Geld bei mir.«

Giovanni beruhigte Tibor. »Das macht nichts. Man muss nichts geben, wenn man nicht möchte.«

Tibor begann wieder zu schwitzen. »Es ist ja nicht so, dass ich nicht möchte, ich habe ...«

Giovanni fuhr mit seinem Zeigefinger über Tibors Lippen. Dieser zuckte ob so viel körperlicher Nähe zusammen und schwieg.

Anschließend erfuhr Tibor noch einiges über die Ziele der Gruppe in Zürich, über das weltumspannende Netzwerk und welche Berühmtheiten der Vereinigung angehörten. Die Organisation innerhalb der Gruppe war ihm auch nach der Informationsveranstaltung ein Rätsel.

Im Anschluss an die Versammlung trafen sich verschiedene Grüppchen noch privat. Tibor und Giovanni beschlossen jedoch, sich zu trennen, obwohl Tibor eigentlich nichts gegen einen netten Plausch gehabt hätte. Aber Giovanni wirkte plötzlich etwas gestresst. So fuhren sie mit der Straßenbahn eine Station, stiegen dann gemeinsam in den Bus, den sie an verschiedenen Haltestellen verließen. Sie sprachen nicht viel.

Donnerstag, 28. Juli, 19.47 Uhr.
Kernstrasse 35, 8004 Zuerich.

»Hast du das gesehen?« donnerte Tina. Frank schaute auf die Uhr. Er hatte eine Stunde geschlafen. Und zwar mit offenem Mund, wovon die Speichelspuren auf dem Leder des Sofas zeugten. Seine Lippen waren trocken. Er blinzelte und sah seine Schwester vor ihm stehen, die triumphierend auf ein Blatt Papier zeigte.

DORIS DAY FÜR FRANK GESUCHT

Dann die komplette Homestory.

»Das ist der Vorabdruck. Lag auf dem Redaktionsfax im Sender. Alle haben sich halbtot gelacht.«

Frank verstand nicht. »Was soll denn so schlimm daran sein?«

»Schlimm ist, dass die einen Wettbewerb ausgeschrieben haben. Diejenige, die Doris Day am ähnlichsten sieht, gewinnt ein Abendessen mit dir und einen Flug für zwei Personen nach San Francisco!«

»Scheiße«, schnaubte Frank.

»Du hättest Zeit gehabt, bis 18 Uhr Korrekturen am Text anzubringen. Und du hast es verschlafen! Jetzt kannste gar nichts mehr dagegen tun!«

Frank überflog den Rest der Homestory.

»Nun ja. Das war ein Gag. Mehr nicht. Da wird mir niemand böse sein. Da steht ja nicht geschrieben, dass ich nicht schwul bin. Dummerweise wird der Radiosender wohl in dieselbe Bresche schlagen und alle werden mich auf immer und ewig mit dem amerikanischen Blondchen in Verbindung bringen.«

»Meinst du, mehr kommt da nicht?«, fragte Tina etwas enttäuscht. Sie hatte gehofft, dass sich bei einem etwaigen Radio-Interview die Gelegenheit bieten würde, ihr Lied zu promoten.

Donnerstag, 28. Juli, 21.58 Uhr. Heinrichstrasse 97, 8005 Zuerich.

»Wir sind in einer weltweiten, hierarchisch aufgebauten Religionsgemeinschaft vereinigt«, sagte der Frisör zum schwitzenden Koch. »Die Struktur der Gemeinschaft ist ein ganz wichtiger Teil unserer Religion.«

Es war das erste Mal, dass Giovanni das Wort »Religion« benutzte. Aber das war Tibor so weit egal.

»Auf der untersten Stufe stehen die Feldpriester. Das sind diejenigen, die nicht hauptberuflich für die Kirche arbeiten. Sie helfen beispielsweise bei Eheproblemen, oder …«, Giovanni machte eine kleine

Pause und guckte Tibor auf den Bauch, der das Hemd beinahe zum Platzen brachte,» ... oder wenn du sonst wie Probleme hast.«

»Aha«, grunzte Tibor. Er war müde, obwohl ihn die Ausführungen von Giovanni sehr interessierten.

Der Frisör nahm eine Rasierklinge und begann, sich vor dem Spiegel die Koteletten zu stutzen. Für einen Mann sah Giovanni verdammt gut aus. Soweit Tibor das beurteilen konnte. Eine stattliche Figur, ein nettes Lächeln und ein sehr zuvorkommendes Wesen. Die Frauen hätten bei ihm eigentlich Schlange stehen sollen. Vielleicht taten sie das auch. Tibor hatte es bislang vermieden, ihn auszufragen. Das hätte unter Umständen peinliche Gegenfragen gegeben, die dann wieder bei seinem Gewicht enden würden.

»Wir haben tolle Kirchen, die den Mittelpunkt unseres religiösen und spirituellen Lebens darstellen. Leider nicht in der Schweiz. Hier haben wir lediglich einige Lesezentren und Gemeinderäume. Die Kirchen sehen aus wie Schlösser!«, schwärmte Giovanni.

»Kann ich noch einen Kaffee bekommen?«, fragte Tibor, der froh war, den Nachmittag nicht vor dem Fernsehgerät verbringen zu müssen.

»Klar. Milch und Zucker?«

»Äh. Nichts, danke.«

Giovanni holte Luft. »Wir kriegen natürlich keine Kirchensteuern oder staatliche Unterstützung, leider. In der Schweiz sind wir nicht mal als Religion anerkannt. Noch nicht! Daher brauchen wir für die Aktivitäten der Kirchen Geld. Wir verkaufen Bücher, um den Menschen die Augen zu öffnen. Um ihnen zu zeigen, was in ihnen steckt.«

Der Frisör bekam leuchtende Augen und sprach weiter: »Nur wenn wir genügend Geld haben, können unsere Kirchen ihre wundervolle Arbeit weitermachen.«

Tibor mochte es, wenn Giovanni in Fahrt kam. Er nippte an seinem Espresso und wünschte sich, so beredt wie sein Freund zu sein.

Donnerstag, 28. Juli, 22.08 Uhr.
Kernstrasse 35, 8004 Zuerich.

»Ich weiß nicht, ich meine, warum sollten wir die Show live machen?«, zweifelte Frank.

»Weil die Leute genau das sehen wollen. Es soll etwas handgestrickt wirken. Du könntest dann auch auf aktuelle Themen eingehen.«

»Das machen wir jetzt auch schon. Mit einer kleinen Verzögerung …«

»Genau das ist es«, ereiferte sich Tina. »Wenn du *Frank live* wirklich live machen würdest, dann wärst du tagesaktuell. Und das gäbe bestimmt bessere Einschaltquoten!«

»Aber dann hat die Redaktion keine Zeit mehr, Gäste zu finden!«

»Mensch, sei doch nicht so schwer von Begriff! Nicht alles muss tagesaktuell sein, aber du hättest wenigstens die Möglichkeit dazu. Und du könntest Anrufer live auf Sendung nehmen. Telefoneinschaltungen. Die Leute könnten ihre Meinung zum Thema äußern. Das ist dann so richtig interaktiv.«

»Und was, wenn keine Sau anruft? Ich meine, wir sind hier in der Schweiz. Zwar in Zürich, aber trotzdem sind die Menschen ziemlich zurückhaltend. Es könnte locker passieren, dass ich dasitze wie die holde Thusnelda und auf einen Anruf warte.«

»Die holde Thusnelda wartete aber auf einen ebenfalls holden Ritter«, korrigierte ihn Tina.

Frank schöpfte sich noch einen Teller Spaghetti.

»Auf den warte ich außerdem.« Frank seufzte. »Ich habe Theo angerufen, aber er hat sich noch nicht wieder gemeldet.«

»Wer hat sich nicht gemeldet?«

»Na, Theo, mein Bauer.« Tina schien sich im Moment wenig für Franks potentielle Liebhaber zu interessieren.

»Du wechselst schon wieder das Thema. Von der Talkshow zum Ritter zum Bauern.«

»Du bist auf den Ritter gekommen. Ich habe …«

»Grappa?«, unterbrach Tina ihren Bruder.

»Gerne. Aber nur ein klitzekleines Schlückchen.«

Tina holte den Grappa aus der Bar. »Es reicht auch nicht für viel mehr als ein ›kleines Schlückchen‹.«

Frank trank das Glas in einem Zug aus.

»Ah. Das brennt immer so geil. Und soll auch Keime und all so was abtöten.«

»Diese Grippe. Seltsam. Irgendwie ist nur Zürich davon betroffen. Bis jetzt wenigstens. Normalerweise kommen Grippeviren-Stämme aus Australien oder Amerika.«

»Deswegen auch Sydney-Grippe«, warf Frank ein.

»Dann haben wir jetzt die Zürich-Grippe. Wäre doch ein nettes Thema für nach der Sommerpause, was meinst du?«

»Ja, warum nicht. Wir hatten schon Dümmeres.« Frank fuhr sich durch sein kurzes, dunkelblondes Haar. »Zurück zur Show. Wir müssen unbedingt einen Knüller nach der Sommerpause hinlegen«, sagte Frank bestimmt.

»Gibt es denn schon ein Konzept?«, fragte Tina neugierig.

»Noch nicht, aber mit Konzepten ist es so wie mit Mumien. Vorwärts machen oder verdorren.«

Tina gluckste. »An deinen Metaphern musst du noch arbeiten, mein Lieber.«

Freitag, 29. Juli, 9.26 Uhr.
Roentgenstrasse 8, 8005 Zuerich.

In dieser Nacht hatte Larissa gut geschlafen, ohne Aufwachen, ohne schwere Träume. Sie machte sich ein solides Frühstück mit Cornflakes, Eiern und Speck. Dazu ein Glas frischgepressten Orangensaft. Sie würde heute eine Präsentation ihres Forschungsprojektes haben. Um 11 Uhr würden sämtliche Geschäftsleitungsmitglieder ihre Arbeit begutachten. Endlich. Dann würde auch über die konkrete Fortsetzung des Projektes bestimmt werden. Sofern es eine Fortsetzung geben würde. Larissa war sich da nicht so sicher, zumal nicht alles so gelaufen war, wie es eigentlich hätte laufen sollen. Sie duschte etwas länger als gewöhnlich, zog ausnahmsweise ein Kostüm an und trank noch eine Tasse Kaffee. Dann überflog sie nochmals kurz ihre Unterlagen und machte sich auf den Weg ins Labor. Vor der Präsentation gab es noch einige Dinge zu erledigen.

Freitag, 29. Juli, 10.12 Uhr.
Industrie Zuerich-Nord, 8052 Zuerich.

Sie war sich nicht sicher, ob sie nicht halluzinierte. Flimmerte die Probe wirklich grün? Wie konnte sie feststellen, ob sie wirklich leuchtete? Wie grün war grün? War die Probe verunreinigt? Larissa stand unter der Chemodusche der Zone 4 und ließ den Cocktail auf ihren Schutzanzug herunterprasseln. Sie hatte nicht mehr viel Zeit, es war fast 11 Uhr.

»Scheiße. Ich habe mich mit meiner eigenen Grippe angesteckt«, dachte Larissa.

Die Tür öffnete sich, sie war in Zone 3. Larissa war nervös. Ihre Gedanken rasten. Wie konnte überhaupt ein so kleines Ding, das einem Kristall glich, ohne eigenen Stoffwechsel, ohne überhaupt irgendwas, leben? Die Winzlinge trieben ziellos in der Welt umher, bis sie zufällig eine für sie geeignete Zelle fanden. Ein Schnupfenvirus brauchte Zellen der Nasenschleimhaut, die anderen Zellen interessierten es nicht. Ein HIV-Virus hatte sich auf weiße Blutkörperchen spezialisiert und Hepatitisviren waren auf Leberzellen angewiesen. Die Bakteriophagen, ein spezieller Virenstamm, befielen Bakterien und mutierten sie zu einer meist tödlichen Bedrohung. Sobald sie in der für sie passenden Zelle waren, legten sie los.

Legten sie los!

Der menschliche Organismus war den heimtückischen Winzlingen nicht schutzlos ausgeliefert, im Blut und in der Lymphe patrouillierten Wächter, die solche Eindringlinge aufspürten und vernichteten, trotzdem gelang es vielen Viren, dieses Schutzsystem zu umgehen. Eine Zelle konnte in einer Stunde mehrere hundert Replikate herstellen. Larissa betrat Zone 1.

Die Viren besaßen ihrer Meinung nach einen derart starken Überlebenswillen, dass durchaus von Intelligenz gesprochen werden konnte, anders wäre der ständige Entwicklungsfortschritt dieser Partikel nicht möglich gewesen. Da ein solcher Erreger aus nicht viel mehr als einer Eiweißhülle und dem DNA-Strang bestand, war diese Intelligenz schwer zu verstehen. Die Definition des Begriffs müsste überarbeitet werden. Larissa zog ihre Zivilkleidung an und nahm ihre schwarze Aktentasche aus dem Spind.

Die Präsentation verlief ohne weitere Probleme, allerdings wurde nicht sofort im Gremium über die Fortsetzung des Projektes entschieden. Sie würde sich noch einige Tage gedulden müssen.

Larissa fühlte sich schlecht. Sie hatte Fieber und Kopfschmerzen und war sich nicht sicher, ob sie sich mit ihren eigenen Grippeviren infiziert hatte oder ob sie lediglich Opfer der Sommergrippe war. Sie beschloss, direkt nach Hause zu gehen. Die Sommergrippe-Variante war vielleicht auch ein Wink des Schicksals, ihre Forschungsarbeiten voran zu treiben. Zuhause angekommen, nahm sie zwei Aspirin und betrachtete die unfertigen Bilder. Es musste mehr Rot über die Gesichter. Die Gesichter hatten rot zu sein. Sie mischte ihre Farben, trotz rasender Kopfschmerzen und Fieber, und begann zu malen. Dann verlor sie das Bewusstsein.

Freitag, 29. Juli, 13.26 Uhr. Heinrichstrasse 97, 8005 Zuerich.

Tibor nahm sich für den Rest des Tages frei. Die wenigen Gäste am Abend würden die Küchenhilfe und der Chef selbst bewirten können. Der Sugo war bereits vorgekocht. Er konnte das Kochen dennoch nicht lassen und bereitete sich ein kleines Festessen. Nur für sich. Er fühlte sich gut, sein Magen rumorte nicht mehr und schließlich hatte sie ihm heute Vormittag zugewunken. Ein fröhliches Winken. Nicht so, wie man einem Bekannten winkt. Es war mehr. Obwohl er nicht wusste, weshalb er sich so sicher war, dass sie ihn mochte. Und gelacht hatte sie. Sie. Trisa. Er ließ ihren Namen auf der Zunge zergehen.

Das dünngeschnittene Rindfleisch gab er vorsichtig in heiße Bouillon. Dazu servierte er sich verschiedene Dipp-Saucen. Ei, Curry, Knoblauch. Alle von Hand angerührt und mit frischen Kräutern verfeinert. Es gab bestimmt eine Frau, die seine Kochkunst schätzen würde. Sie würde ihn mögen. Sie würde sich nicht an seinem Gewicht stören. Tibor schmatzte laut. Als er das Fleisch aufgegessen hatte, wischte er den Rest der Saucen mit selbst gebackenem Weißbrot auf. Wenn sie erst einziehen würde, dann könnte er endlich auch mal die Küche neu streichen. Er mochte dieses Orange-Rot, das je nach Lichteinfall changierte. So würde er die Küche streichen. Sie würde den Farbton bestimmt auch mögen. Er würde für sie sorgen. Und es gäbe keine andere als SIE. Er würde ihr jeden Wunsch von den Lippen ablesen. Sie bräuchte nicht mehr zu arbeiten, wenn er erst das *Cinque Cinque* gekauft hatte. Wenn das Restaurant etwas strenger geführt würde, könnte es saftige Gewinne abwerfen. Tibor erhob sich umständlich aus dem massiven Lehnstuhl und begann, das Geschirr zusammenzuräumen. SIE müsste selbstverständlich nicht arbeiten, denn sie würde sich um ihre gemeinsamen Kinder kümmern. Ihre Kinder, die sie mit in die Ehe bringen würde, würde er als seine eigenen akzeptieren. Sie würden ihn ins Herz schließen. Wie würden sie ihn nennen?

Tibor?

Papa?

Vater?

Er mochte ›Vater‹, aber es klang irgendwie streng. Er wollte kein strenger Vater werden. Vielleicht Dad? Die heutigen Kinder mochten englische Wörter. ›Dad‹ klang jung, urban und … irgendwie unpersönlich. Tibor spritzte noch etwas mehr Geschirrspüler ins Becken, da im Wasser bereits Fettaugen zu sehen waren. Er würde Giovanni um Rat fragen. Er war bestimmt ein guter Zuhörer in Sachen Liebesdingen.

Vielleicht kannte Giovanni sie sogar? Immerhin lebte er schon so viele Jahre in Kreis 5, da bestand durchaus die Möglichkeit, dass er ihr bereits einmal begegnet war. Und dann? Wenn er sagen würde, dass er die Finger von ihr lassen sollte? Oder schlimmer: Wenn er ihn auslachen würde? Nein, das würde er niemals. Dafür war ihre Freundschaft viel zu gut. Und Hohn passte nicht zu Giovanni.

Giovanni schmunzelte, als ein großer Schatten im Türrahmen sichtbar wurde. »Guten Tag, Tibor.«

Tibor keuchte, sein Gesicht glänzte. »Guten Tag, Giovanni.« Die Kundin verzog beim Anblick von Tibor das Gesicht. Offenbar passte es ihr ganz und gar nicht, dass die Erzählungen über ihre älteste Tochter, die gerade mit dem Medizinstudium begonnen hatte, so abrupt unterbrochen wurden.

»Ich bin gleich fertig, wir müssen nur noch die Haare trocknen. Willst du einen Kaffee?«

Tibor studierte die Turmfrisur der Kundin und wartete. Er hustete, als er sich setzte.

Giovanni schwieg lange. »Sie hat dir einfach zugewunken und sonst nichts gesagt?«, fragte er erstaunt. Tibor rutsche unruhig auf dem Stuhl hin und her.

»Ja, aber wie sie gewunken hat. Sie ist toll! Ich weiß ja, dass sie anschaffen geht. Aber hast du sie schon mal gesehen? Sie hat langes, hellblondes Haar und ist zart wie eine Elfe. Sie ist so … zerbrechlich.«

Giovanni sah Tibor bei seinen Ausführungen zweifelnd an. »Warum sollte sie sich in dich verlieben? Sie war einfach nett zu dir und hat dich gegrüßt. Mehr nicht. Sie ist bestimmt auch zu den anderen Quartierbewohnern nett. Du steigerst dich in was rein, mein Lieber!« Giovanni begann, die Haare der Turmfrisur-Kundin zusammenzufegen. Sie gab nicht mal Trinkgeld. »Hier, lies lieber das!« Er hielt Tibor ein Buch unter die Nase: ›Wie werde ich ein besserer Mensch‹.

»Findest du, dass ich ein schlechter Mensch bin?«, fragte Tibor unsicher. Er hatte auf Giovannis Unterstützung in Sachen Trisa gehofft. Das Gegenteil war der Fall. Giovanni hielt offenbar nichts davon, sie zum Kaffee einzuladen. Noch weniger war er von der Idee begeistert, dass Tibor einfach in den Salon im dritten Stock gehen sollte, um sich als ›der Mann von der Straße‹ vorzustellen. Und meistens hatte Giovanni Recht.

»Du kommst morgen zu unserer nächsten Versammlung. Da kannst du einiges lernen, mein Lieber! Unter anderem, wie man mit solchen Problemen fertig wird. Und überhaupt …« Giovanni nahm Tibor das Buch wieder aus der Hand und legte es zum Stapel mit den Zeitschriften. »Wie stellst du dir das denn vor? Soll sie ihren Job an den Nagel hängen? Und auf die schicken Pelzmäntel, die Champagnerpartys, die Lachs- und Kaviarorgien verzichten? Zugunsten eines Lebens zwischen Pasta und Sugo?«

»Ich kaufe irgendwann das Lokal«, warf Tibor kleinlaut ein.

»Genau. Irgendwann. Du sagst es!«, donnerte Giovanni. »Du kommst morgen zu unserer Versammlung. Dann reden wir weiter, ich habe jeden Moment Kundschaft!« Er guckte nervös auf die Uhr.

Freitag, 29. Juli, 17.30 Uhr. Kernstrasse 35, 8004 Zuerich.

»Bitte, eine was?«, fragte Tina ungläubig.

»Eine Wimpernkranzverdichtung. Da wird mit Farbe jede Pore ausgefüllt. Das sieht dann nach mehr Volumen aus.«

»Das tut bestimmt weh, oder?«, fragte Tina und räumte den Geschirrspüler aus.

»Nö. Die sagen, man würde nur ein leichtes Kratzen spüren. Es wird ja nur etwas Farbe in die Wimpern eingearbeitet.«

»Wenn du mich fragst, dann ist das nichts anderes als ein tätowierter Lidstrich. Und das ist was für Frauen. Alte Frauen!«

»Du würdest es also nicht machen?«

»Ganz bestimmt nicht!«

»Selbst wenn es gratis ist? Ich muss nämlich keinen Rappen bezahlen, wenn ich die Kosmetikerin weiterempfehle.«

»Auch nicht, wenn es gratis ist. Du hast keine Ahnung, wie du danach aussiehst. Und was werden die im Fernsehen sagen, wenn du plötzlich einen dramatischen Augenaufschlag hast? Vergiss es, Frank.«

Eine Stunde später lag Frank auf der Liege der Kosmetikerin, sie machte die Augenlider mit Emla-Creme unempfindlich.

»Es freut mich, dass sie sich doch noch zu diesem Schritt entschließen konnten. Sie werden viel Freude daran haben.«

Frank fiel dazu keine passende Antwort ein.

»Danke, dass sie mich nach Ladenschluss noch bedienen«, sagte er. Das war dann auch schon die einzige Konversation, die er zustande brachte, dann hörte er das Surren des kleinen Tätowierstifts.

»Aber nur ganz dezent«, murmelte Frank bereits zum zweitenmal.

Die Kosmetikerin lachte. »Keine Frau hatte hier bisher soviel Angst vor der Behandlung wie Sie, mein Lieber. Da soll noch mal einer mit schwaches Geschlecht und so kommen. Sie werden nichts als ein feines Kratzen spüren. Wenn es ihnen recht ist, beginne ich jetzt damit, die Farbe aufzutragen.«

Frank brummte etwas, das wie ›okay‹ klang.

Die Behandlung war tatsächlich nicht schmerzhaft, nach 15 Minuten war der Spuk vorbei.

Die Kosmetikerin hielt Frank einen kleinen Spiegel vors Gesicht. »Und?«, fragte sie triumphierend.

Frank sperrte die Augen auf, sein Blick hatte tatsächlich etwas Dramatisches bekommen. Gerade richtig für seine Talkshow.

»Sie können bereits ab morgen wieder ganz normal duschen und baden!«, rief ihm die Kosmetikerin zum Abschied zu.

Er nahm die Straßenbahn und schlug die Zeitung auf. Die Farbe brannte noch etwas in den Augen, aber er konnte ohne Probleme lesen.

Die Zeitungen übertrumpften sich gegenseitig mit ihren Schlagzeilen. Obwohl Hochsommer war, mangelte es nicht an Storys. ›Messermörder wieder zugeschlagen‹, die *Neue Zürcher Zeitung*, ›Fahndung nach Messerstecher läuft auf Hochtouren‹, der *Tages-Anzeiger* und *Blick*: ›Hurenmörder von Zürich schlachtet weiter‹. Frank legte die für ihn obligaten Zeitungen beiseite.

Als er nach Hause kam, versuchte Tina gerade, im Bad Haken für die Handtücher zu befestigen. Er war gespannt, ob ihr die Wimpernkranzverdichtung auffallen würde. Frank erzählte von den Schlagzeilen.

»Hm. Ich finde, das wäre ein Grund mehr, hier wegzuziehen. Ich meine, Drogendealer und so stören mich nicht unbedingt. Aber ein Messermörder? Halt das mal fest.«

Frank drückte auf den Haken, während Tina den nächsten auf die Keramikplatten klebte. »Ich liebe dieses Quartier, und es ist bestimmt ein Zufall, dass er gerade in unserer Nachbarschaft zugeschlagen hat. Ich meine …«, Frank wechselte vom Zeigefinger zum Daumen, »wir leben in der Schweiz. Hier passiert doch nie was. Warum sollte also ausgerechnet jetzt ein Massenmörder umgehen? Hier ist es ruhig und beschaulich. Zürich ist sicherer als jede andere Stadt.«

»Aha. Und deswegen wohnt Tina Turner auch nicht mehr am Zürichberg, sondern in Küsnacht«, fiel ihm Tina ins Wort. Sie drückte den zweiten Klebehaken an.

Frank prüfte, ob der Haken hielt. »Sag mal, wonach riechst du eigentlich?«, fragte er seine Schwester. Er hoffte, sie würde anhand des Themenwechsels merken, dass er einen neuen Blick hatte. Der Versuch schlug fehl.

»*Angel Dust*.«

»*Angel Dust*? Das ist doch irgendwas Drögiges. Das haben die sich doch in den 70-ern in den USA reingezogen, nicht?«

Tina hängte ein weißes und ein schwarzes Frottiertuch an die eben installierten Haken.

»Keine Ahnung, ich hab es als Gratisprobe beim Frisör bekommen. Es ist unisex. Ich finde es fabelhaft.«

»In der Tat. Es riecht irgendwie erotisch.«

»Es ist Sex pur. Damit kriege ich jeden.«

»Stimmt. Würde das bei mir auch funktionieren? Gib mir mal die Flasche.«

»Nix Flasche. Das ist nur so ein kleines Plastikdingens.« Tina hielt Frank die Verpackung von *Angel Dust* unter die Nase.

»Wo kann man das kaufen?«

Tina zuckte mit den Schultern. »In Parfümerien, nehme ich an. Oder geh einfach in den Frisörsalon und bitte um ein Pröbchen. Meins kriegst du auf jeden Fall nicht.« Sie war mit ihrem Werk zufrieden und ging in die Küche. Ohne Franks Wimpernkranzverdichtung zu bemerken.

»Sag mal, merkst du nichts?« Frank stellte sich vor seine Schwester. Sie musterte ihn. Bei den Augen blieb ihr Blick hängen.

»Ach du Scheiße. Du hast dir Lidstriche machen lassen?«

»Nicht Lidstriche. Das ist eine Wimpernkranzverdichtung!«

»Was auch immer. Es sieht wie ein Lidstrich aus.« Tina kam näher. »Sind etwas dick geraten, finde ich. Sieht tuntig aus.«

»Nein. Ich finde es sehr natürlich. Und die Farbe wäscht sich in den nächsten Tagen noch etwas aus. Dann wird es sensationell aussehen.«

»Ich hätte das nicht gemacht. Nicht ohne die Erlaubnis des Senders! Vielleicht sind die Striche unerwünscht und dann gute Nacht.«

»Dann könnten sie immer noch überschminkt werden!«

»Womit? Mit blauem Lidschatten? Super Idee. Nach der Sommerpause startest du als Frau. Lilo Wanders für ganz Arme …«

»Warum für Arme? Ich wäre eine absolut hübsche Frau, wenn ich eine sein wollte.«

»Reg dich ab. Nur weil ich deine Lid … äh … Kranzdingsstriche nicht toll finde, heißt das noch lange nicht, dass sie Scheiße aussehen. Ich finde es einfach unnötig. Und das habe ich dir schon am Nachmittag gesagt.«

»Du bist nur neidisch, dass ich jetzt einen dramatischen Blick habe und du nicht!«

»Warum sollte ich einen dramatischen Blick haben wollen? Ich bin nur für den Applaus zuständig, und da sieht man mich sowieso nicht. Außerdem habe ich gehört, dass diese Permanent-Make-Ups nach einiger Zeit ziemlich verwittern.«

»Warum?«, fragte Frank, der plötzlich nicht mehr so überzeugt war.

»Weil die Farbe stellenweise ausbleicht und du dann ausschaust, als hättest du die ganze Nacht gesoffen. Aber wie gesagt, das habe ich nur gehört.« Sie ging ins Wohnzimmer und stellte den Fernseher an.

Frank betrachtete das Werk der Kosmetikerin vor dem Spiegel im Bad.

»Ich finde es hübsch«, murmelte er zu sich selbst. Dann hob und senkte er den Kopf, um sein Kinn zu begutachten. Auf jeden Fall würde die Wimpernkranzverdichtung die Blicke auf seine Augen ziehen. Und das lenkte von einem eventuellen Doppelkinnansatz ab. Tina schaltete auf den Shopping-Kanal. Sie hatte sich bisher noch nie dazu durchringen können, etwas telefonisch zu bestellen. Aber ein neues Faltenfluid überzeugte sie. Sie rief nach Frank, um seine Meinung zu hören.

Keine Antwort.

»Bist du noch immer im Bad?«, rief sie ärgerlich. Wenn er nicht bald kommen würde, dann war die Anti-Falten-Fluid-Präsentation vorbei.

»Frahaaank?«

Dann ein Schrei aus dem Badezimmer.

Es war nicht das übliche Frank-ich-habe-eine-Falte-entdeckt-Kreischen, es war Schmerz. Tina hastete aus dem Wohnzimmer und klopfte an die Klotür. »Alles in Ordnung?« Anstelle einer Antwort nur ein Wimmern. Tina drückte die Türfalle runter. Abgeschlossen. »Moment«, keuchte es aus dem Klo. Frank drehte den Schlüssel um. Tina bekam einen Lachanfall. Frank auf dem Klo, die Jeans bis zu den Knien und eine Gesichtsfarbe, die ins Purpurrote ging. Dazu einen dramatischen Blick, der nicht nur von den Lidstrichen zu kommen schien.

»DAS hätte ein tolles Bild für die Homestory abgegeben.«

Frank ächzte. »Ich kann mich nicht mehr bewegen. Ein Axthieb. Zack, und aus! Wie ein Hexenschuss, aber viel viel schmerzhafter.«

Tina versuchte, eine besorgte Miene aufzusetzen, das Kräuseln der Lippen war aber stärker und endete in einem erneuten Lachanfall.

»Hör auf, hilf mir lieber.« Frank wurde ärgerlich.

Tina versuchte, ihn hochzuziehen, Frank quittierte es mit heftigem Schreien.

»Immerhin hast du schon gespült«, sie zeigte auf die Schüssel.

»Ich habe noch gar nichts gemacht … und jetzt kann ich mich noch nicht mal mehr bewegen. Verdammt, ich will mein Leben nicht auf unserem Klo beenden. Ruf sofort den Notarzt!«

»Den Notarzt? Willst du dich nicht erst mal aufs Bett legen und ein paar Stunden warten? So ein Hexenschuss geht meistens schnell vorüber.«

»Wenn es denn ein Hexenschuss ist! Vielleicht bin ich ja auch gelähmt, weil irgend so ein Nervenstrang verschwunden ist. Was weiß ich. Tatsache ist, dass ich nicht mehr gehen kann. Ich kann noch nicht mal mehr richtig atmen.«

Tina fragte die Auskunft nach dem diensthabenden Arzt, der eine halbe Stunde später vorbeischaute. Es war ihr in der Zwischenzeit gelungen, Frank auf ihr Bett zu tragen. Ihr Zimmer war näher beim Klo und jeder zusätzliche Meter kostete Anstrengung. Als sie ihn aufs Bett legen wollte, knallte er mit dem Kopf gegen Tinas Designer-Metallnachttischchen. Er schrie auf und schlug mit dem rechten Fuß gegen eine von Tinas Lavalampen. Diese kippte und schlug auf seinen großen Zeh. Frank schrie erneut, diesmal klang es nach tiefem Schmerz. Einen Moment sah es so aus, als ob Frank das Bewusstsein verlieren würde.

»Verdammt, Tina. Das hat weh getan.«

»Immerhin ist nicht auch noch diese Lampe kaputt gegangen. Ähm, Frank, alles in Ordnung?« Sie sah sich nach einem Taschentuch um. »Du blutest aus dem Kopf, lass mich mal sehen.«

Tina holte eine kleine Taschenlampe aus dem Arbeitszimmer und leuchtete auf die Stelle zwischen Ohr und Nacken. »Hm. Sieht gar nicht gut aus, das gibt eine hübsche Beule. Wahrscheinlich müssen sie die Wunde nähen.«

»Du und deine blöden Lavalampen. Ich habe dir immer gesagt, dass wir nicht in jedem Zimmer eine haben müssen. Aber nein – wir haben jetzt für jedes Zimmer zwei! Mein Zeh tut schweineweh!«, jammerte Frank.

»Versuch mal, ihn zu bewegen.«

Frank verzog das Gesicht wie auf dem Klo, als ihn der Hexenschuss überkommen hatte.

»Ich kann nicht.«

Tina zog ihre rechte Augenbraue hoch und trat einen Schritt zurück.

Dann sagte sie: »Gut, ich rufe den Notarzt: Loch im Kopf, Hexenschuss im Endstadium und vielleicht eine gebrochene Zehe. Scheiße!«

»Ich habe Durst!«, wimmerte Frank, der es liebte, einmal verwöhnt zu werden. Tina wusste, dass sie ab sofort für die Sorge um sein leibliches Wohl – und auch für alles andere – zuständig sein würde. Zumindest bis der Arzt kommen würde. Und Frank würde die Situation schamlos ausnutzen. Während sie in der Küche Eiswürfel ins Mineralwasser ploppen ließ, brüllte er schon wieder. »Mach mir bitte einen Fruchtsalat.«

»Wir haben zu wenig Früchte«, sagte Tina.

»Fruchtsalat. Fruchtsalat. Fruchtsalat.«

Tina kam mit dem Eismineralwasser ins Krankenzimmer zurück. Die Wunde an Franks Kopf schien nicht mehr zu bluten, das Tempotaschentuch war nur noch leicht rot gefärbt.

»Ich will Fruchtsalat!«

»Halte die Klappe, Frank«, giftete sie. »Wir haben keine Früchte, und bis ich welche bei Migros gekauft habe, ist der Notarzt schon längst da!«

»Ich will keine billigen Migros-Früchte, ich will welche vom Markt! Oder vom Italiener«, schmollte Frank. Tina sah nicht ein, weshalb sie wegen einer gebrochenen Zehe extra zum Italiener gehen sollte.

»Das nennst du Geschwisterliebe?«, beschwerte er sich.

In diesem Moment klingelte es an der Tür.

Freitag, 29. Juli, 19.11 Uhr.
Triemli-Spital, 8063 Zuerich.

Der Notarzt war sich nicht sicher, ob es sich tatsächlich um einen harmlosen Hexenschuss handelte.

»Hm.«

»Was heißt ›hm‹?«, fragte Tina gereizt.

»Nun, das sieht gar nicht gut aus. Wir sollten ihn ins Spital bringen. Die Kopfwunde muss auf jeden Fall genäht werden, und die Zehe scheint tatsächlich gebrochen.«

Frank lächelte matt. »Das klingt ja fast, als ob ich schon tot sei.«

»Hm«, machte der Notarzt. Sie fuhren ins Spital. Ganz unauffällig, mit dem Taxi. Der diensthabende Arzt beschloss, Frank, den Privatpatienten, zur Beobachtung in der Klinik zu behalten. Die Zehe war tatsächlich gebrochen und wurde eingegipst und das Loch im Kopf mit drei Stichen genäht. Gegen die Rückenschmerzen bekam er ein ziemlich starkes Schmerzmittel, das ihn erst einmal ausknockte.

Als er im Luxus-Einzelzimmer für Privatpatienten aufwachte, saß Tina neben seinem Bett auf einem Stuhl und war offenbar eingeschlafen. Er wusste nicht, wie spät es war. Er hatte auch wenig Ahnung, ob das Triemli-Spital eine Fachklinik für Hexenschuss war. Er wusste lediglich, dass einige seiner Kollegen oder deren Kinder in diesem Spital zur Welt gekommen waren. Also musste es hier mindestens noch eine gynäkologische Abteilung geben. Gott sei Dank hatte bei *Frank live* just heute die Sommerpause begonnen. Horror, wenn er mitten in einer Produktionsstaffel krank geworden wäre. Der Sender hätte einige Best-of-Zusammenschnitte machen können, aber das auch nicht bis in alle Ewigkeit. Frank beschloss, Tina sanft zu wecken, zumal ihre leisen Schnarchgeräusche nicht gerade beruhigend auf ihn wirkten.

»Psst«, zischte Frank.

Tina zeigte keine Reaktion. Er versuchte es mit einem lauten »Guten Abend, Tina«. Sie grunzte kurz, hörte dann auf zu schnarchen und schlief weiter. Frank versuchte, sich den Löffel vom Tablett auf dem Beistelltischchen zu angeln, zuckte zusammen und schrie auf. Sein Rücken. Tina blinzelte.

»Alles in Ordnung?«, fragte sie schlaftrunken.

»Alles bestens. Ich glaube, es ist besser, wenn du nach Hause gehst, Tina. Ich komme hier schon klar. Und ich habe bereits einen tollen Pfleger erspäht. Wer weiß, vielleicht …«

»Hör schon auf. Du kannst nicht national verleugnen, dass du auf Jungs stehst und dann im Krankenhaus einem Pfleger nachjagen. Denk an die Boulevardpresse. Die sind auf genau solche Geschichten scharf. Spätestens dann, wenn der Messermörder geschnappt wird, bricht die Saure-Gurken-Zeit an. Und dann – Gnade dir!«

Sie küsste ihren Bruder sanft auf die Stirn. »Gute Nacht!«

Freitag, 29. Juli, 21.04 Uhr. Auf der Strasse, 8005 Zuerich.

Sie hasste Unordnung. Früher waren die Namen an den Briefkästen und Klingelschildern jeweils fein säuberlich angeschrieben gewesen. Weiß auf schwarzem Untergrund. Früher waren es ehrwürdige Schweizer Familiennamen. Jetzt war alles anders: Papierfetzen, lieblos mit Klebeband befestigt, mit fremdländischen Namen, die nicht auszusprechen waren. Freche Gören im Flur, überforderte Mütter, die nicht wussten, was Benimm und Ordnung bedeutete. In den Straßen der Gestank nach Essen, mit Gewürzen, die in Europa gänzlich unbekannt waren. Sie kontrollierte ihr Haar in einem Schaufenster. Es saß perfekt. Keine Strähne, die schlampig ins Gesicht hing. Sie hob sich wohltuend von den anderen Frauen auf der Straße ab. Heute würde es klappen. Sie versteckte sich hinter einem provisorischen Baucontainer, der den Straßenarbeitern als Pausenraum diente. Sie hatte keine Ahnung, was gebaut wurde. Tatsache war, dass sie Straßen aufrissen, um sie zu asphaltieren und anschließend wieder aufrissen, um irgendwelche Kabel zu verlegen. Und wieder asphaltierten. Was für eineVerschwendung von Steuergeldern! Das gehörte streng genommen bestraft. Sie schaute auf ihre Armbanduhr. Ein Geschenk. Teuer, echte Schweizer Präzision. Jetzt sollte es eigentlich so weit sein. Die große Tür des alten Wohnhauses auf der anderen Straßenseite wurde geöffnet. Sie lächelte, und ging auf die Gestalt zu, rempelte sie an und strich ihr Kleid zurecht.

»Verzeihung«, sagte sie, blieb stehen und drängte die Frau im roten Kleid mit ihrer Handtasche gegen das Haus.

»Es tut mir wirklich Leid«, sagte sie. »Ich kenne mich in dieser Gegend nicht aus, könnten Sie mir sagen, wie ich zum Limmatplatz komme?«

Die Frau verzog ärgerlich das Gesicht.

»Sie stehen ja praktisch schon davor. Gehen sie einfach geradeaus weiter …«

Mehr konnte sich nicht mehr sagen, denn da durchbohrte das Messer schon das rote Kleid. Durchstieß Haut und Muskelfasern. Zerfetzte den pumpenden Herzmuskel, drang in die blutgefüllte Herzkammer ein. Sie machte mit dem Messer noch eine kurze Drehung, dann zog sie es ruckartig heraus.

Die Frau stand wie angewachsen auf dem Bürgersteig und starrte ihre Mörderin an. Dann streckte sie ihre Hand aus, als wollte sie sich vorstellen, taumelte etwas und ging einige Schritte weiter. Nach gut zehn Metern gaben die zierlichen Beine der Frau in Rot nach, ihr Kopf schlug auf eines der geparkten Autos. Sie gab ein Geräusch von sich, welches seltsamerweise wie ein kurzer Lacher klang und sackte schließlich ganz zusammen.

Samstag, 30. Juli, 0.34 Uhr.
Triemli-Spital, 8063 Zuerich.

Er war in unruhigen Halbschlaf versunken, als die Nachtschwester kam.

»Wie spät ist es? Wissen Sie, normalerweise trage ich Kontaktlinsen, aber natürlich nicht beim Schlafen. Und meine Brille kann ich nicht finden.« Die Schwester knipste das Licht im Zimmer an und reichte ihm seine Brille. »Es ist kurz nach halb eins. Geht es mit den Schmerzen?« Sie deutete auf den Gips an Franks Fuß.

»Den spüre ich gar nicht, nur im Kopf hämmert es ziemlich.«

»Sie haben ihren Kopf auch zünftig angeschlagen, mein Lieber.«

»Gott sei Dank ist nichts weiter passiert. Ich hoffe, dass ich bald wieder gehen kann. Die Rückenschmerzen haben auf jeden Fall nachgelassen.«

»Das ist die Spritze. Sie müssen sich auf jeden Fall schonen. Sie müssen doch nicht arbeiten, oder?«

Frank schüttelte matt den Kopf. »Nein.«

»Meine Tochter ist ein großer Fan von Ihnen. Könnte ich ein Autogramm …?«

Frank seufzte: »Klar, nur habe ich jetzt keine Autogrammkarten dabei. Ich wurde mit dem Krankenwagen eingeliefert, es blieb keine Zeit mehr für Autogrammkarten.« Das stimmte zwar so nicht ganz, aber Frank fand, dass es hätte sein können, das mit dem Krankenauto. Taxi klang wesentlich unspektakulärer.

»Kein Problem.« Sie zog einen säuberlich zusammengefalteten Zettel aus der Tasche ihrer Schwesterntracht. »Das habe ich vorhin aus der *Schweizer Illustrierten* in der Cafeteria im Erdgeschoss ausgeschnitten.«

Sie zeigte ihm das Bild, auf dem er zusammen mit Tina auf dem Sofa saß. Frank grinste. »Also, wie heißt ihre Tochter?« Die Krankenschwester zögerte. »Nun, eigentlich ist das Autogramm für mich. Ich heiße Trisa. »Okay, Trisa. Ich schreibe ›Herzlichst, für Trisa‹, ist das in Ordnung?«

Trisa nickte heftig. Eine blonde Strähne löste sich aus ihrem kunstvoll zusammengebundenen Haarknoten. Frank nahm den angereichten Stift und versuchte, möglichst schön zu schreiben, ohne sich dabei allzu sehr bewegen zu müssen.

Die Nachtschwester faltete den Illustrierten-Artikel mit Franks Unterschrift vorsichtig zusammen und versorgte das Autogramm.

»Gut so?«, fragte Frank, der wusste, dass er jetzt viel zu wach war, um wieder einzuschlafen. Er hoffte auf einen spannenden Film im Nachtprogramm. Sein Sender würde um diese Zeit einen billigen Hetero-Sexfilm in französischer Sprache zeigen. Aber bestimmt würden die deutschen Sender irgendeinen Knaller im Programm haben.

»Könnten Sie mir bitte die Fernbedienung reichen?«

»Klar.« Die Nachtschwester ging um sein Bett und kramte die Fernbedienung unter einem Berg von Illustrierten hervor, die ihm Tina dagelassen hatte. Sie rechnete offenbar mit einem längeren Aufenthalt. Oder mit einer schlaflosen Nacht. Oder mit beidem.

»Voilà«, strahlte die Nachtschwester. Sie hatte offenbar nicht vor zu gehen, denn sie stellte sich wieder neben Frank.

»Danke.«

Trisa trat verlegen von einem Bein aufs andere und fummelte an ihrem Revers.

»Gern geschehen. Ist bestimmt ein spannender Job, so im Fernsehen. Sie lernen so viele Menschen und deren Leben kennen. Das muss wunderbar sein!« Sie schaute Frank an. Die Frau war ihm sympathisch. Sie erinnerte ihn ein wenig an eine Schulfreundin, die Ursi hieß. Ursi war die erste und einzige Frau (außer seiner Mutter), die Frank jemals geküsst hatte. Es war bei einem Klassenfest, und Ursis Kuss schmeckte nach Salami. Frank war sich nicht sicher, ob die Wurst sein Comingout damals beschleunigt hatte. Der Gedanke an den Kuss ließ ihn jedenfalls immer noch erschaudern. Frank sah sich verlegen im Zimmer um. Was wollte die Frau denn noch? Ihr Autogramm hatte sie bereits und er hatte wenig Lust, die Nacht mit einer Krankenschwester zu verbringen. Auch wenn ihm die Frau sympathisch war. Er fühlte sich nicht wohl in der Rolle von *Frank live*, sie sah in ihm offenbar den Talkshowstar und weniger den Patienten. Um so schlimmer, dass er momentan nicht gerade blendend ausschaute. Die Brille saß schief, das große Pflaster im Haar war alles andere als schick, er konnte sich kaum bewegen und weil sein Kinn gegen den Hals drückte, hatte er bestimmt ein Doppelkinn. Von der gebrochenen Zehe ganz zu schweigen. Die Stille war ihm unangenehm. Er deutete mit dem Kopf auf die Zeitungen. ›Messermörder noch immer unterwegs. Schläft die Polizei?‹ war die Schlagzeile des einen Blattes. ›Keine Spur vom Messermörder‹, titelte ein anderes.

»Schlimme Sache, was?«

Trisa nickte. »Ja, übel.«

»Ich meine, warum sticht der Irre nur Huren ab? Muss wohl ein Frauenhasser sein. Ich wundere mich, warum unsere Straßenschwalben nicht Sommerpause machen, bis die Bestie geschnappt ist. Ich hätte jedenfalls Angst!«

Trisas Augen verengten sich beim Wort Straßenschwalben. Sie schaute auf die Uhr. »Du meine Güte, ich muss gehen.« Sie drehte sich um und schloss die Tür, ohne sich noch einmal umzusehen.

»Weiber«, schnaubte Frank. »Wenigstens hätte sie das Licht ausmachen können!«

Samstag, 30. Juli, 0.50 Uhr. Kernstrasse 35, 8004 Zuerich.

Tina fühlte sich etwas seltsam, so alleine zu Hause. Sie vermisste bereits die Musik, die um diese Zeit normalerweise aus Franks Schlafzimmer schallte. Nun, sie würde die Gunst der Stunde nutzen und ihn anrufen. Nach einem kritischen Blick in den Spiegel wählte sie seine Nummer. Es tat gut, seine Stimme zu hören.

»Ich weiß nicht«, sagte er zögernd. »Ich fühle mich nicht wohl in eurer Wohnung. Was ist, wenn er nach Hause kommt?«

»Kommt er aber nicht. Er muss diese Nacht noch im Spital bleiben. Und er würde nie auf eigene Verantwortung nach Hause gehen. Dafür ist er viel zu wehleidig!«

»Na gut. Ich bin in einer guten Stunde bei dir.«

»Fein«, sagte Tina, »soll ich uns noch eine Kleinigkeit zu essen machen?«

»Nein, danke. Ich sollte nichts essen. Wegen meiner Figur und so. Das gilt übrigens auch für dich.«

Bei jedem anderen hätte Tina mit Empörung reagiert, aber bei IHM war ihr das egal. Er durfte so mit ihr reden. Sie legte auf und ließ sich ein Bad ein.

Als er gut eine Stunde später eintraf, hatte sich ihre Nervosität gelegt. Sie zog ihn in die Küche und küsste ihn auf den Mund. »Willst du was trinken?«

Er gab keine Antwort, sondern öffnete stattdessen seine enge Jeans. Als sie auf dem Küchenfußboden lagen (der noch voller Brotkrümel war, weil Frank wie üblich seine Nutellabrote ohne Teller im Stehen gegessen hatte), packte Tina seine kleinen, perfekt modellierten Pobacken und drückte sie ganz fest.

Sie schob ihre Nase unter seine Achsel und sog seinen Geruch gierig ein.

»Ich liebe dich«, stöhnte sie.

Er schaute sie an, als er sie nahm. »Wenn nur nicht alles so verdammt kompliziert wäre.«

Samstag, 30. Juli, 8.57 Uhr. Triemli-Spital, 8063 Zuerich.

Die Nacht war kurz gewesen, nach einer Doppelfolge von den *Golden Girls* und einem Horrorstreifen mit einer Puppe, die kleine Kinder mordete, war für Schlaf nicht mehr viel Zeit geblieben. Frank wurde nach der Arztvisite erwartungsgemäß aus dem Spital entlassen. Er nahm sich ein Taxi, da er es wenig schick fand, humpelnd und mit Kopfverband in der Straßenbahn gesehen zu werden und Tina bestimmt noch schlief und wenig Lust hatte, ihn im Spital abzuholen.

Als er gegen 11 Uhr die Tür aufsperrte, schlief sie noch. Er kochte sich einen Kaffee und beschloss, gar nichts mehr zu beschließen.

Samstag, 30. Juli, 9.09 Uhr. Heinrichstrasse 97, 8005 Zuerich.

Tibor lauschte den faszinierenden Ausführungen von Giovanni. »Alle Menschen können das erreichen, was sie wollen. Nicht umsonst lautet eine alte Lebensweisheit: Der Wille versetzt Berge. Wenn du unbedingt an Gewicht verlieren möchtest, musst du nur deine ganze Kraft mobilisieren. Im übertragenen Sinne natürlich.«

»Natürlich«, murmelte Tibor.

Giovanni sah Tibor nachdenklich an. »Hier, ich habe etwas für dich. Es könnte der erste Schritt zu einem neuen Ich sein.« Er hielt Tibor die Probe eines Parfüms hin.

»Riech mal.«

Tibor zögerte. »Ich halte nichts von Parfüms. Schon gar nicht für Männer. Ich dusche und benutze ein Deo, vor allem wenn es so heiß ist wie in den letzten Tagen, aber Parfüm?«

»Riech mal, ich finde es absolut spitze!«, forderte Giovanni Tibor erneut auf.

Er öffnete die Probepackung umständlich. Seine Finger waren viel zu dick für den kleinen Plastikverschluss. Giovanni lächelte. »Wenn du dünner wärst, dann hättest du dieses Problem nicht.«

Tibor nickte stumm. Er roch.

»Tatsächlich. Sehr speziell. Irgendwie fruchtig, irgendwie aber auch sehr … äh …«

»Herb«, ergänzte Giovanni. »Ich habe noch mindestens hundert solcher Proben, bald wird es den Duft auch in den Parfümerien geben. Meine Kunden sind schon ganz wild danach. Ähnlich wie damals, als *Eternity* von Calvin Klein auf den Markt kam. Da haben die Leute die Parfümerien förmlich gestürmt.«

»Wenn du meinst«, sagte Tibor und roch erneut an seinem Handgelenk.

Giovanni ging nach hinten und kam mit einigen weiteren Proben zurück. »Hier, nimm. Vielleicht hast du damit ja bei deiner Angebeteten Chancen. Apropos: Hast du schon vom neuesten Messerstecher-Attentat gehört?«

Tibor nickte. »Das war hier in dieser StraStraßee, nicht?«

»Die Polizei will noch nichts Genaues verraten, aber mir hat eine

Kundin heute früh erzählt, dass der Mord im Haus nebenan passiert sei. Aber wie gesagt, das ist nur ein Gerücht.«

Tibor runzelte die Stirn. »Oft ist an Gerüchten etwas Wahres dran.«

»Das stimmt«, sagte Giovanni.

»Nun, ich muss wieder zurück ins Ristorante. Soll ich dir was fürs Abendessen aufheben?« Tibor ächzte, als er sich aus dem Stuhl erhob.

»Lieb, danke. Aber ich gehe heute Abend wieder zu einer Versammlung, da gibt es was zu naschen.«

»Kann ich mitkommen?«, fragte Tibor.

»Äh ... Heute nicht, heute treffen sich nur alteingesessene Mitglieder. Wärst du schon bei uns dabei, dann wäre das selbstverständlich kein Problem, aber so ...«

»Schon gut, Giovanni. Ich werde mich beim nächsten Meeting eintragen lassen. Vielleicht kann ich ja tatsächlich noch etwas lernen. Ciao!«

Samstag, 30. Juli, 10.15 Uhr. Kernstrasse 35, 8004 Zuerich.

»Einen Hund?« Frank war fassungslos. »Wir haben keine Zeit für einen Hund. Und ich denke nicht, dass sich die Stadt für ein Tier eignet. Wie sollen wir ihm Auslauf bieten?«

»Ganz einfach, in dem wir mit der Straßenbahn an die Stadtgrenze fahren. Anstelle im Fitnesscenter zu ackern, würde uns ein wenig sinnvolle Bewegung gar nicht schaden. Es gibt sogar Psychologen, die Hunde als therapeutische Maßnahme verschreiben. Das ist gar nicht so absurd, wie du denkst. Außerdem hat diese blonde Nachrichtensprecherin beim Schweizer Fernsehen auch einen Hund, und kein Mensch stört sich daran.«

Tina war offenbar nicht mehr von dieser Idee abzubringen. Und wenn sie sich etwas in den Kopf setzte, kam man nicht mehr dagegen an. Widerspruch zwecklos.

»Ich meine, du solltest diese Welpen sehen!«, fuhr sie fort. »Die sind so süß! Wir können uns bestimmt irgendwie arrangieren. Und der Bauer hat gesagt, dass sie nicht allzu groß werden.« Frank fragte sich, wann Tina Zeit gehabt hatte, sich Hundewelpen anzuschauen.

»Wann und vor allem wo hast du die Welpen gesehen?«

»Ich bin gestern Abend noch zu Silvana gefahren. Wir hatten uns schon so lange nicht mehr gesehen, schließlich war sie mal meine beste Freundin, und seit RTL mit dem Schweizer Fenster dichtgemacht hat, habe ich sie nicht mehr gesehen und sie hat mir erzählt, dass sie vielleicht bei einer holländischen Produktionsfirma …«

»Bring es auf den Punkt, Tina!«, donnerte Frank.

»Nun, sie ist gestern bei mir gewesen, und da hat sie mir ein Bild von diesen süßen Welpen gezeigt …« Frank spürte, dass sein Rücken sich wieder verkrampfte. Er setzte sich auf den Boden. »Also gut.«

Tina strahlte. »Ich wusste es. Du liebst Tiere!«

Frank tastete nach dem Heftpflaster auf seinem Kopf. »Ich will lediglich, dass wir klare Verhältnisse schaffen, will heißen: Es ist dein Hund. Du wirst dieses stinkende Hundefutter kaufen, du wirst dich um seine Erziehung kümmern und last but not least wirst du die Hundekacke von der Straße aufklauben!«

Tina sagte nichts. Sie strahlte: »Er wird Jimmy heißen!«

»Jimmy?«, fragte Frank. »Ist das nicht etwas … gewöhnlich? Ich meine, warum nennen wir ihn nicht Fidel? Oder, wenn schon gewöhnlich, dann Rex? Rex heißen doch alle Hunde. Wenigstens die meisten Bernhardiner.« Frank machte eine Pause. »Was für eine Rasse ist dieser Hund überhaupt?«

Er hoffte, es würde ein Hund mit Stammbaum sein. Etwas Schickes, Teures. Etwas, das möglichst exotisch sein würde.

»Rasse?«, fragte Tina. »Das ist keine Rasse, das ist ein Bauernhund. Ich weiß nur, dass seine Mutter Appenzeller ist. Der Vater ist unbekannt.«

»Appenzeller? Wenn schon, dann Appenzellerin! Ich wusste gar nicht, dass die in diesem peinlichen Kanton sogar Hunde züchten.«

»Tolle Hunde«, fiel ihm Tina ins Wort. »Die sind anhänglich, reinlich und riechen nicht nach Hund!«

»Schlimm genug, dass Frauen dort erst seit 1971 abstimmen dürfen«, sagte Frank. »Ich meine, wenn die dort so machomäßig drauf sind, wie sind dann erst ihre Hunde?«

Nach einem kurzen Anruf von zwei Stunden war Tina mit dem Hundebaby wieder zurück.

Frank hatte in der Zwischenzeit ausgiebig gefrühstückt.

Er konnte nicht anders, er musste das kleine Pelztier in die Arme nehmen. Der Hund grunzte, starrte Frank mit großen Augen an und schlief wenig später in seinem Arm ein. »Siehst du?«, flüsterte Tina. »Ist er nicht süß? Er denkt bestimmst, du seist seine Mama!«

Frank, noch immer nicht voll beweglich wegen seines Hexenschusses, der gebrochenen Zehe und der leichten Gehirnerschütterung, versuchte, das Hundebaby sanft auf den Boden zu setzen. Es wachte auf, und begann sofort zu winseln.

»Es vermisst bestimmt seine Mama!«, sagte Frank vorwurfsvoll.

»Der Bauer hat mir gesagt, wir sollten für die erste Nacht einen Wecker in ein Handtuch wickeln und ihn zu dem Hundebaby in den Schlafkorb legen. Das würde es an seine Mutter erinnern. Das Ticktack des Weckers würde den Herzschlag simulieren.«

»Tja, nur haben wir weder Hundekorb noch Ticktack-Wecker. Ich könnte höchstens mit einer funkgesteuerten Digitaluhr dienen.«

»Pass du mal auf den Kleinen auf. Ich habe vorgesorgt!« Tina verschwand und kehrte kurz darauf mit einem Weide-Hundekorb zurück. Sie triumphierte: »Ich habe an alles gedacht! Siehst du?« Sie packte diverse Spielsachen aus Gummi aus, einige Hundesnacks und ein Kissen in Herzform. »Das habe ich von Silvana gekriegt, sie hatte es als Teenager. Ursprünglich waren da mal die Gesichter von ABBA drauf. Hat wohl die Waschmaschine nicht überlebt!« Frank faltete ein Badetuch zusammen, legte es mit dem Kissen in den Hundekorb und bettete den Welpen darauf. Dieser schlief weiter. »Fehlt uns nur noch ein Ticktack-Wecker und die Genehmigung, ihn zu *Frank live* mitzunehmen.«

Tina lächelte ihren Bruder an und hatte den Anflug eines schlechten Gewissens. Gut, dass er nicht die ganze Geschichte kannte.

»Pfui«, schimpfte Frank halbherzig. Tina lag in ihrem Zimmer auf dem Bett und war in ›Die perfekte Erziehung für Ihren Hund‹ vertieft.

»Tina! Dein Hund hat gepinkelt!«, schrie Frank.

»Nun hab dich nicht so, mach es sauber. Ich habe extra Wegwerfsaubertücher gekauft. Stehen in einer Box im Putzschrank!«

Frank starrte auf die Flüssigkeit, die langsam im Teppichboden versickerte. »Ich dachte, wir hätten das geklärt? Du bist für sämtliche Erziehungs-, Putz- und sonstigen Arbeiten in Sachen Hund zuständig!«

»Sei nicht so zickig«, wetterte Tina aus ihrem Zimmer. »Ich lese gerade.« Frank versuchte, den Urin des Hundes zuerst mit Klopapier, anschließend mit Teppichschaum zu beseitigen. Es blieb ein dunkler

Fleck auf dem Boden, Frank war sich nicht sicher, ob er jemals wieder verschwinden würde. Auf jeden Fall macht sich der Fleck ganz gut neben den Spuren der Lavalampen-Flüssigkeit.

Samstag, 30. Juli, 9.57 Uhr. Roentgenstrasse 8, 8005 Zuerich.

Larissa betrachtete ihre Kunstwerke. Sie konnte stolz sein. Die Bilder waren geradezu gespenstisch gut gelungen. Sie würde eine Ausstellung organisieren. Besser heute als morgen. Die Bilder würden bestimmt in einer stillgelegten Industriehalle gut zur Geltung kommen. Larissa goss sich den Rest des Rotweins in ein Glas und hielt es gegen das Kerzenlicht auf dem Küchentisch. Diese Farbe war einfach göttlich, das Rot unschlagbar edel. Blieb die Frage, ob sie genau diesen Farbton hinkriegen würde. Sie stand auf, etwas wacklig vom vielen Rotwein, und kramte die restlichen Farben hervor. Eine Mischung aus Öl- , Aquarell- und Lackfarben. Sie versuchte, die Farbe des Weins zuerst mit den herkömmlichen Farben zu mischen, als ihr das aber nicht recht gelingen wollte, öffnete sie den Kühlschrank und nahm die besondere rote Farbe, die exklusive, die seltene, und goss vorsichtig einige Tropfen davon in den transparenten Kunstharzlack.

Samstag, 30. Juli, 14.02 Uhr. Fernsehstrasse 1-4, 8052 Zuerich-Oerlikon.

Es war ungewöhnlich, dass stand außer Zweifel. Und es bedeutete bestimmt nichts Gutes. Eine Sondersitzung der Redaktion, mit allem Drum und Dran. Mitten in der Sommerpause, die zugegebenermaßen erst einen Tag alt war. Aber immerhin: es war Samstag. Und das war auf jeden Fall ungewöhnlich. Die Mitarbeiter von *Frank live*, die sich bereits ferienhalber ins Ausland abgesetzt hatten, konnten von Glück reden. Frank kam als letzter in den Sitzungsraum des Senders. Normalerweise traf man sich in den provisorischen Büros der Produktionsgesellschaft. Redakteure, Assistenten, Volontäre, Frank, Tina, sie alle waren deren Angestellte. Die ganze Rasselbande ist da, dachte Frank, als er sich einen Stuhl nahm, der irgendwie zu eng war. Der Innenarchitekt hatte wohl versucht, durch die zu kleinen Stühle den Raum größer wirken zu lassen. Andreas Ohlund, der Programmdirektor, saß am Ende des großen Glastisches. Andreas war Schwede und hatte zuvor jahrelang beim schwedischen Staatsfernsehen gearbeitet. Eigentlich hieß er Anders Åhlund, da Anders aber etwas gewöhnungsbedürftig für den deutschen Sprachraum war und die wörtliche Übersetzung ins Englische (»Hi, my name is different«) regelmäßig für Gelächter sorgte, entschloss er sich für eine Änderung in Andreas. Åhlund konnte kein Mensch richtig schreiben, und daher wurde mit Start des Senders sein Name auf Ohlund geändert. Andreas Ohlund. Er ließ es sogar amtlich machen. Im schwedischen Pass ging das nicht, die Schweizer waren da weniger kompliziert. Andreas war stolz darauf, Schwede zu sein. Und er war stolz auf seinen Akzent, der gar nicht wie ein schwedischer, sondern viel mehr wie ein französischer klang. Er musste niesen, kramte nach einem Taschentuch, aber Stephanie, die Volontärin, war schneller. Sie reichte ihm eins, er nahm es an. Er hatte sie ausgewählt! Er schnäuzte sich geräuschvoll die Nase, eine Aktion, die Frank aus Angst vor unkontrollierbarem Popelsturm nie in der Öffentlichkeit machte. Er beneidete Andreas um eine derartige Selbstsicherheit. Wenn dem ein Popel neben das Taschentuch ging, wäre ihm das bestimmt egal und die Anwesenden würden sowieso die Klappe halten. Würde dasselbe bei Frank passieren, dann hätte er garantiert einen zündholzroten Kopf. Andreas war verantwortlich für die Produktion von *Frank live*, er liebte Holzfällerhemden und Norwegerpullis. Obwohl er Norweger an sich nicht ausstehen konnte. »Die haben nur mit Öl Geld gemacht, die können nichts«, pflegte Andreas zu sagen. Noch schlimmer waren seiner Meinung nach die Finnen. Deshalb wurde in der Redaktion ausschließlich mit Ericsson-Handys telefoniert. Niemand wagte es, ein finnisches Nokia zu benutzen. Andreas war eine autoritäre Führungskraft und hatte manchmal einen elitären Befehlston drauf. Er fuhr sich durch das blonde Haar, das nicht mehr sehr dicht war. »Meine Lieben«, lächelte er, »wir haben ein kleines Problem.« Anders machte eine kleine Pause. Der schwedische Akzent, der keiner war, war heute besonders ausgeprägt, das verhieß nichts Gutes. »Scheiße«, murmelte Frank. Nur er selbst konnte es hören. Die anderen saßen alle kerzengerade auf ihren

Stühlen. »Mist. Warum ist Tina nicht hier?« Etwas lauter. Aber nicht so laut, dass ER es hören konnte. Der Schwede fixierte Frank. »Wir haben 3 Prozent Marktanteil verloren. Ich habe hier die Statistiken des letzten Quartals. Janine, könnten Sie ...« Ehe er den Satz zu Ende gesprochen hatte, verteilte die sehr junge und sehr blonde Sekretärin von Ohlund die Kopien. Sie hätte ebenso gut die blonde Gaby beim Glücksrad sein können. Hübsch, charmant, genügsam und vor allem willig.

»Danke für das«, sagte Andreas. Frank wusste, dass dies die wörtliche Übersetzung für »Tack för det« war. Und das galt selbst im Schwedischen als umgangssprachlich. Andreas setzte diese Formulierung bewusst ein. Warum, wusste Frank nicht. Gaby, die nicht Gaby hieß, lächelte Frank beim Verteilen der Kopien besonders an. Wieder kein gutes Zeichen. Sein Magen verklumpte sich, als er sah, was auf den Unterlagen stand. Sämtliche *Frank live*-Sendungen mit Ausstrahlungstermin, der Wetterlage (schönes Wetter bedeutete immer schlechten Fernsehkonsum), der Einschaltquote und dem Marktanteil.

»So, meine Lieben«, fuhr Andreas fort und machte wieder eine kleine Pause, »jetzt will ich Taten sehen. Jeder soll mir hier an der Runde sagen, welche Themen er recherchiert hat. Ich will wissen, wer für welche Themen und welche Quoten verantwortlich ist.« Frank atmete auf. Mit den Inhalten der Show hatte er nichts zu tun. Aber noch war die Sitzung nicht zu Ende. Meier fing an, er hatte früher einmal als Regisseur beim Schweizer Fernsehen gearbeitet. Eine Late-Night-Talkshow mit einem absolut untauglichen, überbezahlten Moderator. Die Sendung lief ein halbes Jahr, ehe sie abgesetzt wurde. Und das Schweizer Fernsehen pflegte nur wirklich schlechte Sendungen abzusetzen. Sehr schlechte Sendungen. »›Ich habe ihm verziehen‹ und ›Werde ich immer einsam bleiben‹ sind meine Themen auf der Liste.« Seine Stimme klang unsicher. Andreas schnaubte den Rauch der Zigarette durch sie Nasenlöcher. Wie ein Rennpferd vor dem Start, dachte Frank und begann, kleine Ornamente mit seinem Kugelschreiber auf die Statistik zu malen. »›Ich wurde vergewaltigt Teil 1 und 2‹ sind von mir.« Die Stimme gehörte Baumgartner. Ein attraktiver, muskulöser, dunkelhaariger Mann. Frank war anfangs in seiner Gegenwart immer sehr nervös geworden, bis der Mann anfing, von Frau, Kindern und den Hypothekenzinsen von seinem Haus im Grünen zu sprechen. »Manchmal gibt es eben auch tolle Heteros«, hatte ihn Tina getröstet, die sich ebenfalls etwas in ihn verguckt hatte. Baumgartner war spezialisiert auf Sexthemen. »Das heißt noch lange nicht, dass er deswegen irgendein Problem hat«, frotzelte Tina, als Frank den zweiten Anbaggerungsversuch startete und ihn zu einem Bier einlud. Baumgartner hatte ziemlich einfallslosen Sex. Ausschließlich mit seiner Ehefrau. Er oben, sie unten. Er würde sie nie betrügen. Das war die nüchterne Bilanz nach acht gemeinsamen Bieren im In-Lokal *Kaufleuten*. Er betonte damals sehr, wie glücklich verheiratet er sei. So sehr, dass Tina keinen Annäherungsversuch ihrerseits unternahm. Und auch Frank ließ endgültig die Finger von ihm und hörte auf, dämlich im Flur zu grinsen, wenn er ihn sah.

»Vergewaltigung ist durch«, sagte Andreas und lächelte gütig. »Davon könnten wir im Herbst nicht mal mehr ein Best-of machen. Weiter?«

»›Ich habe versucht, mich zu töten.‹«

Andreas beugte sich über die Listen. »Das war gut. Sehr gut sogar. Hätte ich eigentlich nicht gedacht, ist schließlich die alte Selbstmordgeschichte, etwas neu aufgekocht. Hat offenbar funktioniert.« Er sah Baumgartner an, dieser lächelte.

»Oh, und ›Inzest‹ ist auch von mir«, triumphierte Baumgartner.

»›Inzest‹ ist auch gut«, sagte Andreas. Und alle nickten. Frank hasste Sex-Themen, weil er nur wenig Ahnung von heterosexuellen Problemen hatte. »Man muss den Leuten geben, was die Leute haben wollen.« Predigte Andreas. Und alle nickten. »Ich will, dass wir nach der Sommerpause mit einer Bombe starten. Ich will, dass sich alle grün und blau ärgern, wenn sie aus der Zeitung erfahren haben, was sie verpasst haben. Ich will ein Feuerwerk!« Andreas machte eine lange Pause, im Sitzungszimmer stieg die Spannung ins nahezu Unerträgliche. Frank hörte auf, weitere Ornamente zu malen, da man das Kritzeln auf dem Papier hören konnte. »Ich will eine Gästeschar, die sich gewaschen hat.« Damit meinte er zweifelsohne, dass sie sich vor laufender Kamera anschrien, sich beschimpften, sich öffentlich hassten. Andreas erhob sich aus seinem Stuhl. Dieser war etwas breiter als die übrigen Stühle, aber dennoch auch für ihn zu eng. Frank musterte diskret die Statur des Schweden und kam zu dem Schluss, dass er in den letzten Monaten abgenommen hatte. »Eine Gästeschar, die sich gewaschen hat«, wiederholte Andreas. »Und ich will, dass ihr die Sommerpause dazu benutzt, die geilste Sendung zusammenzustellen. Und ihr arbeitet im

Team zusammen! Ach, und Meier …« Wieder eine Pause. »Sie müssen nach der Sommerpause nicht mehr kommen.«

Frank verließ mit den anderen das Sitzungszimmer. Es herrschte eisige Stille. Nur Baumgartner lächelte ihn an. Das war das erste Mal, dass er lächelte. Frank war sogleich verunsichert, beschloss aber, nicht weiter darauf einzugehen.

Samstag, 30. Juli, 15.18 Uhr. Kernstrasse 35, 8004 Zuerich.

»Und?«, fragte Tina mit dem Hundebaby im Arm. »Scheiße. Eine Krisensitzung. Alle waren sie da. Und der Schwede hat gedroht, Quoten rauf oder tschüss. Die Redaktion muss quasi durcharbeiten. Ein Thema finden. Einen Quotenknüller.« Frank setzte sich neben Tina auf den Boden und kraulte den Hund hinter den Ohren. »Du hast es gut. Kriegst zu fressen, darfst schlafen soviel zu willst, und dann und wann spielt Tante Tina mit dir.« Franks Lächeln sah etwas müde aus. »Stell dir vor, die würden mich absetzen. Ich würde nicht sehr schnell wieder einen Job kriegen. Ich meine, den Nachrichtensprecher nimmt mir doch niemand ab. Und eine billige Gameshow möchte ich nicht moderieren. Mir graust vor dem Dieter-Moor-Syndrom!« Tina nickte. Das Hundebaby musste niesen. Frank lächelte erneut. Matt. Tina hasste es, wenn er ins Dramatische absank. Das mochte vor den Kameras auf die Muttis und die ihrer Meinung nach leicht retardierten Zuschauer wirken, für sie war es billige Effekthascherei. Zumal sein einstudierter Hundeblick in Kombination mit der Wimpernkranzverdichtung eher lächerlich als melodramatisch aussah. »Hör auf zu jammern! Du hast das erreicht, was alle wollen. Du bist berühmt, beliebt, erfolgreich, siehst gut aus und machst jede Menge Kohle. Du hast überhaupt kein Recht zu jammern!«

Er äffte ihren herablassenden Ton nach. »Jaa, Tina.« Sie ging nicht darauf ein und setzte das Hundebaby vorsichtig auf den Teppichboden. Es schaute sie mit großen Augen an und musste erneut niesen. »Vielleicht ist er Allergiker? Gibt es so was bei Hunden?« Tina zuckte die Schultern, goss sich einen Schluck Whisky in ein Zahnglas und trank es ohne Eis in einem Zug aus. Dann goss sie sich nach und setzte sich an den Esstisch. Frank saß noch immer auf dem Boden und betrachtete das Hundebaby, das leise Schnarchgeräusche machte. »Hat irgendwie was Menschliches, dieses kleine, süße Wesen, nicht?«, fragte Frank. Tina sah ihren Bruder lange an. Er kannte diesen Blick von früher. Als er beim Frisörspielen ihrer Puppe die Haare abgeschnitten hatte. Als er sie wegen dauerndem Schokoladenklau aus der Vorratskammer im Keller verpetzte. Als er die besseren Schulnoten hatte.

»Warum nicht wir?«, fragte sie schließlich.

Frank verstand nicht. »Warum recherchieren wir nicht eine Geschichte? Es ist Sommer, wir bleiben zu Hause, haben jede Menge Zeit.«

»Wir?«, wiederholte Frank. Er wollte erst gar nicht wissen, was für ein dämliches Gesicht er in diesem Augenblick machte.

»Genau. Anstatt dass du jetzt wochenlang jammerst, bringen wir den absoluten Knüller. Stell dir mal vor, endlich könntest du beweisen, dass du mehr drauf hast, als nett zu lächeln und vorbereitete Fragen zu stellen. Dass du auch Köpfchen hast. Und …« Tina machte eine Pause und nippte an ihrem Whisky. Frank war sich nicht sicher, ob seine Schwester betrunken war – sie legte selten einen derartigen Eifer an den Tag. »Und ich bin nicht mehr länger deine doofe kleine Schwester. Ich kriege mehr Kohle und endlich die Anerkennung, die ich schon lange verdient habe.« Frank musterte ihr Gesicht, um zu sehen, ob sie das wirklich ernst meinte, es war das erste Mal, dass Tina zugab, dass sie sich nach demselben sehnte wie Frank und all die anderen Menschen auf der Straße: Anerkennung und Publicity. Frank schluckte schwer. Die Idee war noch vage, aber es gab keine Gründe, sie nicht weiterzuverfolgen. »Packen wir's an.« Er sagte es so laut, dass das Hundebaby erschreckt winselte.

Frank goss ›Johnnie Walker Red Label‹ nach und setzte sich mit einem Blatt Papier an den Tisch. Tina suchte nach Buntstiften und kam mit Neonmarkern zurück. »Man kann nie wissen«, sagte sie. »Vielleicht stellen wir das ultimative Konzept auf die Beine, und da wäre es doch zu blöd, wenn wir keine Leuchtstifte hätten!«

Aus der Stereoanlage tönte Celine Dion. Ein Kompromiss zwischen Franks Schnulzen- und Tinas Rock-Musik-Geschmack.

»Ich meine, es geschieht hier in unserem Quartier«, redete Tina begeistert weiter.

»Falsch, es geschieht hier in unserer Nachbarschaft. Es geschieht im Kreis 5. Vor allem an der Heinrichstrasße«, korrigierte sie Frank.

»Ist dir eigentlich schon aufgefallen, dass der Messermörder ausschließlich Prostituierte abmurkst?«

Tina nickte heftig mit dem Kopf. »Auch ich lese ab und zu Zeitung. Aber was willst du damit sagen?«

Frank kritzelte die gleichen Ornamente wie am Vormittag bei der Krisensitzung zu *Frank live*. Nur tat er es diesmal geräuschvoller. »Ich habe schon einige Male Vergewaltigung als Thema gehabt. Bei Vergewaltigung geht es meistens um Dominanz. Manchmal auch um Angst. Bei Mord geht es um … äh …«

Tina runzelte die Stirn. Frank schien manchmal zu vergessen, dass sie weder ein Fan noch eine Klatschreporterin noch eine Nachbarin war. Er sah die Grenze zwischen Studio und Zuhause nicht mehr und geriet dann leicht ins Schauspielern. Eine energische Handbewegung ihrerseits stoppte seinen Monolog. »Halt! Wir sind hier nicht bei *Frank live* und ich bin keine deiner benebelten Zuschauerinnen. Wir müssen irgendwie herausbekommen, wo die Messermorde genau stattgefunden haben. Stell dir vor, wir würden in der Sendung die Morde aufklären!«

»Wir sind aber eine Talkshow, Liebes, und kein Fahndungsmagazin und ich bin – halleluja – weder Konrad Toenz noch Jörg Wontorra.«

»Ja, schon, aber wir könnten das Ganze hübsch verpacken. Wir laden die richtigen Gäste ein, fahren die Sendung live und haben – paff – einen Primeur.« Sie sprach es mit mindestens drei ö aus. Primööör.

Die Idee war wirklich grandios, aber dummerweise war es nicht so einfach, einen Messermörder zu schnappen, und Frank wollte nicht, dass sich seine Schwester zu sehr in etwas hineinsteigerte und dann enttäuscht wurde.

»Du und deine Live-Sendungen«, sagte er und versuchte, etwas herablassend zu klingen. In Wahrheit hatte auch ihn die Idee bereits gepackt.

»Ich fotografiere dich, während du ihn überwältigst.« Tina hatte sich in Fahrt geredet.

»So weit willst du gehen? Wir sollen ihn nicht nur ausfindig machen, sondern auch gleich überwältigen?« Tina nickte heftig. »Sonst ist die Geschichte irgendwie nicht … äh … homogen.«

Frank war sich nicht sicher, ob dieses Wort in diesem Zusammenhang verwendet werden konnte, beschloss aber, sie nicht zu unterbrechen. Es würde schon genügen, wenn sie beide maßgeblich an der Klärung des Falles beteiligt wären. Gerade so viel, dass in der Pressemitteilung der Polizei sein Name stehen würde. Mehr Publicity würde er nicht brauchen, es würde für eine Zeitungsstory reichen. Bestimmt für eine Geschichte in den Illustrierten. Andere Fernsehsender würden Bilder von ihm in den Nachrichten zeigen. Ausschnitte aus *Frank live*. Der Marktanteil würde steigen. Der Schwede sich beruhigen. Und Meier seinen Job zurückkriegen. Und Baumgartner würde vielleicht doch mit ihm ins Bett gehen. Frau und Kinder hin oder her.

Mit jedem Schluck Whisky wurde er sich sicherer, dass sie es schaffen würden. Zumal die Polizei in der Schweiz nicht an Miss Marple und Hercule Poirot gewöhnt war. Die Polizei ließ sich bestimmt von ihnen überlisten. Tina könnte harmlose Recherchen für *Frank live* vortäuschen, irgendwas über ›Hilfe, ich wurde im Puff ausgeraubt‹ oder so. Sie könnte ihre High-Heels anziehen, eine Aktentasche mit einer ziemlich durchsichtigen Bluse kombinieren und sie würde natürlich keinen BH tragen. Heteros waren schließlich einfach gestrickt.

»Was denkst du?«, unterbrach Tina seine Gedanken.

Frank sah ihr scharf in die Augen. »Wir werden es packen!« Seine Stimme drückte Entschlossenheit aus. Frank hatte nur noch keine Ahnung, wie es klappen würde.

Sie diskutierten noch eine halbe Stunde weiter. Tina guckte auf die Armbanduhr und hatte »noch etwas zu tun.« Frank war zu betrunken, um nachzufragen. Was er normalerweise zweifelsohne getan hätte. So ließ er sie ziehen und grübelte auf dem Sofa über seine Sendung nach.

Samstag, 30. Juli, 16.02 Uhr. Fernsehstrasse 1-4, 8052 Zuerich-Oerlikon.

Die Sonne brannte, das Kiesgelände, welches den provisorischen Parkplatz des Fernsehstudios darstellte, blendete Frank. Eigentlich müsste die Hitze langsam nachlassen, dachte Frank.

Schütz von der Sendung *Du wirst gesucht* kam meistens am späteren Samstagnachmittag noch kurz vorbei, die Sendung wurde immer montags ausgestrahlt. Schütz war für die Recherchen verantwortlich, hatte sich ursprünglich mal für einen Job bei *Frank live* beworben. *Du wirst gesucht* produzierte die erste Staffel für den Herbst, daher hatte die Redaktion erst zwei Wochen später Sommerpause. *Du wirst gesucht* war ein gewagter Mix aus der Suche nach zur Fahndung ausgeschriebenen Verbrechern, vermissten Personen und Familienzusammenführungen. Dazu gab es eine Rubrik ›Prävention‹, in der ein Polizeisprecher à la Ede Zimmermann über die Maschen von Trickdieben erzählte. Mangels Verbrechen und Trickdieben in der Schweiz wurde manchmal geschwindelt. Das war immer dann, wenn kein Polizeisprecher im Studio war. »Es könnte ja sein, dass es solche Diebstähle tatsächlich gibt und wir nur noch nichts davon wissen«, hatte Schütz am letzten Apéro des Senders, an dem sich alle gemeinsam betrunken hatten, großspurig erklärt.

»Ah, auch keine Sommerpause, wie?«, fragte Schütz. Frank kramte in der Tasche und suchte nach den Autoschlüsseln. »Habe was vergessen«, sagte er. Und versuchte eine teilnahmslose Miene zu machen. Es sollte alles sehr zufällig aussehen. Nach dem obligaten Schimpfen auf den Sender und einem Mini-Exkurs zum heißesten Sommer seit mindestens hundert Jahren, lenkte Frank auf das Thema. Unauffällig. »Wie geht ihr eigentlich vor, wenn ihr jemanden sucht?«

»Warum?«, fragte Schütz. Frank hatte offenbar doch nicht unauffällig genug gefragt. Wer eine erfolgreiche Sendung macht, hütet jedes Detail wie die Goldreserven unter dem Paradeplatz.

»Nur so.« Frank spielte mit den Schlüsseln. »Ich bin gerade auf dem Sprung.« Frank sah Schütz direkt an. Er war ein absoluter Durchschnittstyp. Jeans, T-Shirt, kleine Augen. Die Augen sind es, dachte Frank. Sie verleihen ihm etwas Durchtriebenes. Etwas Fieses. »Ich habe eure letzte Sendung gesehen. Sie war toll!« Der Spruch zeigte seine Wirkung. Schütz taute auf.

»Findest du?« Schützt strahlte.

»Die Hure, die beklaut wurde, war der absolute Heuler! Meine Geschichte!« Schütz zündete sich eine Zigarette an. Hastig. Nervös. »Wir hatten hinterher noch Ärger, weil wir ihr versprochen hatten, die Augen zu pixeln. Haben wir aber nicht. Ihre Nachbarn haben sie dann erkannt. Bitter!« Schütz zog verächtlich den linken Mundwinkel nach oben. Frank war schockiert. Wenn er den Leuten in seiner Sendung etwas versprach, dann hielt er es auch. Schütz war ein Arschloch. »That's life. Pech gehabt. Ich werde diese Frau nie mehr wieder sehen. Und den Zuschauern hat's gefallen. 14,2 Prozent!« Wichser. Wie weit musste man sinken, um die Marktanteile sämtlicher Sendungen im Kopf zu haben, dachte Frank. Er lächelte, schließlich hatte er Schütz genau dort, wo er ihn haben wollte. »Was hat dir an der Sendung besonders gefallen?«, fragte Schütz. »Die Beerdigung mit dem Erbschleicher«, log Frank. Er hatte bei den Bildern dieses sehr intimen und traurigen Anlasses sofort weggezappt. Auf das Schweizer Fernsehen, das noch wusste, was am Vorabend gesendet werden musste. Tiersendungen.

»Ja, ja, die Beerdigung«, wiederholte Schulz und drückte die Zigarette auf dem Kiesboden des Parkplatzes aus.

»Wie kriegt ihr eigentlich diese Informationen? Lässt euch jemand von der Polizei vertrauliche Informationen zukommen?« Schütz grinste noch immer.

»Kein Problem, mit dem richtigen Passwort kommst du in jedes Netzwerk. Auch in das der Polizei.« Schütz grunzte zufrieden, überwältigt von seiner eigenen Brillanz. Frank wagte noch einen weiteren Schritt. »Und wie kriegt ihr das Passwort?« Schütz stutzte und griff sich an die Gesäßtasche, als ob jemand sein Portemonnaie klauen wollte.

»Habt ihr bei Frank etwas Ähnliches vor?« Frank korrigierte scharf: »*Frank live!*«

»*Frank live*«, echote Schütz.

»Schütz, wirklich. Wir machen doch eine total andere Sendung! Wir haben nichts mit Verbrechen und verloren gegangenen Typen am Hut!«

Das schien ihn nur mäßig zu überzeugen, er sah auf seine Armbanduhr. Eine billige Swatch, wie Frank feststellte. »Ich muss los, ich muss vor unserer Sitzung noch ein paar Dinge erledigen.«

Frank lächelte. Tina würde mit ihm zufrieden sein. Der Polizeicomputer. So einfach war das also. Fehlte nur noch das Passwort, aber das würde er leicht herausfinden.

Samstag, 30. Juli, 17.12 Uhr. Zwinglistrasse 12, 8004 Zuerich.

Bei einem Drink, der nach gar nichts schmeckte, im Liquid, einer auf Seventies getrimmten Bar im Kreis 4, erzählte Frank Tina von seinen neuesten Erkenntnissen. Sie lächelte anerkennend. »Jetzt müssen wir nur noch das Passwort kriegen, einloggen und voilà.« Sie schnalzte mit der Zunge.

»Und wo warst du in der Zwischenzeit?«, fragte Frank.

»Ich habe so dies und das erledigt«, wich sie aus.

»Sag schon, Tina. Früher oder später finde ich es sowieso raus.«

»Schon klar. Aber später ist mir lieber«, sagte sie.

Frank war eingeschnappt, wollte aber die Goldgräberstimmung mit seiner Fragerei nicht zerstören, so ließ er es gut sein.

Am Nebentisch saß ein großer, athletischer Mann in Adidas-Turnschuhen ohne Socken. Er starrte unentwegt zu Frank herüber. Dieser wurde langsam nervös und stellte sich die Frage, die er sich seit der ersten Ausstrahlung von *Frank live* immer wieder stellte: »Guckt der mich an oder will der in *Frank live*?« Tina schien seinen Gedanken zu erraten. »Der findet dich geil. Aber denk gar nicht erst daran, ihn anzubaggern, dafür ist jetzt keine Zeit.« Sie hatte insgeheim einen Megahorror davor, dass sich Frank in einen Typen vergucken könnte. Dann würde er nämlich tagelang *The Day Before You Came* von ABBA hören, nichts mehr essen, nicht mehr reden und garantiert nicht mehr recherchieren. Sie beugte sich zu ihrem Bruder hinüber und küsste ihn. Noch ehe Frank Luft holen konnte, um sich lautstark zu beschweren, war sie bereits wieder beim Thema. »Wie kommen wir nur an dieses verdammte Passwort?« Frank seufzte, der Turnschuhmann (Italiener? Albaner? Türke?) legte das Geld für sein Bier auf den Tisch und verließ das Lokal, ohne sich noch einmal umzusehen. Frank kniff sein linkes Auge zusammen. »Ich hätte da so eine Idee.« Tina hörte gespannt zu.

»Und das soll funktionieren?« Tina guckte skeptisch. »Die werden mir das nie und nimmer glauben!«

Frank hatte mit Einwänden gerechnet. Jüngere Schwestern waren prinzipiell immer vorsichtig und zurückhaltend, vor allem wenn es um Vorschläge der großen Brüder ging. Aber hatten ihn nicht gerade die ausgefallenen Ideen im Leben weitergebracht? Frank verdrehte die Augen. Nun, nicht alle seiner bisherigen Pläne hatten funktioniert, aber wenigstens die meisten. Tina seufzte, sie griff zum Telefonhörer und wählte die Nummer, die Frank auf einen kleinen gelben Zettel gekritzelt hatte. Es meldete sich die Telefonistin der Produktionsgesellschaft.

»Guten Tag, mein Name ist Tina Schornik. Ich ... äh ...«, sie guckte zu Frank, der sich gerade ein neues Glas Wein eingoss, »ich ... äh ... bin die Schwester von Frank von *Frank live*, also von Frank Schornik.«

»Ich kenne ihren Bruder,« unterbrach die Telefonistin Tinas nervöses Gestammel.

»Ich habe gehört, dass bei euch Castings für *Swap!* Durchgeführt werden, und wollte fragen, ob ich mal vorbeischauen könnte.«

»Moment.« Die Telefonistin schien zu verbinden.

Frank zog fragend die linke Augenbraue hoch. »Ich werde verbunden«, flüsterte Tina. Eine kernige Männerstimme hob ab. Sie gehörte dem künftigen Redaktionsleiter von *Swap!* Er war hocherfreut über Tinas Anruf. Es würde sich für die neue Sendung gut machen, die Schwester eines beliebten Moderators einzustellen. »Nun, es ist nicht direkt so, dass ich mich casten lassen möchte, es geht mir viel mehr darum, einfach mal zuzuschauen, wie so was funktioniert. Wir haben bei *Frank live* Sommerpause, ich habe nicht viel zu tun, und Ihre Sendung interessiert mich.« Grunzend gab der Redaktionsleiter sein Einverständnis. Tina durfte zuschauen, auch wenn ihm eine Bewerbung lieber gewesen wäre.

Samstag, 30. Juli, 18.45 Uhr. Fernsehstrasse 1-4, 8052 Zuerich-Oerlikon.

Als Tina mit hektischen Flecken im Gesicht in der Regie des Senders ankam, nickte ihr Marti, der Redaktionsleiter, freundlich zu. Sie war zu spät, weil sie mit dem Auto quer durch die Stadt hatte fahren müssen. Tina verzichtete so oft wie möglich aufs Auto, aber heute hatte sie keine Lust auf die schwitzenden, stinkenden Menschen in der Straßenbahn gehabt. Marti war ein attraktiver Mann, ihrer Meinung nach aber viel zu jung für einen solchen Job wie Redaktionsleiter. Aber in Zeiten wie diesen wunderte Tina gar nichts mehr. Sie schätzte den Mann auf 25. »Wir haben bereits angefangen.« Marti guckte auf Tinas Ausschnitt. Franks Idee. »Du musst sie mit deinen Titten ablenken. Zieh einen Push-up an, und lass irgendwie noch deine Nippel durchschimmern. Beim Fernsehen geht es über kurz oder lang eh nur ums Ficken. Und sprüh vorsichtshalber noch *Buste Liftée* drauf.« Ein Spray, das die Brustwarzen angeblich aufstellte, und bereits nach der ersten Anwendung sollte der Busen straffer aussehen. Tina konnte aber auch, nachdem die Dose leer war, keinen Unterschied feststellen, Frank hingegen war sich sicher, dass ihr Busen etwas weniger den Gesetzen der Schwerkraft folgte (Unverschämtheit, ihr Busen war sowieso tadellos!) und ging sogleich eine neue Dose kaufen, war 98 Franken ärmer, sie musste sich weiterhin damit einsprühen und er sich wiederum ihr Gemecker anhören.

Franks Theorie schien sich zu bestätigen. »Nenn mich Silvio«, raunte Marti Tina lüstern zu. Auf den Bildschirmen in der Regie wurden die drei Kameras auf Position gebracht. Der Tontechniker fragte »Können Sie mich hören?«, und die blonde Kandidatin nickte aufgeregt in die Kamera. Tina war froh, dass es nicht ihre Prüfung war. *Swap!* War ein von der Putzmittelindustrie gesponsertes Nachmittagsprogramm, das ab Herbst vor *Frank live* laufen sollte. Trends, neue Produkte und jede Menge Hausfrauenklatsch wurden in Kurzhäppchen exakt 23 Minuten lang serviert. Das Konzept für die Sendung war aus dem Fernsehmekka Holland für einen beträchtlichen Betrag eingekauft worden, ebenso das Studiodekor. Tina rümpfte die Nase. Das Grün der Pappwände schmeichelte niemandem, die Beleuchtung schien von unter her zu kommen und verlieh der ganzen Szenerie einen *Akte X*-Touch. Nach wenigen Minuten gab Silvio im Regieraum ein Zeichen, die Aufzeichnung begann. Die erste Fassung des Castings war wohl ein Probelauf. Silvio sah amüsiert auf den Monitor. »Die Kleine ist absolut hohl, aber irgendwie süß mit ihren großen Kulleraugen. Ich bin mal gespannt, ob sie überhaupt lesen kann«, sagte er zu einem älteren, ziemlich dicken Mann, der vor einem der Regie-Monitore saß. »Arrogantes Arschloch«, dachte Tina. Und guckte auf die Uhr. Insgesamt waren sieben Kandidatinnen angekündigt, jede brauchte fünf Minuten. Sie selbst würde nicht länger als zehn Minuten brauchen.

Die nächste Kandidatin war optisch eine Mischung aus Hausfrau und Model. Die Figur eines Models: lange Beine. Das Gesicht einer Hausfrau: abgekämpft. Tina machte sich aus dem Staub, Silvio guckte sie fragend an. Sie hielt sich die Finger an den Mund und formte lautlos das Wort ›Zigarette‹. Marti grinste. »Wollen wir nach dem Casting einen heben gehen?«, fragte er und hatte wieder diesen Blick, den Tina gar nicht ausstehen konnte. »Vielleicht«, sagte sie und öffnete leise die Tür. Die gelb gestrichenen Flure waren beinahe leer, ein paar unbekannte Gesichter grüßen sie. Wohlweislich hatte sie die Besucher-Anstecknadel in ihrer Umhängetasche verschwinden lassen. Niemand schien zu merken, dass sie nicht hierher gehörte. Frank hatte ihr den Weg zu den Wo bist Du-Büros erklärt, und es war tatsächlich kinderleicht zu finden. Obwohl sie sich normalerweise nicht zu sehr auf Franks Wegbeschreibungen verlassen konnte. Sie spähte durch die Glastür der besagten Redaktion. Frank hatte Recht gehabt, niemand schien zu arbeiten. Jetzt kam der schwierigste Teil. Tina steckte ihren Badge in den Türöffner, wie erwartet blinkte die rote Leuchtdiode. Sie steckte die Karte erneut in den Schlitz. Wieder die rote Lampe. Sie wartete einen Moment, versicherte sich, dass niemand auf dem Flur stand und versuchte es ein drittes Mal. »Jetzt müsste der Alarm eigentlich losgehen«, sagte sie zu sich selbst. Und tatsächlich: Wenige Sekunden später blinkte die Leuchtdiode. Das Zeichen für den stillen Alarm. Nur wenige Augenblicke später kam ein Sicherheitsbeamter den Flur entlang. Er war alleine und ging gemächlich. Als er Tina vor der Tür von *Wo bist du* und *Du wirst gesucht* stehen sah, lächelte er. »Na, meine Liebe? Haben sie Probleme mit ihrem Badge?« Tina lächelte zurück. Das hieß, sie verzog ihre Mundwinkel. Denn eigentlich machte sie sich beinahe in die Hose. »Nun, eigentlich bin ich nicht von dieser Redaktion. Ich bin die Schwester von Frank, von *Frank live.*« Der Sicherheitsbeamte pfiff anerkennend durch die Zähne. »Hätte ich gar nicht gedacht, dass der eine so charmante und attraktive Schwester hat!« Frank hatte Recht. Heteros funktionierten wirklich einfach. Ihre Brüste, eine Haarlocke im Gesicht und ein süß-doofer Augenaufschlag schienen tatsächlich Tür und Tor zu öffnen. Sie hielt an ihrer Geschichte fest, obwohl sie sich sicher war, dass der picklige Sicherheitsbeamte gar nicht erst weiterfragen würde. Tina flüsterte ihm geheimnisvoll ins Ohr: »Wissen Sie ...« Dann machte sie eine Pause, damit ihm Zeit blieb, sich etwas zu ihr herunterzubeugen. »Wissen Sie, mir ist was ganz Peinliches passiert.« Sie hatte ihn da, wo sie ihn haben wollte. Er war ihr auf den Leim gekrochen. »Ich habe ein E-Mail an den Redaktionsleiter von *Wo bist Du* geschickt, dummerweise habe ich das Attachement, also die Anlage vertauscht. Er hat anstelle der Einschaltquoten meine ziemlich intimen Tagebuchaufzeichnungen gekriegt.« War das zu billig? Einen kurzen Moment zweifelte Tina. Der Sicherheitsbeamte hatte ein koboldartiges Glitzern in den Augen. Offenbar war es billig, aber es funktionierte. Sie fuhr fort und setzte noch einen drauf: »Nun, in diesen Aufzeichnungen geht es um meine geheimen ... äh ... Liebeswünsche. Und das sollte er nicht unbedingt lesen. Deswegen wollte ich das E-Mail löschen, bevor er es liest.« Sie versuchte, noch etwas mehr Dramatik in ihre Stimme zu legen. »Stellen Sie sich vor, wenn das die ganze Redaktion liest!« Der Sicherheitsbeamte nickte. »Nun, es ist gegen die Vorschriften, aber ich verstehe Sie ja.« Tina legte den Kopf schräg und kicherte. »Darf ich Sie anschließend zu einem Käffchen einladen?« Das gab ihm den Rest. Er öffnete Tina die Tür.

Der Arbeitsplatz des Redaktionsleiters wäre auch ohne Franks Beschreibung leicht zu finden gewesen. Er hatte definitiv den protzigsten Arbeitstisch und den größten Computerbildschirm. Tina schaltete den PC an, der Sicherheitsbeamte stand hinter ihr. Sie musste sich etwas ranhalten, damit sie nicht zu lange vom Casting wegblieb. »Wie ist das Passwort?«, fragte sie den Beamten. Dieser zuckte mit den Schultern. »Ich habe nur ein Notfall-Passwort, für alle Systeme. Und das darf ich nur auf Anweisung der EDV-Abteilung benutzen.« Tina beugte sich über die Computertastatur. Genau so, dass er ihre Brüste sehen konnte. Jetzt wäre es besser gewesen, sie hätte keinen BH angehabt, wie Frank es vorgeschlagen hatte. Aber für das Pickelgesicht schien es allemal zu reichen. Er rieb sich nervös am Kinn. »Ich könnte ernsthaft in Schwierigkeiten geraten!«

»Bitte«, bettelte Tina

»B19TV.«

»B19TV?«, fragte Tina enttäuscht. Sie hatte sich etwas Klangvolleres vorgestellt.

»Danke«, strahlte sie und gab den Zugriffs-Code ein. Das System akzeptierte die Eingabe.

»Könnten Sie ...?«

Der Sicherheitsbeamte nickte und trat einige Schritte zurück. Tina loggte sich direkt in den Polizeicomputer ein.

»Donnerwetter.«

»Ist was?«, fragte Pickelgesicht.

»Alles in Ordnung. Ich drucke meine Mail nur noch schnell aus, bevor ich es lösche.«

Frank hatte tatsächlich eine E-Mail an Marti geschickt, eines, in dem nichts weiter als ›Test‹ stand. Sie löschte es und druckte alle Einträge aus der Polizeidatenbank zum Thema Messermörder aus.

Der Wachmann guckte skeptisch auf die zwei DIN A4-Seiten, die der Laserdrucker ausspuckte.

»Ich habe das nur ausgedruckt, falls wir irgendwelche Probleme kriegen sollten! Das ist auch für Sie besser, damit haben wir den Beweis, dass ich tatsächlich eine E-Mail geschickt habe!« Es war plump, und spätestens jetzt hätte er Lunte riechen müssen. Aber er schien ihr zu glauben und grinste. Es war ein schlüpfriges, blödes Grinsen. Offenbar schien ihm wieder eingefallen zu sein, was sie da in den Händen hielt. Ihre geheimen Liebeswünsche. Sie konnte seine Gedankengänge förmlich lesen, so durchschaubar war seine Mimik.

»Gehen wir jetzt einen Kaffee trinken?« Tina schaute auf die Uhr. Nie und nimmer würde sie mit diesem geilen Bock nur eine Minute ihres Lebens freiwillig verbringen.

»Nein, ich revanchiere mich aber gerne nächstes Mal, wenn ich vorbeischaue. Ich muss leider sofort gehen, mein Bruder erwartet mich. Wir gehen gemeinsam essen. Es geht um ein … äh … ein familiäres Problem, verstehen Sie?« Er guckte enttäuscht. »Ich nehme nicht an, dass für euch Securities die Sommerpause auch gilt?«, lenkte sie ihn ab.

Das englische Wort für seinen Beruf schien ihm zu gefallen. Er lachte. Das erste Mal, dass er tatsächlich lachte und nicht nur grinste. Das hätte er aber besser nicht gemacht. Tina fiel auf, dass seine Vorderzähne hervorstehend waren. Auch das noch, dachte sie, Überbiss!

Sie ging zurück zu Marti, der offenbar viel länger als fünf Minuten für eine Kandidatin gebraucht hatte. Tina guckte interessiert zu und verabschiedete sich mit der gleichen Ausrede, wie beim Überbiss-Sicherheitsbeamten: Familiäre Angelegenheiten. Sie zwängte sich durch den Stadtverkehr, die beiden Blätter mit dem Ausdruck zum Thema Messermörder neben ihr auf dem Beifahrersitz.

Als sie nach Hause kam, fand sie ihren Bruder auf dem Balkon. Er aalte sich in der Sonne, was in Kombination mit der weißen Gipshülle, die seine große Zehe schützte, ziemlich grotesk aussah. Um seinen Kopf hatte er elegant ein weißes Handtuch gebunden, der Teil des Gesichtes, welcher nicht verdeckt war, hatte bereits eine leichte Rötung angenommen. Tina war sich nicht sicher, ob dies auf die Sonne oder den Whisky zurückzuführen war.

»Sei gegrüßt, liebliche Suleika«, frotzelte Tina. Sie wedelte mit den Papieren.

»Mmh«, grummelte Frank, der trotz der offenbar trotz der schwülen Nachmittagshitze unter der Sonne eingeschlafen war.

»Was soll das Handtuch auf deinem Kopf?« Tina setzte sich auf den Betonboden des Balkons, sprang aber sogleich wie eine Feder zurück.

»Verdammt, ist das heiß!«

»Mmh.«

Sie zog ihrem Bruder das Handtuch vom Kopf und setzte sich darauf. Dieser erhob sich, geblendet von der Sonne, aus dem Liegestuhl.

»Nervensäge. Genau wie früher. Wenn du spielen wolltest, musste ich mit dir spielen. Und wenn ich keine Lust dazu hatte, dann hast du mich so lange tyrannisiert, bis ich nachgegeben habe.«

Frank stieß bei den Zischlauten etwas an. Also doch zu viel Whisky. Wenn sich Frank leicht betrank, war er meistens witzig. Wenn er etwas zu viel getrunken hatte wurde er traurig und hörte stundenlang Schnulzensongs, allerdings in Zimmerlautstärke. Wenn er die Titel laut hörte, war er verliebt. Stufe Drei war die schlimmste: Während Heteromänner bei zu viel Alkohol meistens aggressiv wurden, versank Frank in tiefstes Selbstmitleid. Dann war er kurz vor dem Selbstmord. Ein Grund mehr, weshalb Tina den neu angelegten Alkoholreserven im Haushalt mit Misstrauen begegnete. Zumal auch sie oft nicht genau wusste, wann Schluss mit dem Trinken sein sollte.

»Wir melden uns dann mal besser schon in der Betty Ford-Klinik an«, sagte sie trocken und trank einen großen Schluck aus Franks Glas. Es war Whisky pur.

Frank schmatzte laut. »Hä?«

»Die Betty Ford-Klinik ist die Entzugsklinik schlechthin. Spezialisiert auf Alkohol und Tabletten. Liz Taylor ist jedes Jahr dort, Liza Minelli ebenfalls.«

»Toll«, murmelte Frank. »Spricht nicht gerade für die Klinik.« Er deutete auf das Papier in Tinas Hand. »Was rausgefunden?«

»Es hat super geklappt. Nur Silvio Marti hat etwas gestutzt, als ich geschlagene zwanzig Minuten für eine Zigarette gebraucht habe. Aber er war wohl ziemlich mit den Titten seiner Bewerberinnen beschäftigt. Den Wachmann dagegen hatte ich sofort im Sack.«

»Du hast gar keinen.«

»Was?«, fragte Tina leicht gereizt.

»Sack. Du hast keinen.«

»Schon gut, Frank. Ich lach morgen darüber.«

»Und?«

»Und was?«, blaffte Tina.

»Was steht auf den Ausdrucken?«

»Na endlich. Die Morde wurden alle ausschließlich im Kreis 5 begangen.«

»Das wussten wir schon. Das ist nichts Neues!«

Tina ärgerte sich. Sie hatte die ganze Arbeit geleistet, sie hatte Kopf und Kragen riskiert und er lag angeheitert in der Sonne und wollte ihr den Erfolg madig machen.

»Nein. Haben wir nicht«, fuhr sie fort. »Wir und alle anderen dachten, die Morde hätten in den Kreisen 4 und 5 stattgefunden. Alle Messermorde haben aber ausschließlich an der Heinrichstraße stattgefunden. Tina trank noch einen Schluck aus Franks Whiskyglas. »Der absolute Hammer kommt aber noch«, setzte sie ihren Monolog fort.

»Der eine Mord fand im 3. Stock statt, der andere Mord im 4. und einer auf der Straße. Alle Morde wurden in oder vor einem Bordell verübt.«

Jetzt hatte Frank Feuer gefangen. »Dann ist es ein Puff-Mörder? Einer, der Nutten abschlachtet?«

»Gaaanz genau.«

»Die Story hat einen stark feministischen Drall.«

»Hä?«, fragte Tina.

»Naja. Wenn das die Emanzen rauskriegen. Nur Frauen. Und nur Huren!«

Tina guckte auf die Ausdrucke. »Hier. Der Tatvorgang lässt auf den gleichen Täter schließen. Immer dasselbe Muster. Die Opfer wurden überrascht und erstochen. Ein einziger Stich. Präzise ins Herz. Hollywood lässt grüßen.«

Frank starrte teilnahmslos auf die Balkonpflanzen des Nachbars.

»Sag mal. Ist irgendwas?«, fragte sie ärgerlich.

»Nein, schon gut.«

»Quatsch. Ich seh doch, dass etwas nicht stimmt!«

»Ich sagte: Schon gut. Verdammt!«

»Nichts ist gut! Hat es etwas mit mir zu tun?«

Frank betastete den Gips an seiner Zehe. »Es ist nur … ich fühle mich so verdammt alleine! Es ist Sommer, ganz Zürich sitzt in Straßencafés oder sonnt sich im Freibad, nur ich nicht.«

»Herrgott, Frank, du bist ein wehleidiger Jammerlappen.«

»Ich kenne keine Sau. Alle wollen sich mit mir zeigen. Aber niemand will mit mir reden!«

Franks Unterlippe begann zu beben, dann kullerte eine Träne die Wange hinunter. Einen Moment lang war Tina versucht, das Ganze als *Frank live* abzutun, dort verdrückte er dann und wann auch mal eine Träne, was jedes Mal mit einem leichten Quotenanstieg belohnt wurde. Aber diese Tränen waren, so schien es ihr, echt.

»Mir geht es auch nicht besser. Obwohl ich nicht prominent bin. Aber ich bin froh, wenn ich meine Ruhe habe.«

»Ich habe vorhin versucht, Theo anzurufen. Wollte fragen, ob er Lust hätte, mit mir ins Kino zu gehen oder so.«

Tina machte große Augen. »Und?«, fragte sie.

»Er wollte nicht. Hat was von Kühen geschwafelt. Er hätte keine Zeit. Er hat mich abserviert! Eiskalt. Und ich habe mich schon so auf seine starken Arme gefreut.«

»Er hatte bestimmt tatsächlich keine Zeit. Er hat sich in dich verknallt, sicher. Ich habe doch gesehen, wie er dich angesehen hat. Das macht kein Mann einfach so.«

Frank starrte seine Schwester an. Mit seiner Wimpernkranzverdichtung und den Tränen in den Augen war er eine Mischung aus Ingrid Bergman und Robert De Niro.

»Meinst du?«, fragte er unsicher. Und erinnerte sie mit dieser Frage wieder an früher, als Frank wegen seinen abstehenden Ohren von den

Mitschülern regelmäßig gehänselt worden war und sie ihn beruhigen musste. Damals hatte sie genauso wie heute gelogen. »Bestimmt«, antwortete sie.

Mit 18 hatte Frank seine Ohren operieren lassen. Damit war die Sache dann ein für allemal erledigt gewesen. Diese Sache hier konnte leider nicht operiert werden. Tina tätschelte Franks Hand. Er schlief ein, bis dunkle Gewitterwolken eine erneute Abkühlung ankündigten. Er klappte den Liegestuhl zusammen und holte Kürbiskerne.

»Das ist gut für die Prostata.«

»Hm. Habe ich doch gar nicht.«

»Ich denke schon, oder?«

»Quatsch. Das haben nur Männer.«

»Aha. Und warum habt ihr Frauen dann auch Analsex?« Er bemühte sich offenbar, das kleine Drama von vorhin zu übergehen. Tina ließ sich aber nicht auf diese Ebene ein, sondern wechselte das Thema, da sie wusste, dass das Ganze sonst mit sexistischen Sprüchen enden würde.

»Waren wir heute Abend nicht zu dieser Aids-Benefiz-Gala eingeladen?«

»Ja, ich habe aber keine Lust. Überall Tucken und ich kann nicht zugreifen.«

»Aber solltest du nicht …?«

»Bei diesen Charity-Veranstaltungen geht es doch letztlich nie um die Sache, sondern nur ums Sehen und Gesehenwerden. Außerdem will ich dabei sein, wenn Phase 2 unseres Planes beginnt.«

Tina nickte. Es war ihr recht, wenn ihr Bruder ihr wenigstens moralische Unterstützung bot. Es war ja wieder typisch, dass sie alles alleine machen musste.

»Und du meinst, dass ich da einfach reinspazieren kann?« Sie sortierte einen verfaulten Kürbiskern aus.

»Mensch. Die haben doch Schiss. Stell dir mal vor, ein Mann steht vor der Tür!«

»Ja eben! Die denken dann, dass du ein Freier bist.«

»Eben nicht! Wenn ich denen sage, dass ich nur recherchieren möchte, bin ich wieder draußen, noch ehe ich Papp gesagt haben!«

»Gut, lass uns den Plan noch mal durchgehen.«

»Du klingelst am Abend an einer der Salontüren und stellst dich als neue Mitarbeiterin vor.«

»Mitarbeiterin? Gibt es da nicht einen Fachbegriff?«, fragte Tina.

»Wir sind hier nicht bei *Frank live*, Tina. Du musst einfach möglichst dümmlich gucken. Besser noch: Eine Kombination aus blöd und geil. Sei einfach ganz du selbst.«

Tina knuffte ihren Bruder. »Meinst du nicht, ich sollte die Wahrheit sagen?«, fragte sie.

»Auf gar keinen Fall. Dann kriegen wir bloß Stress mit den Bullen.«

»Also, dann mache ich mich mal los«, sagte sie.

»Ich begleite dich und warte draußen.«

Tina und Frank beschlossen, zu Fuß bis zur Heinrichstraße zu gehen. Das Hundebaby ließen sie alleine, allerdings von Gewissensbissen geplagt.

»Er muss das lernen!«, beruhigte Tina ihren Bruder, der bereits nervöser als sie war.

Tina sah sehr sexy aus, sie hatte hochhackige Schuhe, Strapse, einen roten Minirock und ein etwas zu enges Top an. Frank war ganz in Schwarz gekleidet, hatte sich mit einer Fila-Baseball-Cap und Sonnenbrille getarnt, obwohl die Wolken am Himmel immer dunkler wurden und es sich nur noch um Minuten handeln konnte, ehe das Gewitter losbrach. Für alle Fälle hatte er einen kleinen Regenschirm dabei. Was zusammen mit der Sonnenbrille ziemlich seltsam aussah. Sie gingen entlang der Langstraße und bogen nach der Unterführung, in der die Junkies und Dealer ihre Geschäfte tätigten, rechts in die Heinrichstraße. Bei McDonalds hielten sie kurz an, weil Frank dermaßen nervös war, dass er mal musste. Tina wartete auf ihn und wurde natürlich prompt von einem älteren Herrn angesprochen. Sie lächelte und verwies darauf, dass sie nicht im horizontalen Gewerbe tätig sei. »Puh, das war knapp«, sagte sie erleichtert, als Frank zurückkam.

»Der Typ dort«, sie zeigte mit ihren rotlackierten Fingernägeln über die Straße, »hat mich voll angebaggert. Mein Outfit ist wohl doch etwas zu gewagt.«

»Quatsch. Dann ist es gerade richtig.«

Das Haus an der Heinrichstraße sah aus wie ein normales Wohnhaus. Es war ein alter Bau, im Flur roch es muffig. »In welchen Stock soll ich nun gehen?«, flüsterte Tina.

Frank zuckte mit den Schultern. »Keine Ahnung. Such dir ein Bild aus, welches dir gefällt.« Er deutete auf die Fotos, die die Frauen an den Wohnungstüren in eindeutigen Posen zeigten. Auf jeder Etage gab es eine Tür. Das ganze Haus schien Sex-Salons zu beherbergen.

»Ist mein Lippenstift noch okay?«, fragte Tina, die schnell Farbe auf den Zähnen hatte.

»Perfekt. Nichts verschmiert«, sagte Frank.

»Bestimmt?« Sie zeigte ihre Schaufeln.

»Wenn du es mir nicht glaubst, schau doch selbst. Hier hat es auf jeder Etage praktischerweise einen Spiegel.«

»Stimmt. Fällt mir jetzt erst auf. Das ist bestimmt für die Freier, damit sie sich nochmals selbst in die Augen schauen können und sich fragen ›Kann ich das vor meiner Frau, meinen Kindern und meinem Gewissen verantworten?‹«

»Bestimmt«, sagte Frank mit einem Schuss Ironie.

»Versuch es doch mal hier.« Er deutete auf die Aufschrift ›Salon Lipstick – 100 Prozent Sex, 100 Prozent schweizerisch!‹ Daneben einige Fotos der Frauen und ein großer, roter Kussmund. Offenbar das Logo des Salons. Sie lauschten an der Tür, irgendwo war ein Fernsehgerät zu hören. Sonst war es mucksmäuschenstill.

»Also, ich verzieh mich mal«, flüsterte Frank nervös. Er schaute auf die Uhr. »Wenn du in 15 Minuten nicht zurück bist, rufe ich die Polizei und klingle. Wenn es länger dauert …«

»Rufe ich dich an.« Tina prüfte ihr Handy und stellte fest, dass alles in Ordnung war.

Frank wollte sich gerade umdrehen, als die Tür einen Spalt geöffnet wurde.

»Ist was?«

Tina und Frank zuckten zusammen und blieben wie vom Donner gerührt stehen.

»Äh …« Frank hatte es die Sprache verschlagen.

»Gute Güte! Du?«

Die Tür wurde ganz geöffnet. Tina schaute ihren Bruder fragend an. Seine Miene erhellte sich:

»Trisa!«

»Ja, und hier bürste ich den männlichen Teil der Menschheit so richtig.«

»Kennt ihr euch?«, schaltete sich Tina ein.

»Aber klar doch!«, sagte die Blonde und strahlte wie ein Honigkuchenpferd.

»Wir hatten vor einigen Tagen das Vergnügen. Aber in einem etwas ... äh ... sterileren Umfeld!«

»Das müssen wir ja nicht unbedingt im Flur besprechen! Kommt doch rein!«

Tina zog eine Schnute. Sie hasste es, wenn sie nicht eingeweiht war.

Das Bordell war winzig. Es gab zwei Zimmer, ein grünes und ein rotes. Das rote Zimmer besaß ein Kreuz, diverse Peitschen, eine Streckvorrichtung und eine Vitrine mit unzähligen Dildos in allen Formen und Größen.

»Das ist unsere Folterkammer. Hier bieten wir erotische Vergewaltigung, strenge Erziehung, eben den ganzen Sado-Maso-Krempel an. Im grünen Zimmer geht es etwas zärtlicher zu.«

Trisa führte das Geschwisterpaar in eine Küche, in der ein ziemliches Durcheinander herrschte.

»Setzt euch doch.« Sie wies auf ein Sofa, das aus dem Sperrmüll hätte stammen können. Der blaue Stoffbezug verlieh ihm dennoch etwas Behagliches.

Frank und Trisa sahen sich an und schmunzelten.

»Die nette Nachtschwester ...« sagte Frank.

»Tja. Aber damit verdiene ich mein Geld!« Sie deutete auf den Flur. »Krankenschwester ist mein ursprünglicher Beruf und meine Altersvorsorge. Darauf kann ich jederzeit zurückgreifen. In diesem Gewerbe hier kann man nicht wirklich alt werden.«

Frank war sich sicher, dass Trisa – trotz des hübschen Gesichts – bereits zu alt war. Er schätzte sie auf 40.

»Würdet ihr mich endlich mal aufklären?« Tina schien die Geduld zu verlieren.

»Trisa war meine Nachtschwester im Spital.«

»Und Frank war mein Lieblingspatient. Wie geht's der Zehe?«

»Ganz okay. Ich habe etwas größere Schuhe an und humple. Aber das sieht man nicht wirklich.« Frank guckte auf seine Füße und lachte dann etwas verlegen. »Das ist übrigens meine Schwester Tina.« Und fügte entschuldigend hinzu: »Sie sieht normalerweise nicht so aus. Wir hatten was anderes ... geplant.«

»Erfreut.« Trisa gab Tina die Hand.

»Ihr trinkt bestimmt ein Gläschen Champagner mit, oder?« Ohne eine Antwort abzuwarten, stand sie auf und holte drei Gläser.

»Was macht ihr denn hier? Gäste suchen für die Talkshow?«

»Nein. Wir suchen eigentlich den Messermörder, der hat hier ja ziemlich heftig zugelangt!«

Trisas Miene verfinsterte sich. »Wäre das nicht eher Sache der Polizei?«, fragte sie und hielt jedem ein Glas hin. »Die waren nämlich schon zweimal hier. Haben gefragt, fotografiert, wieder gefragt, alles untersucht, die Zimmer auseinander genommen und sämtliche Freier verjagt. Gefunden haben sie nichts. Nicht die kleinste Spur.«

Das Telefon klingelte im Flur. »Ihr entschuldigt mich für einen Moment, ja?« Sie schloss sachte die Küchentür. Diskretion war schließlich das A und O eines jeden Puffs, und sei es auch noch so schäbig.

»Spinnst du?« Tina starrte ihren Bruder fassungslos an.

»Du hast den ganzen Plan kaputtgemacht, du Plaudertasche. Sie hätte nicht wissen dürfen, warum wir hier sind!«

»Wieso? Sie kann uns vielleicht helfen. Sie mag uns, lass mich nur machen!«

Tina war nicht überzeugt. »Was, wenn sie den Messermörder kennt? Oder ... wenn sie der Messermörder ist?«

»Quatsch! Trisa ist Hure. Keine Mörderin!«

»Na ja, ich weiß nicht. Wir müssen vorsichtig sein. Ich habe keine Lust, erdolcht zu werden!«

»Habe ich etwas verpasst?« Trisa stand in der Tür.

»Nein!«, sagte das Geschwisterpaar unisono.

»Na dann, Prost!« Trisa hob das Champagnerglas in die Luft.

»Auf uns!«

Trisa war für Tinas und Franks Plan Feuer und Flamme. Sie bot an, in der Talkshow als Betroffene Stellung zu nehmen, sofern der Mörder gefasst würde.

»Ich werde zwar meinen Nachtschwesternjob verlieren, aber was soll's. Dann sitze ich halt ein bisschen mehr hier rum. Es ist eh nur eine Frage der Zeit, bis sie in der Spitalverwaltung dahinter kommen werden.«

»Das eine schließt doch das andere nicht aus«, sagte Frank.

»Wenn die von meinem Nebenjob erfahren, bin ich draußen. Altersvorsorge hin oder her. Wegen erhöhtem Krankheitsrisiko und all dem Scheiß. Aber die körperliche Belastung für die Nachtschichten wird mir sowieso auf die Dauer zu groß.«

»Dann bist du also dabei?«, vergewisserte sich Tina erneut.

»Klaro. Und ich habe auch eine super Idee, wie wir ihn kriegen werden.«

Sie füllte die Champagnergläser erneut und begann, in einem schwarzen Kleiderschrank, der ebenfalls in der winzigen Küche stand, zu kramen.

»Hier habe ich meine Arbeitsklamotten, von der Domina bis zur Krankenschwester. Alles da.« Sie stellte sich auf die Zehenspitzen, wobei Frank erst jetzt auffiel, wie klein Trisa war. Er schätzte sie auf einsfünfundsechzig.

»Aha. Hier ist er.«

Sie hielt einen kleinen Monitor, nicht größer als zehn mal zehn Zentimeter, in der Hand. »Damit kann ich den Flur überwachen!«

Frank war sofort interessiert. »Eine Überwachungskamera? Das ist ja ein Ding!«

Trisa verband den Monitor mit einem Netzstecker und einem dünnen Kabel, welches aus der Gipswand in der Küche kam.

»So, das müsste jetzt eigentlich funktionieren.«

Der Monitor zeigte den Flur.

»Wow!«, sagte das Geschwisterpaar.

»Die Kamera ist hinter dem Wandspiegel im Flur! Ich habe den Monitor nur abmontiert, weil sich die Bullen angemeldet hatten. Das ist nämlich verboten! Jetzt müssen wir nur noch einen Videorecorder anschließen, und wir können den Flur rund um die Uhr überwachen. Dieses Baby kann bis zu zwölf Stunden aufzeichnen!« Sie tätschelte den Videorecorder.

»Hast du eigentlich gar keine Angst?« fragte Tina, die Trisas Coolness bewunderte.

»Angst vor was?«

»Dass du von deinen Typen angegriffen wirst. Oder dass sie dich beklauen. Oder dass sie dich …«

» …umbringen?« Sie schien zu überlegen. »Nein. Angst habe ich keine. Erstens bin ich anständig, zweitens arbeite ich ohne Zuhälter, drittens nehme ich keine Drogen und viertens bin ich Schweizerin und daher nicht im Milieu.«

Frank hatte keine Ahnung, was sie genau mit ›Milieu‹ meinte. Seine Mutter sprach auch immer vom ›Milieu‹, wenn sie die Schwulenszene meinte. Milieu war ein sehr dehnbarer Begriff. Und ein dankbarer dazu, es ließ sich alles darin verpacken.

Trisa hatte sich in Fahrt geredet. »Alle Ostblockfrauen haben Zuhälter und machen Dinge, die ich nie tun würde. Zum Beispiel küssen. Huren küssen nicht! Das war schon immer so. Aber die Ostblocktussis und die Drogennutten knutschen wie die Weltmeister. Und dann arbeiten sie auch noch unter Preis!«

»Wir müssen nach Jimmy sehen«, zischte Tina und hoffte, Trisa würde es nicht hören. Das Hundebaby hatte höhere Priorität als Trisas rassistische Ausführungen über ihre Kolleginnen. Tina schaute Frank an, dieser machte den Anfang und erhob sich, fuhr sich mit den Handflächen über seine Jeans und verabschiedete sich. »Trisa, wir müssen leider gehen. Wir haben einen kleinen Hund, und den können wir nicht zu lange alleine lassen!«

»Wie süß! Ein Hundebaby! Klar, da will ich euch nicht länger aufhalten. Bringt das Kleine nächstes Mal doch mit!«

»Du lässt den Videorecorder laufen?«, vergewisserte sich Tina.

»Sicher. Wir treffen uns morgen und schauen uns dann das Band an. Ruft aber bitte noch kurz vorher an, damit ich Bescheid weiß, wann ihr kommt und mir meine Freier danach einrichten kann. Und kein Wort über die Videokamera, versprochen?« Sie legte den Zeigefinger auf die Lippen, um ihren Worten das nötige Gewicht zu verleihen. Im Flur guckte Tina nochmals in den Spiegel.

»Da ist tatsächlich absolut nichts von der Kamera zu sehen! Selbst wenn man's weiß!«

Samstag, 30. Juli, 21.59 Uhr. Universitaetsspital, Raemistrasse 100, 8091 Zuerich.

Als Patricia Berger ins Spital eingeliefert wurde, hatte sie bereits hohes Fieber. Die Schwester maß 41 Grad, rektal. Als Chefarzt Dr. Arnold Morler auf der Intensivstation ankam, war sie bereits zu Ruhe gebracht worden. Die junge Patientin bot ein grausiges Bild. Ihre Augen waren geschwollen und vereitert und hatten die Farbe von faulem Obst angenommen. Sie konnte die Lider nicht mehr schließen, die Hornhaut war blutig. Aus den Tränenkanälen tropfte eine schwarzgelbe Flüssigkeit. Das Mädchen murmelte unverständliche Worte und versuchte, sich im Gesicht zu kratzen, was ihr aber nicht gelang, da ihre Handgelenke festgebunden waren.

»Das Mädchen ist 16 Jahre alt, Krankengeschichte noch nicht eingetroffen. Sie wurde von einer Nachbarin eingeliefert, die ihre Schreie gehört hatte. Die Eltern, beziehungsweise ihre Mutter, wurde benachrichtigt«, meldete eine Krankenschwester, die Morler zuvor noch nie gesehen hatte. Die Frau hatte das Auftreten einer Rugby-Spielerin.

»Die Patientin muss umgehend auf die Isolierstation gebracht werden!« Die Schwester nickte.

Die Tür zur Intensivstation wurde aufgerissen, ein junger pickliger Assistenzarzt schnappte nach Luft: »Masken auf. Masken auf! Die Frau hat die Pest!«

Morler gluckste: »Klar, schließlich leben wir im Mittelalter ...«

Er sah nochmals auf das Mädchen. Sie hatte ein gutes Dutzend Wunden, aus denen der Eiter troff. Ein Drogenjunkie? Diabetikerin? Er sah nochmals hin. Nein. Es waren Eiterbeulen. Und die Beulen brachen auf. Er wandte sich an den Assistenzarzt.

»Ich habe in Afrika Pestkranke gesehen«, sagte Morler ruhig. »Und sie sehen niemals so aus. Niemals.« Mittlerweile hatte sich weiteres Krankenhauspersonal um den Chefarzt versammelt.

»Das hier ist etwas anderes. Etwas Schlimmeres. Wir brauchen umgehend die Laborberichte!«

Das Mädchen gurgelte und erbrach einen Schwall dunkelgraue Flüssigkeit. Das Erbrochene ergoss sich über das Krankenhaushemd, über das Bett auf den Boden. Sie holte noch einmal Luft, würgte und starb.

Morler saß in der Krankenhauscafeteria und trank Kaffee. Wenn das Mädchen tatsächlich eine ansteckende Krankheit gehabt hätte, dann wäre sein Verhalten wohl ziemlich fahrlässig gewesen. Andererseits hatte er gehandelt, wie er handeln musste. Er trank einen weiteren Schluck des Kaffees, als er über die Lautsprecher ausgerufen wurde.

Er kam ins Sitzungszimmer, wo bereits eine Krankenschwester auf ihn wartete, in der linken Hand hielt sie ein Fax. Die Krankenschwester hielt sich nicht erst mit Höflichkeitsfloskeln auf, sondern kam direkt zum Punkt.

»Sie starb an äh …« sie setzte ihre Brille auf und buchstabierte das Wort auf dem Papier, »A-n-t-h-r-a-x.«

Morler brauchte einen Moment, um die Buchstaben zu einem Wort zusammenzufügen. »Großer Gott!«, entfuhr es dem Arzt. »Anthrax. Milzbrand!« Die Schwester verzog ihr rundes Gesicht zu einer Grimasse. »Milzbrand? Das gibt es doch schon längst nicht mehr.«

Morler schaute auf die Uhr. Seit dem Tod des Mädchens waren gut vier Stunden vergangen.

»Schwester …«, Morler las ihren Namen auf der Bluse, »Tschudi. Schwester Tschudi, organisieren sie umgehend ein Treffen hier in diesem Raum mit allen, die mit dem Mädchen in Berührung gekommen sind. Die Mutter und die Nachbarin müssen sie nicht kontaktieren. Aber alle, die mit mir im selben Zimmer auf der Intensivstation gestanden hattten, will ich hier sehen. Und bringen Sie mir bitte die Namen der anderen Patienten, die auf der Station gelegen haben. Diese Sache hier ist verdammt ernst!«

Die Schwester nickte und machte sich wortlos auf den Weg, während der Chefarzt die kantonale Gesundheitsbehörde kontaktierte. Diese reagierte wie erwartet: ungläubig. Es trafen bereits die ersten Pfleger und Schwestern im Sitzungszimmer ein. Morler zündete sich eine Zigarette an. Das Rauchverbot hatte jetzt keine Bedeutung mehr.

»Wir müssen uns auf das Schlimmste gefasst machen. Wir müssen ab sofort Antibiotika in hohen Dosierungen einnehmen. Und wenn ich sage hohe, dann meine ich das auch so. Die Patientin vorhin starb vermutlich an Milzbrand. Es bestand keine Ansteckungsgefahr, bis zu dem Zeitpunkt, als die Bakterien in die Lunge eingedrungen sind. Ob und wann dies der Fall war, wissen wir noch nicht. Milzbrand ist gefährlich, in den meisten Fällen sogar tödlich. Aber wir haben gute Chancen, dass uns nichts passiert.« Morler hatte keine Ahnung, ob das stimmte. Milzbrand war nicht sein Ding. Milzbrand war wohl niemands Ding.

»In den letzten 50 Jahren ist niemand mehr an Milzbrand gestorben«, sagte Morler. Er hatte zuvor etwas zu sehr dramatisiert. Die Augen des anwesenden Personals waren noch immer vor Schreck geweitet. Er wollte wieder gutmachen. Obwohl die Aussage ›seit 50 Jahren ist niemand mehr an Milzbrand gestorben‹ so nicht ganz stimmte, zum letzten Todesfall war es 1974 in Kalifornien gekommen. Ein Weber starb an Milzbrand, als er sich mit den Sporen eines Garnes ansteckte, mit dem er arbeitete. Das Garn stammte aus Pakistan, weitere Sporen wurden in Tierhäuten auf Haiti und in Dörfern des Mittleren Ostens gefunden. Statistisch gesehen hatte Morler jedoch Recht. Milzbrand gab es nicht mehr. Das Personal zog sich verstört zurück und Morler wartete auf den Mann der kantonalen Behörde. Dieser kam wenige Minuten später und stellte sich als Änderhub vor. René Änderhub. Änderhub war ein großer, stattlicher Mann, Morler schätzte ihn auf Anfang 60. Sein Händedruck war kräftig. Warum er auf dem Abstellgleis einer kantonalen Behörde gelandet war, war Arnold Morler ein Rätsel.

»Wir nehmen an, dass sich das Mädchen im Zoo angesteckt hat«, eröffnete Morler das Gespräch. Änderhub nickte. »Milzbrand kommt so gut wie nicht mehr vor«, fuhr Morler fort und erhob sich von seinem Stuhl. »Wir sind nicht sicher, inwiefern für uns alle Gefahr bestanden hat. In einem gewissen Stadium ist Milzbrand äußerst heimtückisch.«

»Deshalb wurde Milzbrand auch bei der biologischen Kriegsführung eingesetzt« ergänzte Änderhub. »Weil die Sporen in Artilleriegranaten kilometerweit transportiert werden, um feindliche Truppen zu infizieren«, fuhr der Mann der kantonalen Behörde fort. Morler nickte. Änderhubs Stimme wollte so gar nicht zu seinem Äußeren passen. Sie klang scheu, fast kindlich.

Morler fuhr sich mit der Hand durch die Haare. »Wir sind, ehrlich gesagt, ziemlich ratlos.«

»Warum sollte der Erreger aus dem Zoo kommen?«, fragte der Vertreter der kantonalen Behörde.

»Nun, das Mädchen hat sich gerne im Zoo aufgehalten. Ihre Mutter sagte uns, dass sie gerne Tierpflegerin geworden wäre. Stattdessen begann sie aus Mangel an einer passenden Ausbildungsstelle eine kaufmännische Lehre.«

»So ziemlich das Gegenteil also«, warf Änderhub ein.

»Ja. Auf jeden Fall hielt sie sich in jeder freien Minute im Zoo auf. Wenn es überhaupt noch Milzbrand gibt, dann nur im Zoo. Ein dort gehaltenes Tier könnte infiziert sein.« Morler machte eine Pause. Änderhubs Augen fixierten ihn. Es war unmöglich zu sagen, was er dachte.

Morler fuhr fort: »Früher wurden Jäger von dieser Krankheit befallen, wenn sie Rotwild aufbrachen. Meistens infizierten sie sich an den Fingern. Mit den Fingern wurden die Bakterien ins Auge gebracht, wo die Männer von schwarzen Geschwüren befallen wurden und schließlich qualvoll starben.«

»Ich lasse den Zoo bereits überprüfen. Ich habe eine Liste von allen Tieren verlangt, die in den letzten sechs Monaten angeschafft wurden. Außerdem die Krankengeschichten aller dort Beschäftigten und eine Bestandsliste der verendeten Tiere.«

Änderhub nickte anerkennend. »Sie sind sich aber schon im klaren, dass dieser Fall Bundessache werden wird?«

Morler nickte. »Jemand muss außerdem das CDC in Washington benachrichtigen!«

»Das ist unsere Sache«, sagte Änderhub und kramte in seiner Aktentasche nach einem Kaugummi.

»Ich habe aufgehört zu rauchen, mit diesen Dingern hier stehe ich das einigermaßen durch«, erklärte er und zeigte Morler eine Packung Nikotinkaugummis.

Die Tür wurde geöffnet, eine Schwester betrat das Zimmer.

»Das hier ist gerade für Sie mit Fahrradkurier überbracht worden.« Sie schien verärgert zu sein. Offenbar musste sie wegen der Milzbrandgeschichte Überstunden schieben. Morler dankte ihr und machte den Umschlag auf. Er überflog die Listen und stieß einen spitzen Schrei aus.

»Dieses Tier hier starb an Milzbrand!«

Die beiden Wissenschaftler vertieften sich weiter in die Listen.

»Wenn es wenigstens ein Geier gewesen wäre«, seufzte Änderhub. »Vögel können Milzbrand auf sich tragen und gesund bleiben, über Kot die Bakterien aber weiterverbreiten. Sofern sie kontaminiertes Aas gefressen haben«, führte er seinen Gedanken zu Ende.

Das Tier auf der Liste war allerdings kein Geier, es handelte sich um ein einheimisches Pferd.

»Das Tier wurde in der Schweiz geboren und aufgezogen. Verdammt!«, entfuhr es Morler.

»Pferde sind nie und nimmer Träger von Milzbrand. Und schon gar nicht, wenn es sich um ein einziges Pferd handelt. Die anderen Tiere wurden im selben Stall gehalten und sind offenbar gesund.«

»Offenbar«, wiederholte Morler. »Trotzdem ist ein Teenager daran gestorben.« Änderhub begann, die notwendigen Maßnahmen zu treffen und tippte wie verrückt auf seinem Handy herum. Morler starrte aus dem Fenster, das Bild des sterbenden Teenagers vor sich. Ihre Eiterbeulen. Das Gurgeln. Die Verzweiflung.

Samstag, 30. Juli, 23.38 Uhr. Ein Park, 8001 Zuerich.

Tina traf sich mit einer alten Freundin, die vor einigen Jahren nach Deutschland gezogen war. Sie hatte einen kahlköpfigen Hünen kennen gelernt und zack, war sie wenige Wochen später in Berlin. Wie es der Zufall wollte, arbeitete sie bei einer großen Berliner Tageszeitung und war beruflich hin und wieder in der Schweiz. Frank kam das gerade recht. Seine Lenden meldeten sich mittlerweile ernsthaft. Da er wusste, dass die Homestory in der *Schweizer Illustrierten* kommen würde, traute er sich nicht mehr in einen schwulen Tanzschuppen. Und ein Aufriss im herkömmlichen Sinne kam schon gar nicht in Frage. Ihm blieb daher nur noch eines übrig: der Park. Im Sommer tummelten sich dort nachts ganze Heerscharen von Schwulen, die mittlerweile ausgehöhlten Büsche waren regelrecht überbevölkert. Frank trank zuerst noch den Rest des Whiskys, zog eine schwarze Baseballmütze auf und machte sich auf den Weg. Er verzichtete auf das Auto und nahm stattdessen das Fahrrad. Die Luft war schon wieder heiß und trocken. Er begann nach wenigen Minuten zu schwitzen. Im Stadtpark kettete er sein Fahrrad an eine Parkbank am Seeufer an und schlich los. Er brauchte fast fünf Minuten, ehe sich die Augen restlos an die Dunkelheit gewöhnt hatten. (»Würdest du Beta-Karotin essen, hättest du nicht nur einen dunkleren Teint und eine bessere Hautstruktur, sondern du würdest auch besser sehen«, hatte Tina ihm vor einigen Wochen empfohlen, allerdings in einem ganz anderen Zusammenhang.)

Tatsächlich war das große Gelände gut bevölkert. Männer zogen rastlos ihre Runden. Genau wie er. Frank zog sich seine Baseball-Kappe noch etwas tiefer ins Gesicht, obwohl die Möglichkeit, erkannt zu werden, gering war. Er beschloss, sich hinter einem Gebüsch direkt am See zu verkriechen. Er bog die Äste so, dass er die Uferpromenade und die

Flanierenden im Blick hatte. Wenig später kam auch schon ein kleiner, dicker Mann vorbei. Er schien Frank hinter dem Gebüsch nicht zu sehen und ging vorbei. »Perfekt«, dachte Frank, »ich kann alles sehen und bei Bedarf reagieren.« Der Dicke verschwand aus Franks Blickfeld und machte einem mittelgroßen Muskelmann Platz. Wenigstens seine Schenkel waren muskulös, das Gesicht konnte Frank nicht sehen, da es zu dunkel war. Aber die Beine kamen in den Shorts gut zur Geltung. Das Gesicht spielte sowieso nur eine untergeordnete Rolle, schließlich ging es hier ausschließlich um Sex.

Frank mochte Kerle. Keine Huschen, die stets dem neuesten Modetrend hinterher hechelten. Die stets die neuesten Düfte der großen Designer besaßen. Er liebte echte Männer. Kerle. Und je muskulöser sie waren, desto besser. Tina war da in punkto Männergeschmack nicht anders als er. Sie konnte sich allerdings nie für seine Parkbesuche begeistern. »Wie kannst du mit jemandem Sex haben, dessen Gesicht du nicht mal siehst? Der könnte doch picklig sein oder verfaulte Zähne haben, und du merkst das im Dunkeln gar nicht.«

Frank musste grinsen. Er wusste seit der Pubertät, dass er schwul war. Er hatte seinen ersten sexuellen Kontakt auf einem Bahnhofsklo in Zürich gehabt. Der Mann war viel älter als er gewesen, und hatte ihm, dem 14-jährigen Jungen, 50 Franken geboten. Von diesem Zeitpunkt an stand Frank wann immer möglich bei den Bahnhofsklos und verkaufte sich. Er empfand es nicht als Prostitution, sondern als eine Art ›Win-Win-Geschäft‹. Er bekam 50 Franken, manchmal auch mehr, und hatte Sex. Die Typen gefielen ihm, damals stand er auf gesetztere Männer. Vielleicht, weil er wenig von seinem Vater gehabt hatte, der als Arzt viel zu tun hatte. Zu viel zu tun! Das erste Mal hatte Frank sich mit 16 verliebt. Stefan hieß der Typ, ein blonder, stämmiger Maurer. Allerdings war Stefan verheiratet und hatte Familie und Kinder und absolut kein Interesse an einer Beziehung, die über den Sex herausging. Frank schluckte schwer beim Gedanken an seine erste große Liebe. Er hatte damals einen Suizidversuch unternommen, daraufhin wurden seine Eltern mit seiner Homosexualität konfrontiert, sein Vater schickte ihn zu einem befreundeten Psychologen, der – wie sich erst viel später bei einer Gay-Party herausstellte – ebenfalls schwul war.

Frank schlüpfte aus seinem Versteck und marschierte zügig hinter dem Muskelmann her. Dieser schaute sich nach Frank um und verlangsamte sein Tempo ein wenig. Nach weiteren 20 Metern schlüpfte er in ein Gebüsch. Sie hatten Glück, es war noch nicht besetzt und von der Uferpromenade her konnte man sie nicht sehen. Als Frank sich zu ihm gesellte, hatte der Unbekannte seine Jeans bereits bis unter die Pobacken gezogen. Frank wurstelte nervös an seinem Gürtel und packte seinen Schwanz aus. Der Akt war kurz, das Sperma seines Gegenübers klatschte gegen seinen Bauch und das war's dann auch schon. Frank kam wenig später, er war jedoch nicht wirklich befriedigt. Er hatte sich ein ungewöhnliches Abenteuer erhofft. Obgleich er eigentlich nicht wusste, was an einem Fick im Park ungewöhnlich sein könnte. Sado-Maso-Sex kam für ihn nicht in Frage. Leder konnte toll sein, sofern es zum Typ passte. Sämtliche bizarren Spiele empfand er selbst als abartig. Er liebte es, etwas dominant zu sein. Das liebten aber auch die Muskeltypen, die er anziehend fand. Frank weigerte sich, dem Unbekannten im Gebüsch einen zu blasen, wollte aber, dass der ihm einen blies. Dieser wollte nicht blasen, wenn nicht auch Frank das tun würde, und so kamen sie nicht über Onanieren hinaus. Das hätte er auch zu Hause haben können. Alleine, oder vielleicht mit der Videokassette ›Outside of Camden‹, ein amerikanischer Porno, den er bei Beate Uhse erstanden hatte. Und das auch nur, weil er nur noch 15 Franken gekostet hatte.

Die Schwulen sind eigentlich genauso verklemmt wie die Heten, nur dass alle so tun, als ob sie nicht verklemmt wären, philosophierte Frank. Er bemerkte eine Gestalt hinter dem Gebüsch. Offenbar ein so genannter Voyeur – einer, der sich beim Zuschauen aufgeilte. Frank störten diese harmlosen Typen nicht. Dieser hatte zweifelsohne eine ziemlich miese Show geliefert bekommen.

Nach seinem unbefriedigendem Samenerguss war die Gier dem Fluchtgedanken gewichen. Seinem Gegenüber schien es genauso zu gehen. Während er sich die Hände mit einem großen Blatt abwischte – weder er noch Frank hatten an Papiertaschentücher gedacht – fiel ihm ein Kästchen, etwas größer als eine Zigarettenschachtel, aus der Tasche. Er fluchte und hob es auf. Frank konnte im Mondlicht einen Walkman erkennen. Um die seltsame Peinlichkeit etwas abzuschwächen, murmelte Frank: »Was hörst du denn für Musik?« Sein

Gegenüber zögerte einen Moment. »Keine Musik. Schwingungen«, sagte er, drehte sich um und verließ das Gebüsch. Total durchgeknallt, der Typ, dachte Frank.

Er schwang sich auf sein Fahrrad (das er zuerst nicht mehr fand, weil er an der falschen Parkbank am See stand und sich bereits überlegte, was er der Polizei und vor allem seiner Schwester erzählen sollte, dann aber auf der nächsten Bank ein schwules Pärchen entdeckte, das ausgerechnet bei seinem Fahrrad wildeste Knutschorgien abhielt) und fuhr nach Hause.

Sonntag, 31. Juli, 1.41 Uhr.
Kernstrasse 35, 8004 Zuerich.

Er sah von der Straße aus, dass in seiner Wohnung kein Licht brannte. Das konnte bedeuten, dass seine Schwester bereits zu Bett gegangen war, oder viel wahrscheinlicher, dass sie sich mit ihrer Freundin aus Deutschland amüsierte und noch lange nicht zurückkehren würde.

Das Hundebaby hatte sie mitgenommen, es ist ja so süß! Frank wurde den Verdacht nicht los, dass Tina ihre biologische Uhr ticken hörte und sich langsam nach einer Mutterrolle umsah. Das würde bedeuten, dass sie den Erstbesten heiraten würde. Das war wieder mal typisch Frau. Obwohl Tina stets beteuerte, dass sie, ihr künftiger Ehemann und er unter einem Dach leben würden, wusste Frank, dass das nicht funktionieren würde. Zu eifersüchtig wäre er auf seinen Nebenbuhler. Obwohl das lächerlich klang und Frank diesem Thema bewusst aus dem Wege ging, wusste er, dass er seine Schwester irgendwann verlieren würde. Das stimmte ihn noch ärgerlicher.

Er schloss die Wohnungstür auf und rief ihren Namen, als keine Antwort kam, öffnete er eine neue Flasche Whisky und schaltete den Fernseher ein. Er schob sich eine Videokassette mit alten Folgen von *Frank live* ein. Das tat ihm bei angeschlagenem Selbstbewusstsein manchmal ganz gut. Er schaute sich ausnahmslos die guten Folgen an. ›Gut‹ setzte Frank mit ›hohe Einschaltquoten‹ gleich. Er kramte nach einer Liste der gesammelten *Frank live*-Tapes und suchte sich die Sendung mit der höchsten Quote aus. ›Männer in Uniform‹. Er fand weder sich noch die Gäste noch das Thema gut (das trotz des Titels absolut kein schwules war und zu dem ausschließlich Heteromänner in Uniform als Gäste eingeladen worden waren, was Frank damals gar nicht begreifen konnte), Aber dennoch musste etwas an dieser Sendung sein. Sonst hätten sie nicht so viele gesehen. Wenn sie sie gesehen hatten. Sie. Die unbekannte Masse. Seine Zuschauer. Er traute den Methoden für die Ermittlung der Quoten nicht so ganz. Lediglich 500 Menschen, die die ganze Schweiz repräsentieren sollten, waren mit einer speziellen Fernbedienung ausgerüstet. Diese registrierte, wer im Haushalt welches Programm wie lange anschaute. Er kannte niemanden unter seinen Bekannten, der eine solche Fernbedienung besaß. Wenn bei 500 Menschen nur einer mehr seine Sendung sah oder nur einer wegzappte, kippte die Quote sofort rauf oder runter. Andererseits: Er hatte die Zahlen des Senders gesehen. Die Jugendsendung hatte tatsächlich einmal 0 als Einschaltquote. Die Sendung kam selten über 30.000 Zuschauer, aber 0? Das konnte nicht sein, da er selbst an diesem Tag die Sendung gesehen hatte. Und er war schließlich nicht null. Nun, bei dieser Sendung war es ganz klar, dass sie abgesetzt werden musste! Aber seine Sendung war etwas ganz anderes.

Frank goss sich etwas Whisky nach und beschloss, morgen eine neue Flasche zu kaufen. Was würde Tina sonst denken? Er würde sie heimlich kaufen. Er starrte wieder auf den Bildschirm und sah sein Lächeln. Es sah tatsächlich so aus, als würde er sich über den Applaus freuen. Vielleicht hatte er das damals in jener Sendung auch getan, er wusste es nicht mehr.

Wie mochte sich wohl der Moderator der Jugendsendung fühlen? So weit Frank wusste, hatte er ein kleines Kind. Seine Frau kümmerte sich abwechselnd mit ihm um den Haushalt. Was würde die Familie machen, wenn der Vater abgesetzt werden würde?

Er schaltete das Fernsehgerät beim vorletzten Gast ab. Noch nicht mal er hielt die Sendung bis zum Schluss aus – wie sollten das denn erst die anderen tun? Da musste einfach mehr Action rein. Frank ging ins Bad und putzte sich die Zähne. Er starrte sein Gesicht im Spiegel an und überlegte, ob er noch duschen sollte. Eigentlich war es vollkommen schweinisch, nach der Parkgeschichte nicht zu duschen, aber Frank war zu müde. Und zu betrunken.

Sonntag, 31. Juli, 6.45 Uhr. Heinrichstrasse 97, 8005 Zuerich.

Tibor hatte sich krank gemeldet. Obwohl er sich besser fühlte denn je. Er brauchte Zeit. Zeit für die Sitzungen. Er wollte alles lernen, so schnell wie möglich. Er hatte bereits die ersten drei Kurse gekauft. Giovanni hatte ihn gelobt, er habe bis jetzt noch niemanden kennen gelernt, der so konzentriert ans Werk gehe. Tibor wurde rot. Die Kurse dauerten in der Regel zwei Tage, jeweils von morgens 8.30 bis abends 22.30 Uhr. Die erste Stufe des erweiterten Bewusstseins hatte er mit Bravour bestanden, jetzt war er reif für die zweite Stufe. Tibor stand bereits um 8 Uhr vor der großen, mit Sicherheitsschlössern ausgestatteten Glastür. Diesmal war er nicht alleine im Kurs, drei weitere Personen gesellten sich zu ihm. Sie waren sehr nett und zuvorkommend, niemand zeigte mit dem Finger auf ihn. Der Referent ließ sie am Vormittag Zeilen aus dem Buch »Alice im Wunderland« vorlesen. Tibor erinnerte sich an seine Kindheit. Es roch nach Kaffee, den die Mutter für den Vater extra stark kochte, er fühlte den Teppichboden unter seinen Füßen und hatte den Geschmack von Vanille im Mund. Am Nachmittag lernten sie, wie Gedanken in Bahnen gehalten werden konnten. Dies geschah, indem der Referent immer wieder die gleiche Frage stellte. So lange, bis sie kurz und prägnant beantwortet wurde. Tibors erste Frage war: »Warum tragen Sie Kleider?«

Er schluckte und musste einen Moment nachdenken.

»Weil sie mich vor Kälte schützen«, antwortete er.

»Beginnen Sie ihre korrekte Antwort mit ›Ich trage Kleider, weil ...‹, nur so gelingt es Ihnen, Ihre Gedanken zu kontrollieren!«

Tibor nickte. Die anderen Kursteilnehmer schauten ihm geduldig zu. Er stand vor dem Referenten und fühlte sich wie ein Schuljunge. Aber es war nicht unangenehm.

Am Abend hatte er keine Kraft mehr, seine Erlebnisse Giovanni zu erzählen. Dieser interessierte sich stets für die Fortschritte seines Freundes, obwohl er ihn dazu antrieb, wieder die Arbeit aufzunehmen. Er fehlte jetzt bereits seit drei Tagen, dazu kam das Wochenende. Tibor beschloss, diesen Kurs abzuschließen und den nächsten dann berufsbegleitend zu machen. Dies war ein Angebot der Organisation, es würde hart werden, hatten sie ihm gesagt, aber er würde es schon packen. So lernfähig und willig wie er sei. Tibor war stolz auf sich. Er war richtig gut!

Sonntag, 31. Juli, 8.00 Uhr. Kernstrasse 35, 8004 Zuerich.

Frank hatte schlecht geschlafen und wurde bereits um 8 Uhr wach, geweckt von Knallern, die die Kinder auf der Straße zündeten. Obwohl erst morgen Nationalfeiertag war. Der Hund schlüpfte verängstigt unter Franks Bettdecke. Es ärgerte ihn, dass er die Sommerpause nicht in vollen Zügen genießen konnte. Das Ultimatum des Schweden machte ihm Angst. Er dachte stets an das ›Wie kriege ich bessere Quoten?‹ Und in der Nacht träumte er davon. Vom Talken, ganz ohne Zuschauer. Und das Publikum verließ den Saal.

Er beschloss, die angestaute Fanpost zu beantworten. Er hatte sie bereits vorsortiert nach ›Anregungen‹, ›Fragen‹, ›Spinner‹ und ›Autogrammkarten‹. Die Karten signierte er und legte jede Karte zum Brief des Absenders. Eine Redakteurin würde sich um den Versand kümmern. Die ›Anregungen‹ waren meistens Ideen für Talkshowthemen. Frank überflog die Briefe und schmiss die absurden Themen in den Mülleimer. Die ›Fragen‹ drehten sich überwiegend um Menschen, die in seiner Sendung aufgetreten waren. Auch diese Briefe waren ein Fall für die Redaktion. Bei manchen Briefen kritzelte er die Antwort mit Kugelschreiber drauf. Die ›Spinner‹ las er in der Regel nur, wenn er gute Laune hatte. Oder dermaßen depressiv war, dass ihn nichts mehr umhauen konnte. Er beschloss, die Briefe zu lesen. Tina würde bestimmt bald aufstehen, dann würden sie etwas tratschen können. Das würde ihn vielleicht auf andere Gedanken bringen. Einer der ›Spinner‹-Briefe war süß. Eine offenbar etwas ältere Frau (das ließ sich an der krakeligen Handschrift erkennen) riet ihm, seine Haare raspelkurz zu schneiden, da das einem ›netten jungen Mann‹ besser stehen würde. Ältere Frauen wussten immer sehr genau, wer ›ein netter junger Mann‹ war und wer nicht. Frank kannte wirklich alle netten jungen Männer im Schweizer Showbusiness und war mit den meisten von ihnen im Bett gewesen. Damals war er noch etwas jünger, und gierte nach Erfolg. Damals, als er beim Radio arbeitete …

Jäh wurde er in seinen schwelgerischen Gedanken unterbrochen, Tina platzte in die Küche. Ganz im Gegensatz zu ihrem Bruder war sie überhaupt kein Morgenmuffel und schaffte es meist, in Sekunden auf Touren zu kommen. Sie lächelte ihn an: »Na?«

»Was na?«, fragte Frank.

»Naaaaaaa?!?«

»Keine Ahnung, was du hast. Guten Morgen erst mal!«

»Jaja. Lassen wir das. Wie war es denn gestern Abend, hm?«

Frank hatte keine Ahnung, ob sie den Abend generell meinte oder seinen Abstecher in den Park. Von dem konnte sie aber eigentlich nichts wissen. Er verhielt sich neutral.

»Ach, ganz gut. Ich habe mir einen alten Film reingezogen, danach noch einige *Frank live*-Tapes. War ganz nett, der Abend.«

»Du lügst so grottenschlecht.«

Frank errötete. »Ähm …?«

»Ich weiß, das du gestern im Park warst. Pfui! Das macht man nicht. Und in deiner Position schon gar nicht!«

Frank hatte keine Ahnung, woher sie das wusste. Sie schien seine Gedanken zu erraten.

»Du hast im Fahrstuhl über den Flur bis in unsere Wohnung eine hübsche Dreckspur hinterlassen. Schau dir mal deine Schuhe an. Die kannst du gleich wegschmeißen!«

Frank wusste nicht, weshalb sie diese Parkgeschichten so auf die Palme brachten.

»Geht dich doch gar nichts an!«, murmelte er.

»Denkste«, blaffte sie zurück. »Stell dir vor, *Blick* würde dich mit runtergelassener Hose oder Schwanz im Mund fotografieren. Klack, Bild, Druck, Skandal und raus! Und wir hätten beide keinen Job mehr.«

Es ging wohl eher um ihren Job, als um seinen. Aber Frank wusste, dass sie ohne ihn tatsächlich ohne Job war, und Verlustängste lagen in der Familie. Er erwiderte nichts. Das Hundebaby kam in die Küche und schnupperte an Franks Füßen. Es wedelte freudig, als Frank seinen Namen rief: »Jimmy!«

In diesem Moment musste der Hund pinkeln. Die hellgelbe Spur verteilte sich auf dem weißen Marmorboden.

»Scheiße«, murmelte Tina und begann zu wischen. Frank hob seine Füße, während seine Schwester den Boden putzte.

In diesem Moment ging das Telefon.

»Ja?«, sagte Frank, eine Angewohnheit, die er bei anderen Leuten hasste, bei sich aber entschuldbar fand, er war schließlich prominent.

»Ich bin's«, nuschelte eine Frauenstimme am anderen Ende der Leitung, »Trisa Lipstick.«

»Ja, das ist aber eine Freude! Was gibt es Neues?«

»Pufftelefone werden sporadisch abgehört«, war die knappe Antwort der Prostituierten.

»Aber es gibt doch Neuigkeiten, nicht wahr?«, fragte Frank und fiel automatisch in die Fragetaktik von *Frank live.*

»Ja, gibt es. Ich würde es gut finden, wenn du oder deine Schwester kurz vorbeikommen könntet.«

»Wir sind schon unterwegs«, sagte er und hängte ein.

Sonntag, 31. Juli, 9.38 Uhr.
Heinrichstrasse 99, 8005 Zuerich.

Der Weg zum Puff via Langstraße dauerte etwas länger als vorgesehen, weil der Hund auf halbem Weg schlapp machte und sich auf den Bürgersteig setzte. Inmitten von Junkies und Dealern. Tina zerrte an der Leine, erfolglos. Als auch alles Zureden nicht half, hob Frank das Hundebaby auf und trug es auf dem Arm. Unmittelbar neben dem Bordell musste Jimmy erneut. »Hast du einen Kackbeutel?«, fragte Frank seine Schwester. Diese zuckte mit den Schultern. »Die Kackbeutelordnung gilt in diesem Kreis nicht. Hier dürfen Hunde. Und wir müssen nicht.« Frank war die Angelegenheit ziemlich unangenehm, zumal der Frisör bei »Da Giovanni« schon argwöhnisch guckte. Er sagte aber nichts. Frank nickte ihm präventiv-freundlich zu, was für dieses Viertel absolut ungewöhnlich war. Der Frisör nickte zurück und Frank wurde das Gefühl nicht los, dass er diesen Mann schon mal irgendwo gesehen hatte. Als der Hund sein Geschäft verrichtet hatte, gingen sie zu Trisa hoch.

Diese öffnete ihnen lächelnd. In der Küche saß noch eine weitere Frau auf dem Sofa, Trisa stellte sie als ›Jasmin Jade‹ vor.

Beim Sekt langten Tina und Frank wieder kräftig zu, obwohl es noch nicht mal Mittag war. Jasmin kicherte unentwegt. Sie war eine dralle

Person, mit wilden, ungezähmten Haaren, die offensichtlich schwarz gefärbt waren. Das Faszinierendste aber waren Jasmins Brüste. Die waren riesig und wirklich echt, wie sie betonte. Sie saß in einem sonnengelben Bikini und einem transparenten Höschen auf dem blauen Schonbezug des Puff-Sofas. Tina saß ihr vis à vis auf dem Boden. Frank betrachtete die beiden Frauen. So unterschiedlich sie auch waren – sowohl optisch als auch intellektuell – sie hatten eine verblüffende Gemeinsamkeit: Das herzliche Lachen.

»Genug gelacht!«, unterbrach Trisa die Runde. Und dann zu Frank gewandt: »Gestern Abend wurde wieder ein Mädchen erstochen.« Jasmin kicherte, da das Hundebaby offenbar Blähungen hatte und fürchterlich furzen musste.

»Es handelt sich aber nicht um ein Mädchen im … äh … herkömmlichen Sinne, sondern um eine Transe. Besser gesagt um eine Umgebaute.«

»Schnipp, schnipp«, machte Jasmin und kratzte sich an ihrem Busen.

»Woher weißt du das?«, fragte Frank. Die Quoten würden fantastisch sein. Transe kam immer gut.

»Was? Dass sie eine Umgebaute war?«, fragte Trisa.

»Nein, der Mord. In den Nachrichten habe ich heute früh nichts darüber gehört.«

»So unkonzentriert wie du Radio hörst, ist das auch nicht weiter verwunderlich«, warf Tina ein.

»Ich weiß es, weil ich diese Nacht im Spital gearbeitet habe.« Trisa guckte in die Runde. »Es hat sich wie ein Lauffeuer rumgesprochen. Ein weiteres Messermörderopfer!« Die Prostituierte goss sich Sekt nach und fuhr fort: »Natürlich haben die Deppen nicht gemerkt, dass sie eine Umgebaute war. Die operieren in Thailand total professionell!«

»War sie eine Thai?«, fragte Frank.

»Sag ich doch! Sie arbeitet im *Venus*, ich habe ihr Gesicht auf der Intensivstation sofort erkannt. Man ist schließlich informiert!« Trisa begann, im *SAZ* zu blättern. Der *Schweizerische Sexanzeiger* war die Bibel für Prostituierte und potentielle Freier, denn hier boten die Frauen ihre Dienste – meist mit Bild – dem interessierten Publikum an.

»Ich habe sie dort gesehen, weil sie sich als ›Extrem-Sklavin‹ angeboten hat. Und solche Frauen sind Mangelware. Sie hatte allerdings kein Interesse, bei mir zu arbeiten.«

»Schlampe!«, sagte Jasmin.

»Hör schon auf!«, zischte Trisa. »Diese Frauen sind im Gewerbe selbst unbeliebt, weil sie Schmerzen oft wirklich geil finden. Oder sie sind so auf Droge, dass sie gar nichts mehr spüren. Aber wie gesagt, ich hätte sie gerne bei mir gehabt. So was bringt Kohle.«

Frank und Tina nickten. Trisa bekam von den Einkünften der Frauen 30 Prozent, dafür mussten diese weder Miete bezahlen noch Kosten für Inserate übernehmen.

»Weiß die Polizei, dass sie eine Prostituierte war?«, fragte Tina.

»Keine Ahnung.«

»Die anderen Frauen wurden alle tot gefunden.«

»Sie wurde auf jeden Fall von einer Arbeitskollegin im Flur gefunden. Aber was sich genau abgespielt hat ... Keine Ahnung.«

Es klingelte. Alle vier guckten gleichzeitig auf den kleinen Schwarzweißmonitor in der Küche.

»Ganz passabel«, sagte Frank, als er den Freier an der Tür stehen sah. Tina boxte ihn.

»Du bist an der Reihe«, flüsterte die Chefin zu Jasmin Jade.

»Scheiße. Ich habe null Bock«, maulte Jasmin.

»Darum hasst du heute auch noch nichts verdient! Nun mach schon. Und zieh dir die Lippen nach! Wir sind schließlich ein anständiges Haus.«

Der Freier kontrollierte im Flurspiegel neben der Tür seine Frisur und fummelte an einem Pickel an der Wange – ohne zu ahnen, dass er mit dieser Aktion in der Küche für schamloses Gekicher sorgte. Er ging mit seinem Gesicht ganz nahe an den Spiegel, um zu prüfen, ob seine Nasenhaare kurz genug geschnitten waren. Die Kamera hinter dem Spiegel stellte automatisch scharf.

»Der prüft garantiert, ob er Nasenhaare hat«, raunte Tina. Jasmin legte warnend den Zeigefinger auf die Lippen.

»Schschscht!«

Sie öffnete die Küchentür und stapfte zum Eingang. Dazwischen stolperte sie und fluchte laut.

»Jede Drag Queen kann besser in diesen Dingern laufen als sie«, kommentierte Frank Jasmins Flüche im Flur.

Trisa schien nicht zu verstehen und schaute Frank fragend an.

Nach einem kurzen Gespräch kam Jasmin wieder zurück in die Küche.

»Er will unbedingt dich.« Sie schien verärgert zu sein. Trisa erhob sich und redete mit dem Freier. Frank war sich beinahe sicher, dass er ein Türke war. Ganz Franks Typ. Nur durfte natürlich niemand wissen, dass er im Puff hockte. Schwul hin oder her. Und der Macker würde wenig Interesse an ihm haben, sonst stünde er jetzt nicht hier und würde mit Trisa verhandeln. Sie kam mit einem Hunderter zurück.

»Ich bin mal kurz für ein paar Minuten weg«, sagte sie und goss eine Cola für den Gast ein. Der hatte es sich offenbar schon in einem der beiden Zimmer gemütlich gemacht.

Tina zweifelte an den ›paar Minuten‹. »Das dauert doch bestimmt länger?«

Jasmin schüttelte den Kopf. »Das geht tatsächlich ruckzuck. Er wollte Verkehr, und das dauert in der Regel ein paar Minuten. Vorspiel und der ganze Plunder, den man zu Hause machen muss, is' hier nicht.« Sie schnüffelte an einem blauen Nagellack. »Duftlack«, sagte sie zu Tina. »Riecht nach *Davidoff Cool Water Woman.*«

»Die Nägel riechen?«

»Genau. Mindestens drei Tage!«

Sie begann, sich ihre langen Fingernägel zu lackieren. Blau. Das Hundebaby erwachte und gähnte herzhaft.

»Ist es nicht süß?«, jauchzte Jasmin entzückt und brach sich dabei beinahe einen ihrer angeklebten Nägel ab.

Tina schaute besorgt ihren Bruder an. »Ich glaube, der Kleine muss raus.«

»Nun wartet doch noch eine Minute. Trisa kommt jeden Moment zurück.«

Frank lauschte. Er hörte kein Geräusch im Schlafzimmer. Obwohl dazwischen der Flur lag und alle Türen geschlossen waren, sollte man doch wenigstens ein Stöhnen hören.

»Trisa stöhnt nie«, sagte Jasmin und streckte die linke Hand aus. Alle Nägel waren jetzt mit dem Cool Water Woman-Duftlack bepinselt.

»Schön«, sagte Tina wenig überzeugend.

»Trisa findet es doof zu stöhnen, weil das sowieso keiner glauben würde. Ich stöhne immer. Ich bin richtig gut im Stöhnen. Früher habe ich Telefonsex gemacht. Da musste man stöhnen können. Manchmal quietsche ich sogar richtig. Vor allem, wenn ich merke, dass sie darauf abfahren. Dann kommen sie schneller und ich habe meine Ruhe. Soll ich?«

»Was?«, fragten Tina und Frank einstimmig.

»Stöhnen.«

Ohne eine Antwort abzuwarten, begann sie leise zu ächzen, dann wurde sie etwas lauter. Dann machte sie eine kurze Pause und baute das Gehechel mit Lauten aus, die wie ›Muuh‹ klangen. Das Hundebaby begann zu winseln, die Tür wurde geöffnet.

»Spinnst du?« Trisa griff nach einem Waschlappen im Spülbecken und wusch sich flüchtig unter den Armen.

»Ich wollte nur zeigen, wie ich stöhnen kann. Schau mal!« Sie zeigte der Bordellchefin stolz ihre linke Hand.

»Ja, blau.«

»Ja eben. Das ist eine richtige Sommerfarbe, Außerdem riecht …«

Tina erhob sich aus dem Sofa und deutete den Aufbruch an, ehe Jasmin wieder die Nagellack-Geschichte erzählen konnte.

»Wir müssen.« Tina zeigte auf Jimmy, der bereits mit dem Schwanz wedelte.

»Ich melde mich, sobald ich wieder etwas höre. Wartet bitte noch einen Moment!« Trisa verdrückte sich, um offenbar den Freier zu verabschieden.

»Ihr könnt kommen«, rief sie, als der Türke gegangen war.

»War das ein Türke?«, fragte Frank im Flur.

»Nö. Schweizer, denke ich. Hat auf jeden Fall perfektes Züritüüsch gesprochen. Klang sogar beinahe nach Stadt Zürich. Weswegen?«

»Ach, nur so«, sagte Frank. Tina sah ihren Bruder scharf an.

Sonntag, 31. Juli, 10.19 Uhr.
Heinrichstrasse 99, 8005 Zuerich.

Jimmy hatte etwas Mühe mit den Treppenstufen, deswegen nahm ihn Frank auf den Arm.

»Puh, hier stinkt es total nach Pisse«, sagte Tina.

Frank nickte. »Ich finde es hier sowieso ziemlich schmuddelig. Was hältst du von der Geschichte mit der Transe? Bringt uns das irgendwie weiter?«

»Keine Ahnung. Ich weiß nur, dass ich nicht wieder auf den Polizeicomputer zugreifen kann. Und will.«

»Das musst du auch nicht, Tina. Wir haben mit Trisa eine Top-Infoquelle. Ich wette, wir wissen mehr als die Bullen. Und Informationsvorsprung bedeutet – tatata! – bessere Quoten.«

»Sie und ihre Quoten, Monsieur Poirot«, scherzte Tina.

»Ist doch ganz klar«, fuhr Frank fort, »wenn wir den Fall aufklären, dann sind wir auch die Stars des Senders. Ich hoffe nur, dass das erst nach der Sommerpause der Fall sein wird. Sonst haben wir ein Problem.«

»Hunger?«, fragte Tina und deutete auf einen Kebab-Stand.

»Ich weiß nicht, ob wir das essen sollten, Tina. Das Zeug schmeckt nicht und hat außerdem viele Kalorien.«

»Ich will jetzt aber Kebab.« Sie steuerte so zielgerichtet auf die türkische Imbissbude zu, dass Frank Mühe hatte, ihr zu folgen. Jimmy hatte wenig Lust, die Langstraße zu überqueren und zog in die andere Richtung. Am Imbiss-Stand bestellte Tina lächelnd eine Portion mit extra Zwiebeln. Frank verstand nicht, weshalb sie so über beide Ohren grinste, bis er den Verkäufer sah. Es war der Türke mit den Nasenhaaren aus Trisas Bordell, der weder Nasenhaare hatte noch Türke war.

»Und somit auch nicht beschnitten«, sagte er laut.

»Genau«, sagte seine Schwester und biss in das Fladenbrot. Sie hatte offenbar die gleichen Gedanken wie ihr Bruder gehabt.

»Äh, Tina, wäre es sehr auffällig, wenn ich doch ein Kebab bestellen würde?«

»Eigentlich schon, aber wir könnten natürlich sagen, dass es absolut himmlisch schmeckt.«

»Gute Idee.« Er packte sie am Arm und sie gingen zurück zum Kebab-Stand. Er orderte seine Portion.

»Was willst du eigentlich damit erreichen?« Sie deutete auf das Kebab. »Ich dachte, du müsstest auf deine Figur achten?«

»Ich finde ihn geil, und ich habe schon lange keinen richtigen Sex mehr gehabt!«

»Ach. Und was war gestern im Park?«

»Das zählt nicht. Das war Scheiße.«

»Vergiss es«, sagte sie. »Ich meine, der ist durch und durch Hetero! Der war bei Trisa! Einer Hure! Ich weiß, dass du bei jedem immer gleich denkst, er könnte schwul sein, aber hier haben wir den Super-Beweis!«

»Beweis reicht. Ohne super, nur Beweis.« Frank leckte sich die Finger.

»Es könnte ja sein, dass er bisexuell ist und mit einem Mann zusammenlebt, aber trotzdem mal wieder mit einer Frau Sex haben will, und deswegen zu Trisa gegangen ist.«

»Klar. Und ich bin nicht Tina, sondern Britney Spears.«

Frank knuffte seine Schwester. »Verdammt, ich rufe Theo an. Vielleicht habe ich ja Glück, und er kommt nach Zürich. Oder ich besuche ihn auf seinem Hof. Das wäre auch für Jimmy ein Spaß! Auf einem Bauernhof gibt es jede Menge Tiere, und er könnte alles beschnüffeln, während ich mit Theo im Heu rummache.«

»Vergiss es. Theo ist bestimmt nicht zu Hause«, sagte Tina.

Frank fand es seltsam, dass sie für seine Idee mit dem Hofbesuch nicht Feuer und Flamme war. Normalerweise war sie diejenige, die ihn zu solchen Unternehmungen anspornte.

Zu Hause angekommen zog er sich die Schuhe aus und ging geradewegs zum Telefon, um den schwulen Bauern anzurufen. Wie Tina prophezeit hatte, nahm niemand ab. Theo verfügte offenbar auch nicht über einen Anrufbeantworter.

»Der ist bestimmt draußen auf dem Feld!«, rief Tina. Frank ließ es noch zweimal klingeln und legte dann auf.

Sonntag, 31. Juli, 14.15 Uhr. Stauffacher-Platz, 8004 Zuerich.

Tibor saß im Stuhl. Der Raum war weiß, ein strahlendes Weiß. Er hatte keine Ahnung, wie lange er schon so saß, das Zeitgefühl hatte ihn nach der ersten Stunde verlassen. Er durfte sich nicht bewegen, das kontrollierte sein Lehrer, der ihm gegenübersaß. Er wollte sich auch nicht mehr bewegen. Tibors Last schien abzufallen, er hatte zum ersten Mal vergessen, dass er dick war. Seine Gedanken gingen auf Reisen. Nach einer geraumen Weile wurde Tibor aufgefordert, auf einen schwarzen Punkt an der Wand zu starren. Er hatte bislang nicht bemerkt, dass auf der Wand überhaupt ein Punkt war. Aber plötzlich konnte er ihn sehen, den Punkt. Tibor tat, wie ihm geheißen und fixierte den Punkt von der Größe eines Ein-Franken-Stücks. Aus dem Punkt wurden kurze Zeit später zwei Punkte, die plötzlich grau schienen, schließlich verschwanden sie ganz. Tibor war mit seinen Gedanken wieder auf Reisen.

Der zweite und letzte Kurstag der zweiten Stufe verlief nicht ganz so gut wie der erste Tag. Er musste gemäß den Anweisungen seines Kursleiters die Wand berühren. Dann vier Schritte zurücktreten und wieder vortreten, um anschließend wieder die Wand zu berühren. Immer und immer wieder. Dann musste er die Wand kurz berühren, vier Schritte rückwärts gehen und sich um die eigene Achse drehen. Dann wurde er aufgefordert, die andere Wand im Zimmer zu berühren. Tibor lief der Schweiß in die Augen, über die Nase und in den Mund. Er konnte nicht mehr und bat den Kursleiter um eine kurze Pause. Wie im ersten Kurs hatte er keine Ahnung, wie lange er schon auf den Beinen war. Der Lehrer schüttelte den Kopf und gab weiter seine stupiden Anweisungen. Tibor hatte genug und setzte sich keuchend auf den Boden. Er wusste, dass er, wenn er einmal saß, nicht so leicht wieder auf die Beine kam. Obwohl er in den letzten Tagen rasant abgenommen hatte. Er schätzte seinen Gewichtsverlust auf mindestens ein Pfund pro Tag. Wenn er das hier überstanden hatte, würde er sich auf einer Spezialwaage wiegen lassen. Der Kursleiter bat Tibor, wieder aufzustehen, um mit den Übungen fortzufahren. Tibor gab nach und erhob sich. Eine Prozedur, für die er gut eine Minute brauchte. Der Kursleiter schrieb in dieser Zeit einen Kommentar auf ein Blatt Papier. Tibor befürchtete das Schlimmste.

»Was schreiben Sie da in meine Akte?«, fragte er schüchtern.

»Ich schreibe, dass Sie sich geweigert haben, meinen Befehlen zu gehorchen. Gehorsam ist aber unbedingte Voraussetzung für die nächsten Stufen. Sie müssen erst einen ganz klaren Verstand haben, um die weiteren Stufen besuchen zu können. Erst wenn Ihr Geist von allem Ballast gereinigt ist, können wir fortfahren!«

Tibor schluckte. Das war ihm gar nicht recht. Es war schließlich nicht so, dass er nicht gewollt hätte – er konnte einfach nicht mehr. Einmal mehr hatte ihn sein Körper im Stich gelassen.

»Sie müssen diesen Kurs noch einmal machen, aber keine Angst, das passiert vielen. Sie sind auf dem besten Weg, an etwas Großem, Göttlichen teilzuhaben.«

Der Kursleiter lächelte und fuhr dann mit den Übungen fort. Tibor verzog keine Miene und tat, wie ihm geheißen. Wand berühren, vier Schritte rückwärts gehen, Dreh um die eigene Achse, vier Schritte vorwärts, Wand berühren. Irgendwann verließ ihn die Realität und er tauchte ab, bis er plötzlich vom Lehrer aus seiner Trance gerissen wurde: »Schluss für heute.«

Als Tibor, unzufrieden mit seinem Verhalten, auf dem Nachhauseweg war, merkte er erst, wie viel Zeit er in dem Kurs verbracht hatte. Die Kirchturmuhr beim Stauffacher schlug elf Mal. Er konnte sich nicht erinnern, wann er das letzte Mal vierzehn Stunden am Stück auf den Beinen gestanden hatte. Dabei fühlte er sich angenehm erschöpft. Nicht die bleierne Müdigkeit, die ihn nach einem anstrengenden Arbeitstag überkam. Es war ein ganz neues Gefühl. Tibor aß noch einen Joghurt und schlief mit einem glücklichen Lächeln ein.

Die zweite Woche

Montag, 1. August, 11.47 Uhr. Heinrichstrasse 99, 8005 Zuerich.

Frank saß bei Trisa auf der Couch. Er hatte genug von Tina und dem Hundebaby, welches schon seit dem frühen Morgen unruhig in der Wohnung hin- und hertigerte. Die Knallerei hatte bereits heute früh ein dramatisches Ausmaß angenommen. Obwohl die Wohnung groß genug war, fiel ihm die Decke auf den Kopf. Tina putzte – freiwillig – die ganze Wohnung. Sie tat das mit einer Inbrunst, die Frank noch nie an seiner Schwester festgestellt hatte.

Trisa schien froh über den unerwarteten Besuch zu sein und öffnete eine Flasche Champagner. Aus dem grünen Zimmer drang wildes Frauengestöhn. Jasmin in Action. Ein Großteil der Bevölkerung musste heute nicht arbeiten, daher rechnete Trisa mit guten Umsätzen. Trisa lächelte.

»Schon irgendwie verrückt, nicht?«

»Hm?«

»Ich meine, ich sitze hier mit einem der prominentesten Promis im Puff und der will noch nicht mal Sex. Schade, dass du … «

»Dass ich schwul bin?«, fragte Frank und blätterte scheinbar gelangweilt die Menüfunktionen seines neuen Handys durch. Er hasste diese Art von Gesprächen, weil es über kurz oder lang zu einer Rechtfertigung seinerseits kommen würde. Trisa stockte und nickte verlegen.

»Na ja. So seltsam ist diese Situation gar nicht. Schließlich sind wir beide Randgruppen.«

»Jaja. Ich weiß. Nur, ich fühle mich absolut nicht als – äh – Randgruppe.«

Frank klappte sein Handy zu und schaute Trisa in die Augen. Sie waren stahlblau. Sie hatte einen durchdringenden Blick, der aber gleichzeitig auch sehr verletzt wirkte.

»Ich fühle mich auch nicht als Aussätziger. Ich bin es leid, von der Gesellschaft immer auf die Sexualität reduziert zu werden. Oder auf meinen Beruf«, fügte er an.

Das Gestöhne im Zimmer hörte auf.

»Wechseln wir das Thema, wenn Jasmin kommt. Sie ist nicht der Typ für solche tief schürfenden Diskussionen«, sagte Trisa.

Das war Frank recht. Jasmin öffnete die Küchentür und stand nackt im Raum.

»Oh«, kicherte sie. »Hätte ich gewusst, dass du hier sitzt, hätte ich selbstverständlich etwas angezogen.«

»Kein Problem«, sagte Frank und starrte sie wie einen Alien an. Alles an ihr war irgendwie zu groß, die Brüste: voluminös, ihre Oberschenkel: fett, die Lippen: wulstig, ihre Augen: glupschig, ihr Kopf: riesig. Aber die Proportionen stimmten.

»Haste noch nie 'ne Muschi gesehen, Süßer?«, fragte sie und kicherte wieder.

»Ähm …«, und noch ehe Frank nach einer schmissigen Antwort suchen konnte, fiel ihm Trisa ins Wort: »Das gehört jetzt nicht hierher. Und Jasmin, du weißt, dass ich solche Ausdrücke hasse. Also nimm dich zusammen und zieh dir was über.« Jasmin nickte und tat, wie sie ihre Chefin geheißen hatte. Während sie sich in ein viel zu kleines, purpurrotes Höschen zwängte, polterte ein Freier die Treppen hoch und blieb vor der Tür stehen. Er betrachtete einen Moment lang die Schmuddel-Bilder an der Tür, schaute in den Spiegel und klingelte. Frank hatte ein seltsames Déjà-vu-Gefühl, konnte den Mann aber nirgends einordnen. Das passierte ihm häufig – meistens handelte es sich um Talkshowgäste oder irgendwelche Leute aus dem Publikum. Aber bei diesem Gesicht spürte er eine seltsame Vertrautheit. Der Mann war relativ groß, hatte eine Baseballmütze auf und war in den Dreißigern. Trisa erhob sich und ließ Frank mit Jasmin in der Küche zurück. Frank versuchte, aufgrund des Gemurmels im Flur die Stimme des Mannes zu erkennen, was ihm aber nicht gelang.

»Kennst du den?« Frank deutete auf den Monitor.

»Nö, keine Ahnung. Habe ich noch nie gesehen. Könnte aber einer von Trisas Stammkunden sein. Warum?«

»Ach, nur so. Das Gesicht kommt mir irgendwie bekannt vor«, sagte Frank.

»Musst du Trisa fragen, wenn sie zurückkommt. Vielleicht kennt sie seinen Namen.«

Montag, 1. August, 17.30 Uhr.
Roentgenplatz, 8005 Zuerich.

Larissa hasste Baustellen. Sie hasste es, wenn sie angemacht wurde. Sie hatte aber keine Möglichkeit, diese Baustelle zu umgehen, wenn sie die Migros-Filiale am Limmatplatz besuchen wollte.

Deswegen entschied sie sich, im kleinen Quartierladen einzukaufen. Auch wenn die Preise höher und die Auswahl kleiner war. Sie kaufte sich Gelatine und Eier, ein Brot, eine Cola light. In der kleinen Metzgerei, die die Großverteiler überlebt hatte, kaufte sie sich drei große Blutwürste. Dann musste sie noch ein Gartencenter oder mindestens einen größeren Blumenladen besuchen, um Knochenmehl zu kriegen. Sie war sich nicht ganz sicher: Sollte sie ein Taxi nehmen und durch die ganze Stadt fahren oder es zuerst bei Samen-Mauser am Hauptbahnhof versuchen?

Sie entschied sich für Samen-Mauser und fuhr mit der Linie 4 bis Hauptbahnhof. Sie hasste die Straßenbahn. Es war stickig, stinkig und überfüllt. Außerdem konnte sie die Parfümwolken anderer Menschen nicht ausstehen. Die Hygiene war ebenfalls bedenklich. All die Metallstangen, die zuvor bereits Hunderte angefasst hatten. Sie war überzeugt, dass auf eben diesen Stangen wundervolle Bakterien- und Virenkulturen aller Art gedeihen würden. Peinlich darauf bedacht, nichts anzufassen, stieg sie beim dritten Halt der Linie aus. Das Knochenmehl war ohne weiteres erhältlich, sogar in kleinen Mengen. Sie hatte schließlich nicht einen ganzen Garten zu pflegen, 500 Gramm Mehl würden für ihre Bedürfnisse reichen. Das war mehr als genug. Sie zahlte und machte sich auf den Heimweg. Zuhause angekommen, verstaute sie sämtliche Einkäufe bis auf das Knochenmehl im Kühlschrank. Das Brot würde sie vorläufig nicht anrühren, und es blieb in der Kälte länger frisch. Sie stellte das Radio an und begann, verschiedene Rottöne zu mischen. Sie war überzeugt, dass ihre Bilder – hätte sie die Gelegenheit dazu – auf einer Vernissage der absolute Verkaufsschlager werden würden.

Wenn sie mit ihrer Arbeit im Labor vorwärts kommen würde, dann hätte sie genug Geld, um ein hübsches, kleines Lokal zu mieten. Ein Raum, ganz in Weiß. Oder Schwarz. Schwarz und Rot, das waren ihre Farben. Sündiges Rot. Sie war erregt, als sie den Pinsel in die Hand nahm und mit den Gesichtern begann.

Montag, 1. August, 19.30 Uhr. Stauffacher, 8004 Zuerich.

Nach der Arbeit ging Tibor direkt ins Zentrum, obwohl sie im Lokal auf seine Unterstützung wegen des Nationalfeiertages hofften. Er war etwas müde, freute sich aber schon den ganzen Tag auf den Kurs. Auf dem Weg ließ Tibor die letzten Tage Revue passieren. Gespräche mit Giovanni, die Kurse, die neuen Menschen, die er bald kennen lernen würde. Der Kursleiter hatte ihm versprochen, dass er, würde er die nächste Stufe erreichen, ein ›unglaubliches, göttliches Geheimnis‹ erreichen würde. Tibor hatte keine Ahnung, was der Kursleiter damit meinte, und Giovanni wollte ihm auch nichts sagen. Er schmunzelte nur und sagte, dass er es früh genug erfahren würde. Er spürte, dass er wieder etwas abgenommen hatte, seine Hosen spannten weniger als sonst. Das Kursgeld bezahlte er direkt beim Kursleiter, der ihm dafür eine Quittung ausstellte. Tibor hatte in den letzten Jahren einiges gespart und die hohen Gebühren reuten ihn nicht. Er war sich sicher, dass das, was er hier lernte, in jeder Beziehung wertvoller als Geld war. Außerdem wurde ihm versichert, dass sich niemand an den Gebühren bereichern wolle, sondern dass damit die Zentren auf der ganzen Welt ausgebaut würden. In einem Infoblatt, das Tibor zusammen mit der Quittung bekommen hatte, stand die freudige Nachricht, dass die Zahl der Mitglieder weltweit auf 140.000 Menschen angestiegen sei, und dass das Ziel immer näher rücken werde. Tibor wusste nicht genau, was mit ›dem Ziel‹ gemeint war. Das war ihm auch egal. Er wusste, dass es ihm gut ging, er fühlte sich wohl und die Menschen um ihn herum waren ihm sympathisch.

Einige Teilnehmer dieses Kurses kannte Tibor noch nicht. Sie erhielten Knetmasse und ein Bilderbuch. Die Aufgabe schien leicht zu sein, entpuppte sich aber doch zunehmend als schwierig. Sie mussten mit der Knetmasse einzelne Objekte nachbilden, die in den Bilderbüchern gezeigt wurden. Bei Tibor deutete der Kursleiter auf ein Büchergestell. Tibor war handwerklich nicht sehr begabt, und so machte er in der ersten Version die Ablagen des Gestells zu dünn, so dass sie schließlich schlaff durchhingen. Beim zweiten Versuch stimmten die Proportionen nicht. Die anderen Besucher hatten ihre Aufgabe erledigt und durften nach Hause gehen. Tibor saß schließlich alleine im Zimmer und begann nochmals ganz von vorne, und wieder und wieder, bis ihn der Kursleiter mit einem Lächeln nach Hause schickte. Durch die Knetmasse sollten die Kursteilnehmer in ein frühes Stadium der Kindheit zurückversetzt werden. Aber Tibor hasste Plastilin, und er hatte mit Bilderbüchern nie etwas anfangen können. Dementsprechend war er schlecht gelaunt, als er gegen Mitternacht ins Bett fiel. Dennoch: Es war eine gute Sache. Es würde ihm helfen. Es hatte ihm bereits geholfen. Da war er sich sicher.

Montag, 1. August, 20.57 Uhr. Kernstrasse 35, 8004 Zuerich.

Tina war schon seit geraumer Zeit auf dem Klo, und das, obwohl Frank dringend musste. Er klopfte erneut an die Tür. Als er einen leisen Schluchzer hörte, riss er schließlich die Klotür auf. Da der Schlüssel leider von außen steckte, stemmte sich Tina halbherzig gegen die Tür.

»Was ist denn hier verdammt nochmal los?« Frank schaute sich um und sah eine längliche Kartonverpackung auf dem Boden.

»Scheiße«, schluchzte Tina. Frank tat es Leid, dass er buchstäblich mit der Tür ins Haus gefallen war und legte seine Hand auf Tinas Schulter.

»Was ist denn los?«

»Ich bin schwanger.«

Sie schaute ihrem Bruder direkt in die Augen. Frank schluckte. Sie zeigte ihm das Röhrchen mit dem Urin und der Verfärbung. Blau.

»Äh ... und da gibt es keinen Zweifel, wie?«, fragte Frank, der sich nicht vorstellen konnte, wann überhaupt Tina Sex gehabt haben konnte und vor allem mit wem. Das musste ja irgendwann passiert sein.

»Mit wem?«, fragte er und starrte fasziniert auf das Kunststoff-Röhrchen.

»Was, mit wem?« Tina hörte auf zu weinen und trocknete sich die Tränen mit Klopapier. »Kein ›herzlichen Glückwunsch‹ oder ›jööööö‹ oder ›toll‹?«

»Schon gut, schon gut. Ich entschuldige mich. Ich bin ein wenig überrumpelt. Eben noch habe ich mich mit dem Messermörder und den Prostituierten rumgeschlagen und jetzt plötzlich das.« Tina schaute ihren Bruder an. Falscher Text zur falschen Zeit, dachte Frank und fuhr fort, um nicht noch mehr Porzellan zu zerschlagen: »Nicht, dass das nicht toll wäre, ich freue mich ja auch, aber es bedeutet eine Menge Arbeit. Aber wie gesagt – es kommt so verdammt unerwartet.«

Jimmy trottete verschlafen ins Badezimmer und kündigte mit einem tiefen Seufzer an, das er gestreichelt werden wollte. Oder gefüttert. Oder raus musste. Frank wusste die Seufzer, Kläffer und Fiepser des Tieres noch nicht wirklich zu deuten. Tina legte das Röhrchen mit dem positiven Testresultat auf die Toilette und setzte sich auf den Klodeckel.

»Ich glaube, wir müssten dann mal reden«, sagte sie matt.

»Unbedingt«, pflichtete Frank ihr bei. Er sah sich bereits mit dem Baby im Kinderwagen an der Bahnhofstraße. Es gab ganz reizende Babykleidung. »Ich nehme an, wir behalten das Baby, oder?«

»Auf jeden Fall«, stimmte ihm seine Schwester zu. »Sofern das alles klappt.« Sie deutete auf ihren Bauch. »Da kann noch viel passieren.«

Da sich die Situation etwas beruhigt hatte, wagte Frank einen weiteren Vorstoß. »Wer ist der Vater?«

»Sage ich nicht«, antwortete sie bestimmt.

»Ich will das aber wissen. Schließlich werde ich das Kind großziehen müssen.«

»Wer sagt das?«

»Willst du damit sagen, dass der ominöse Vater hierher ziehen will?« Frank war schockiert. Er hatte bisher angenommen, dass der Erzeuger des Babys eine Zufallsbekanntschaft gewesen war.

»Vielleicht ziehe ich ja aus?«

»Das kommt überhaupt gar nicht in Frage. Schließlich bin ich dein großer Bruder und ich weiß, was für dich gut ist und was nicht. Außerdem habe ich etwas mehr Lebenserfahrung als du!«

»Naja, die drei Jahre.«

Tina stand auf und hielt sich den Bauch. Eine Geste, die Frauen offenbar instinktiv machten, sobald sie schwanger waren.

»Wir müssen jetzt nicht mehr weiterdiskutieren, ehe ich nicht weiß, ob ich tatsächlich schwanger bin. Schließlich haben diese Test eine Fehlerquote von …«, sie kramte die zerrissene Packung auf dem Boden zusammen und las den Beipackzettel, » …von einem Prozent.« Sie zerknüllte das Papier und versuchte, den kleinen Abfalleimer im Bad zu treffen. Daneben. »Und ich muss einen Termin beim Frauenarzt abmachen, und dann, dann werden wir weiterdiskutieren!«

»Wer ist der Vater?«, fragte Frank erneut und versuchte, es so harmlos wie möglich klingen zu lassen.

»Das habe dir vorhin nicht gesagt und ich werde es auch jetzt nicht sagen.«

»Aber bald?« Frank hasste Geheimnisse

»Nein. Das brauchst du nicht zu wissen.«

»Kenne ich ihn?« Er konnte hartnäckig sein, wenn er wollte. Das gehörte schließlich auch ins Konzept von *Frank live.*

»Ich sage nichts mehr.«

»Wann habt ihr denn gebümselt?«

»Hä?«

»Sex gehabt.«

»Geht dich nichts an. Wir sprechen jetzt nicht mehr darüber. Aus. Amen. Ende!«

»Angenommen, du bist tatsächlich schwanger, dein Bauch wird riesig und dann, viel später, kommt das Kind. Sagst du mir dann, wer der Vater ist?«

Tina war amüsiert. Das war das Schöne bei Frank. Er konnte unfreiwillig komisch sein und damit jeden aus der tiefsten Depression reißen. Das letzte Mal hatte sich eine solche Szene abgespielt, als Frank wissen wollte, was er von ihr zu Weihnachten kriegen würde.

»Nein.«

Frank zog eine Schnute.

»Ich muss aber wissen, ob du ausziehst oder nicht. Ich müsste dann einen Nachmieter finden!«

»Ich habe grundsätzlich nicht vor, auszuziehen, obgleich es für ein Kind wohl besser wäre, auf dem Land aufzuwachsen.«

»Weiß der Vater, dass er Vater wird?«

»Nein. Und ich werde ihm vorläufig auch nichts sagen!«

Das Hundebaby gab erneut einen Seufzer von sich. Tina hob es auf, in diesem Moment begann es zu pinkeln. Sie ging in die Küche, holte einen Lappen und begann wortlos, Jimmys Urin aufzuwischen. Frank stand daneben und kaute auf seiner Unterlippe.

»Wer ist der Vater?«

»Frank, ich bitte dich! Hör mit diesem ›Wer ist der Vater‹-Scheiß auf. Ich werde es dir nicht sagen.«

»Aber du hast gesagt, wenn der Frauenarzt das Resultat bestätigt, dann würdest du mir sagen, wer der Vater ist!«

»Quatsch. Das habe ich nicht gesagt und Ende der Diskussion.«

Frank öffnete die Kühlschranktür, hielt einen Moment inne und schloss sie resigniert.

»Was suchst du?«, fragte Tina, froh, das Thema einigermaßen elegant wechseln zu können.

»Whisky!«, murmelte Frank und schaute irritiert die Kühlschranktür an,

»Den hast du geleert, mein Lieber. Und normalerweise wird die Flasche auch nicht im Kühlschrank aufbewahrt.«

»Normalerweise weiß der große Bruder auch, wer der Vater des Kindes seiner Schwester ist.«

Themawechsel nur kurzfristig geglückt, dachte Tina. Sie versuchte, so cool wie möglich zu gucken und machte sich daran, den *Tages-Anzeiger* durchzublättern.

»Wir müssten uns dann langsam mal wieder um den Messermörder kümmern, findest du nicht?«

Frank war sich ganz und gar nicht sicher, ob sich Tina tatsächlich für die Story interessierte, oder ob es sich um ein weiteres Ablenkungsmanöver in Sachen Baby handelte. Er sah die Baby-Sache ganz klar als Vertrauensbruch, und dass sie ihm partout nicht sagen wollte, wer der Erzeuger war, machte die Angelegenheit nur noch schlimmer.

Frank beschloss, auf jeden Fall an der Geschichte dranzubleiben, hängte sich ans Telefon und wählte die Nummer von Trisa. Die schien beschäftigt zu sein, da nur das Besetztzeichen kam. Das konnte drei Gründe haben: Sie bumste mit einem Freier, sie war tatsächlich am Telefon oder sie war gar nicht im Salon. Trisa pflegte in allen drei Fällen den Hörer nicht aufzulegen.

Frank war es nicht gewohnt, stundenlang untätig herumzusitzen und Däumchen zu drehen. Die viele Freizeit während der Sommerpause überforderte ihn gewissermaßen, Messermörder-Geschichte hin oder her. Es wäre ganz anders gewesen, hätte er die Ferien mit jemandem teilen können. Der einzige ›Jemand‹, den er sich momentan vorstellen konnte, war Theo. Bauer, muskulös, witzig, charmant, sensibel. Nicht sehr intelligent. Genau das, was Frank brauchte. Aber Theo wollte offenbar nichts von ihm wissen. Andererseits war der Bauer an jenem Abend sehr wohl an Frank interessiert gewesen. Frank seufzte und machte sich über die restliche Fanpost her. Das half immer.

Dienstag, 2. August, 9.45 Uhr. Universitaetsspital, Raemistrasse 100, 8091 Zuerich.

»Wir haben es hier mit Anthrax zu tun und nicht mit einer Sommergrippe!« Morler ging im Kreis. Das tat er seit seinem Biologie-Studium. Der staatliche Beamte, der sich mit Hubbart ohne Vornamen vorgestellt hatte, machte sich Notizen. Morler hatte keine Ahnung, was er sich notierte. Er mochte Hubbart ohne Vornamen nicht: die Gesichtszüge waren zu hart, und die stechenden grünen Augen hatten etwas Science-Fiction-Mäßiges an sich.

»Auf der Intensivstation liegt bereits das vierte Opfer. Und das alleine in unserem Spital. Wir haben noch keine Ahnung, wie viele es in den anderen Spitälern sind.« Morler redete sich in Fahrt. »Milzbrand gibt es bei uns eigentlich nicht mehr. Und keiner der anderen Patienten war im Zoo gewesen. Die Patienten weisen überhaupt keine Gemeinsamkeiten auf. Drei Frauen und ein Mann. Sie sind unterschiedlich alt, arbeiten in verschiedenen Berufen und wohnen noch nicht mal alle in der Stadt Zürich.«

»Sollten wir nicht die Medien benachrichtigen?«, fragte Hubbart, ohne von seinem Notizbuch aufzuschauen. »Immerhin steht die Volksgesundheit auf dem Spiel, und mit einer geeigneten Impfung könnten weitere Fälle verhindert werden.«

»Auf gar keinen Fall«, schnaubte Morler. »Die Medien warten ja nur auf eine Story wie diese. Wir werden uns diesen Bestien nicht zum Fraß vorwerfen. Noch nicht. Die Impfung taugt nur bedingt. Außerdem können wir unmöglich die ganze Bevölkerung einfach durchimpfen.« Morler machte eine Pause und trank einen Schluck Wasser. Die starken Antibiotika trockneten ihn aus, Außerdem rumpelte es in seinem Gedärm. Es war nur noch eine Frage von Minuten, bis er auf die

Toilette rennen müsste. Bei dieser hohen Dosierung war das absolut normal, wenn auch unangenehm.

»Sehen Sie, niemand würde ihn Panik ausbrechen, wenn er hört, dass ein neues Grippevirus entdeckt worden ist. Aber wenn sich etwas exotisch Grauenhaftes ausbreiten würde wie Anthrax, dann ist das eine andere Sache. Zumal wir noch immer nicht wissen, woher die Sporen überhaupt kommen.«

Der hagere Bundesbeamte mit den grünen Augen schien zu verstehen. »Mann, das ist eine wirklich große Nummer!«

Morler nickte. »Angesichts der Unbekanntheit dieser Krankheit, den widerlichen Symptomen und der Tatsache, dass sie weder eingedämmt noch richtig behandelt werden kann, reagieren die Leute unkontrolliert und panisch. Es würde zu ziemlich hässlichen Szenen kommen.«

Hubbart packte seine Notizen ein und erhob sich. »Sie stehen uns zur Verfügung, nehme ich an?« Morler nickte und benetzte sich die Lippen. »Was werden Sie tun?«

Hubbart zögerte. Anscheinend überlegte er, inwiefern der Arzt in zukünftige Schritte eingeweiht werden sollte. »Nun, wir werden mit Vertretern der Armee sprechen. Sofern es noch weitere Fälle gibt, informieren wir Sie selbstverständlich.« Er verabschiedete sich, gerade noch rechtzeitig. Morler rannte auf die Toilette.

Dienstag, 2. August, 18.30 Uhr. Roentgenstrasse 8, 8005 Zuerich.

»Du solltest dich etwas beeilen. Wir brauchen den Stoff in den nächsten Tagen!« Sie zuckte und nahm eine Tablette. Die Kopfschmerzen waren höllisch. Und das hatte nichts mit dem Wetter zu tun.

»Ich werde mich beeilen, allerdings sind erste Ergebnisse frühestens in drei Tagen zu erwarten. Das Zeug muss wachsen!« Sie zeigte auf die Aquarien. Anstelle von Wasser war eine grünlich-graue Flüssigkeit zu sehen.

Er nahm ihre Hand und hielt sie zärtlich. »Dir geht es gar nicht gut, wie?« Sie schüttelte den Kopf, ihre langen Haare waren strähnig.

»Lass dir mal wieder die Haare schneiden, sonst ist es bald aus mit deinem Job. Lange wirst du denen eh nichts mehr vormachen können!«

»Wir machen schon das Richtige, oder?«

Er drückte ihre Hand fester und starrte sie an, sein Blick begann zu flimmern.

»Du zweifelst?« Sie schüttelte wieder den Kopf, unfähig, klar zu denken. Sie sehnte sich nach ihrem Bett.

»Nein.«

»Gut. Du weißt, was ER mit Zweiflern macht.«

»Das Bett. Ich muss ins Bett! Ins Bett. Ich bin ein krankes Mädchen, Mutti hat gesagt, ich muss ins Bett.«

Dienstag, 2. August, 18.50 Uhr.
Kernstrasse 35, 8004 Zuerich.

Frank saß am Computer und chattete. Die Hitze staute sich in der Schornikschen Wohnung, daher saß Frank nur in der Unterhose auf seinem Bürostuhl. Das Eis im Whiskyglas, das griffbereit neben der Computertastatur stand, war schon längst geschmolzen. Er hatte einen Link mit seinem Bild im Internet platziert, den Kopf aber komplett abgedeckt. Sein Body (der momentan nicht mehr ganz so muskulös war wie vor drei Jahren, als das Bild aufgenommen worden war) zeigte offenbar genug Wirkung. ›Heiss.und.spitz‹ meldete sich, das kleine Chatfenster öffnete sich mit einem ›Bing‹.

»Hi«, schrieb ›Heiss.und.spitz‹.

»Hi«, schrieb Frank zurück.

»Worauf stehst du?«

»Flexibel«, schrieb Frank. Vor einigen Tagen hatte ihn jemand erkannt, trotz des abgedeckten Gesichtes im Internet, und er hatte vorher dem Unbekannten lang und breit seine sexuellen Präferenzen beschrieben. Die Zeilen, die dann folgten, waren ziemlich peinlich:

»Ich weiß, wer du bist.« Kurze Pause, dann: »Du bist die Talktante, die sagt, sie sei nicht schwul.« Dann: »Du bist Frank.« Dann nichts mehr.

Frank hatte sich danach die schlimmsten Szenarien ausgemalt. Was, wenn der ganze Online-Talk im *Blick* abgedruckt würde? Oder, noch hübscher: Vorgetragen von einem Sprecher in einem Radiobeitrag.

»Das wäre ein gefundenes Fressen für alle!«, rügte ihn Tina, die nie Verständnis für solche Dinge hatte. Sie würde sich jetzt mit solchen

Äußerungen etwas mehr zurückhalten. Sie war schließlich schwanger. Geschwängert von einem Unbekannten. Obgleich: sie hatte ihn offenbar gekannt. Vielleicht kannte er den Mann auch, und sie wollte deshalb nicht über ihn sprechen.

Bislang war nach der Drohung nichts weiter passiert, und deswegen beschloss Frank, vorläufig weiter zu chatten und das Bild nicht auszuwechseln. Sein Pseudonym war ›tizian25‹, was natürlich glattweg gelogen war. Aber er könnte noch als 25 durchgehen, wenn das Licht nicht allzu hell war. Zudem war es bislang noch nie zu einem Treffen gekommen, weil er meistens dann doch Schiss bekommen hatte. Das Gefühl, jemanden treffen zu können, wenn er wollte, reichte ihm. Im Moment wenigstens. Und sein Herz schlug noch immer für Theo. Frank idealisierte den Bauern beinahe stündlich, obwohl er sich gar nicht mehr so sicher war, wie der Muskelmann ausgesehen hatte. Für Frank war er der Märchenprinz.

»Treff heute?«, fragte ›Heiss.und.spitz‹.

»Hast du ein Pic?«, schrieb Frank, davon ausgehend, dass der Unbekannte kein Bild von sich hatte.

»Klar«, schrieb ›Heiss.und.spitz‹.

»Mail es mir auf tizian25@gmx.ch.«

»Kriege ich von dir auch noch eins?«, schrieb ›Heiß und spitz‹. Frank überlegte. Wenn er tatsächlich ein Bild von dem Unbekannten bekäme, dann hätte er auch nichts zu verlieren.

»Wenn ich eins vor dir kriege, dann schon«, schrieb er.

»Okay. Ist weg. Bleibst du online?«, fragte ›Heiss.und.spitz‹. Frank wusste, dass es via E-Mail manchmal gute zehn Minuten dauern konnte, bis das Bild in seinem virtuellen Postfach war.

»Nein, aber ich melde mich dann direkt via E-Mail bei dir, roger?«

»Roger«, schrieb ›Heiss.und.spitz‹ und klinkte sich aus.

Frank loggte sich ebenfalls aus, um sich sogleich wieder neu anzumelden. Diesmal gab er beim Feld ›so sehe ich aus‹ ein: 178 cm, blond, muskulös, Zürich-Umg., aktiv.

Das klang gut. Er zögerte einen Augenblick und ergänzte: Männlich.

Das neue Pseudonym war schon schwieriger. Frank überlegte, zwischendurch checkte er immer wieder sein Tizian-Postfach. Die versprochenen Bilder waren noch nicht gekommen. Im Chat waren zur Zeit 135 Teilnehmer. Alle hatten mehr oder weniger exotische oder originelle Tarnnamen. Frank würde da sehr plump klingen. Außerdem lag der Sinn in einem Pseudonym gerade darin, dass man anonym sein konnte. Tizian weiter zu benutzen war witzlos, weil er unter seinem vorherigen Pseudonym einen anderen Text beim Profil eingegeben hatte.

Er trank den restlichen Whisky aus, stand auf und ging in die Küche, um sich ein Glas Wasser zu holen. Auf dem Küchenboden lagen in einer Migros-Tüte alte Schallplatten von Tina, die sie definitiv entsorgen wollte. Er entdeckte das Frida-Album ›Shine‹. Er besaß zwar eine Schallplatte von ›Shine‹ und die CD-Kopie, trotzdem schien es ihm eine Sünde, eine Schallplatte mit Frida, die immerhin über zehn Jahre ein ABBA-Mitglied gewesen war, einfach in den Müll zu werfen. Er legte sie beiseite.

Tina hatte eine Zeit lang harte Rockmusik gemocht, während der Pubertät stand sie auf Krokus, Guns'n'Roses und Anthrax.

Anthrax.

Das war sein Pseudonym. Er guckte sich das Anthrax-Plattencover an. Anthrax klang originell und männlich. Niemand von den Tucken würde wissen, das Anthrax eine amerikanische Rockband war. Weil von denen kaum jemand nur eine Sekunde freiwillig solche Musik hören würde. Das Pseudonym tat seine Wirkung, die Beschreibung zu seiner Person gab den Internet-Schwulen den Rest. Diverse Fenster erschienen auf den Bildschirm. Frank speiste die meisten mit einem ›sorry busy‹ ab. Auf Englisch klang das besser als das Deutsche ›bin besetzt‹, was sich irgendwie nach Klotür anhörte. Einige Chatter waren hartnäckig und meldeten sich trotz der Abfuhr kurze Zeit später noch einmal. Er entschied sich für ein virtuelles Gespräch mit ›Stute‹. ›Stute‹ hatte im Profil ›passiv, muskulös, 182 cm, männlich‹ eingegeben. Genau Franks Kragenweite. Obwohl natürlich immer zweifelhaft war, ob der Chatter tatsächlich so ausschaute, oder ob es sich bei ihm um eine Szenehusche oder sonst was handelte. Im Internet war alles möglich. Bei der Frage: ›Welche Haarfarbe hast du?‹ klinkte sich ›Stute‹ aus. Das Fenster auf dem Bildschirm verschwand. »Scheiße«, zischte Frank. Vielleicht hätte er etwas anderes fragen sollen. Vielleicht hatte ›Stute‹ gar keine Haare mehr und litt darunter. Vielleicht trug ›Stute‹ auch ein

Toupet. Dann wäre es aber mit ›männlich‹, wie ›Stute‹ im Profil geschrieben hatte, auch nicht weit her. Nur Tucken trugen Toupets. Vor allem *alte* Tucken. Einen Moment später ploppte erneut ein Chatfenster auf Franks Bildschirm auf. ›Stute‹ meldete sich zurück.

```
> sorry, bin rausgeflogen. pic ist unter-
  wegs. hoffe kriege auch was??!?
> ja. sind weg!
> leider noch nix von dir eingetroffen
> ist aber weg
> meins gekriegt?
> siehst gut aus!
```

Frank war nicht wirklich begeistert. Der Typ auf dem Bild sah nicht schlecht aus, aber Frank hatte sich etwas Muskulöseres vorgestellt. ›Stute‹ sah eher wie ein 08/15-Zürcher-Schwuler aus, der ab und zu ins Fitnessstudio ging.

```
> danke, dann muesstest du nur noch mir
  gefallen und dann kannst du mich durch-
  knallen, von wo bist du?
> zuerich
> kannst du reply machen, habe echt noch
  nix gekriegt
> ok
```

Frank entschied sich, ›Stute‹ kein Bild von sich zu schicken.

```
> ok. ist weg
> danke
> bis spaeter
```

Frank wusste, dass er gelogen hatte, dass er ein Bild hätte schicken müssen, aber weil er natürlich denselben Fehler nicht zweimal machen würde, beschloss er, sich möglichst elegant aus der Affäre zu ziehen. Er mailte einfach ein anderes Bild. Eins, das er sich vor einigen Wochen aus dem Netz runtergeladen hatte. Er verdeckte dem Unbekannten, der sehr amerikanisch aussah und nur einen schwarzen Tanga trug und seine ganze Freizeit unter der Sonnenbank und im Fitnessstudio zu verbringen schien, die Augen. Frank wählte aus den Vorlagen ein Herz, fand das schließlich etwas unpassend für den amerikanischen Macker und entschied sich dann für einen dunkelgrauen Balken, den er mit der Maus über die Augen- und Nasenpartie zog. Das Bild speicherte er ab und mailte es der angegebenen Adresse von ›Stute‹.

Es dauerte nur knapp eine Minute, bis sich Stute wieder meldete:

> siehst gut aus. lust auf date?
> du bist aus der city, right?

Frank fand, dass das ›right‹ sehr gut zu dem amerikanischen Typen des falschen Fotos passte.

> wohne in kloten, aber mobil
> gut
> wann koenntest du?
> jetzt
> ich kann erst spaeter
> wie du willst
> wuerde mich gerne von dir so richtig rannehmen lassen

Das würde ich auch, wenn ich ein Date mit einem Typen hätte, der so aussehen würde wie auf dem Bild, das ich gemailt habe, dachte Frank.

> bye
> warte!
> bye, CU

Frank klickte sich aus. Das Fenster verschwand vom Bildschirm. Frank trennte die Online-Verbindung, um sich einen Kaffee zu kochen. In einigen Minuten würde er sich wieder einwählen, und das Bild des ersten Chatters ›Heiss.und.spitz‹ checken. Vielleicht war er ja tatsächlich ganz passabel. Die Zeiten, in denen nur picklige, bleiche und schmächtige Freaks das Netz genutzt hatten, waren schon lange vorbei. Kaum stand Frank in der Küche, um Tinas alte Platten erneut zu inspizieren, klingelte das Telefon.

»Sag mal, wie lange telefonierst du eigentlich?« Es war zweifelsohne Trisa, die sauer klang.

»Ich war am Computer und habe die Leitung mit meinem Modem belegt, sorry.«

»Du kannst dir nicht vorstellen, was passiert ist.«

»Wieder ein Messermord?«, fragte Frank und nippte vorsichtig am heißen Kaffee.

»Nicht am Telefon«, flüsterte Trisa verschwörerisch.

»Du und dein ›nicht am Telefon‹, wir werden bestimmt nicht abgehört, schließlich sind wir in der Schweiz.« Trisa ging nicht darauf ein.

»Komm vorbei, okay?« Das klang weniger nach einer Bitte als nach einer Drohung.

»Okay, ich mache mich auf den Weg. Jimmy muss sowieso raus, das trifft sich also gut.«

Dienstag, 2. August, 20.07 Uhr.
Heinrichstrasse 99, 8005 Zuerich.

Trisa empfing ihn in Zivilkleidung, sie hatte rote Flecken am Hals. Frank musste offenbar etwas zu lange auf ihren Ausschnitt gestarrt haben. »Das sind meine Hektik-Flecken, die kriege ich immer, wenn ich nervös bin. Setz dich.« Trisa räumte diverse Lippenstifte, Nagellack, Kugelschreiber und Kleenex-Tücher beiseite. »Ist heute drunter und drüber gegangen«, entschuldigte sie sich. »Ich bin gerade erst aus dem Spital gekommen.«

Frank runzelte die Stirn. »Jetzt? Ich dachte, die Nachtschicht endet um fünf Uhr?«

»Um sechs Uhr«, korrigierte Trisa. »Aber ich habe mit ihr gesprochen«, Trisa rückte näher zu Frank.

»Es war eine Frau.«

»Eine Frau?«, wiederholte Frank und trank den obligaten Champagner in einem Zug aus. »Dann ist es also eine Messermörderin?«

»Schlau bemerkt.« Trisa schnalzte mit der Zunge und starrte nervös auf den Monitor.

»Da kommt niemand«, beruhigte Frank sie.

»Außer mir.« Die Stimme ließ Frank erstarren. Es lief ihm heiß und kalt über den Rücken und das Hundebaby winselte. Trisa ließ vor Schreck das halbvolle Champagnerglas fallen.

Dienstag, 2. August, 20.30 Uhr. Stauffacher, 8004 Zuerich.

Die Knetmasse-Geschichte war offenbar doch besser gelaufen, als er gedacht hatte. Er wurde um eine Stufe befördert, was bedeutete, dass er das erste Mal an einer Versammlung teilnehmen durfte. Einige Gesichter kannte er noch von der öffentlichen Versammlung, an der er teilgenommen hatte. Viele waren ihm allerdings unbekannt. Der Saal war gut gefüllt, im Gegensatz zur öffentlichen Versammlung gab es keine Getränke und Snacks. Tibor war das recht. Er hatte kräftig abgenommen und wollte das neue Lebensgefühl behalten. Die Eingangstüren wurden bewacht, und der Priester hatte ein purpurfarbenes Gewand an. Es war eine Mischung aus Hosenanzug und Kaftan und sah etwas seltsam aus. Aber Äußerlichkeiten spielten hier keine Rolle, und dafür war Tibor dankbar. Es war keine Messe im eigentlichen Sinn, sondern viel mehr eine Rede. Tibor verstand nicht alles, was der Priester sagte, aber es ging um die Menschheit an sich, um Gott und seine Engel. Der Priester sprach allerdings nicht von Engeln, sondern von Geistern, die in jedem Menschen waren. Alle der Anwesenden seien auf gutem Weg, diese Geister wirken zu lassen, bei einigen hätten sich bereits deutliche Veränderungen eingestellt, welche äußerlich sichtbar seien. Er schaute dabei auf Tibor, der auf zwei Stühlen in der vordersten Reihe saß. Es war ihm nicht unangenehm, schließlich hatte er etwas erreicht. Und er konnte verdammt stolz darauf sein. Giovanni schien noch erfreuter über die Worte des Priesters zu sein, er strahlte übers ganze Gesicht. Tibor war schließlich ›sein‹ Schäfchen. Er knuffte Tibor sachte in die Seite.

Dienstag, 2. August, 21.49 Uhr. Heinrichstrasse 99, 8005 Zuerich.

»Außer mir«, wiederholte Jasmin und lachte. Sie hielt ein Küchenmesser in der Hand und stand im Türrahmen.

»Spinnst du?« Trisa schleuderte ein kleines Zierkissen nach ihrer Arbeitskollegin.

»Habt ihr mich denn tatsächlich nicht kommen hören? Ich habe sogar noch ›Hallo‹ gerufen.«

»Ich habe nichts gehört«, murmelte Frank und hob den Hund hoch. Er seufzte, gähnte dann und schlief sogleich ein.

»Jede könnte euch hier abschlachten. Und ihr würdet es erst merken, wenn ihr das Messer im Bauch oder sonst wo hättet!«

»Sie weiß es also?«, fragte Frank.

Trisa nickte. »Yep. Sie weiß alles.«

»Und es besteht kein Zweifel?«

»Nein. Sie kriegt noch starke Schmerzmittel, aber sie ist völlig klar im Kopf.«

»Sie ist in Gefahr«, sagte Frank.

»Ich weiß. Sie weiß es auch. Aber zur Zeit ist ihr alles egal.«

»Was hat sie gesagt?«, fragte Frank.

»Die Frau sei relativ groß gewesen, keine Ahnung was sie mit ›relativ‹ meinte, hatte schwarze Haare und war auffallend hübsch. Ich habe alles notiert.« Trisa holte einen Zettel aus ihrer Handtasche. »Ich bin nämlich manchmal ziemlich vergesslich.«

Jasmin kicherte. »Das stimmt.«

Frank studierte den Zettel.

»Die Polizei hat sie noch nicht vernommen, und das wird auch noch mindestens zwei Tage so bleiben. So lange gilt sie als nicht ansprechbar. Das arme Ding!«

»Dann haben wir einen ziemlichen Vorsprung.«

»Ja, aber ich habe keine Ahnung, wie wir den nützen könnten.«

»Ich auch nicht«, sagte Frank. »Wir wissen nur, wie die Person ungefähr aussieht und dass sie weiblich ist. That's it. Die Polizei wird es einfacher haben, die können ein Phantombild machen und dann eine Fahndung rausgeben.« Frank hielt inne. »Sag mal. Wenn das eine Frau ist, warum geht sie dann überhaupt in ein Puff?«

»Frauen kommen aus zwei Gründen: Sie wollen entweder hier arbeiten oder suchen ihre Ehemänner. Das Letzte ist ziemlich selten, weil die Ehefrauen selten etwas vom Treiben ihrer Männer erfahren, immerhin sind fast alle meine Kunden verheiratet und ...« Sie merkte, dass sie vom Thema abkam. »Wenn sie Arbeit, oder ihre Ehemänner suchen. Dann kommen sie her.«

»Schsscht«, zischte Jasmin, und ihre großen Brüste wippten.

»Was ist?«, fragte Trisa.

»Die bringen jetzt einen Tierfilm im Fernsehen.«

»Ach?« Frank guckte konsterniert.

»Sie liebt Tierfilme«, sagte Trisa und wandte sich an Jasmin: »Schätzchen, wir haben Besuch, okay?«

Jasmin zog eine Schnute und schaltete das Fernsehgerät ab.

»Brav.«

»Sie könnte einen Hass auf Huren haben«, sagte Frank.

»Das gibt es öfters, vor allem gewissen Politikern sind Puffs ein Dorn im Auge.« Sie sah sich um, als ob sie sich vergewissern wollte, dass sie sich tatsächlich in einem Bordell befand. »Das wäre dann aber ganz große Scheiße!«

»Warum?«, fragte Frank.

»Weil wir dann tatsächlich früher oder später dran glauben müssten.«

»Naja. Andererseits ist jetzt wohl klar, dass du keine unbekannte Frau mit schwarzen Haaren reinlässt, oder?«, sagte Frank

Jasmin nickte eifrig. »Gar keine Frau ist noch besser!«

Trisa kaute auf ihren Nägeln. »Dumm nur für das Opfer, wenn sie von der Polizei nicht geschützt wird, dann wird sie bestimmt umgebracht. Die Täterin duldet bestimmt keine Zeugen!«

»Bisher geht die Täterin davon aus, dass das Opfer tot ist. Und solange nichts davon in der Zeitung steht, wird sie es auch nicht erfahren.« Jimmy winselte. »Ich muss jetzt gehen, der Kleine muss schon wieder Pipi und zuhause erwartet mich meine Schwester – die hat nämlich auch ein Problem. Mit dem Bauch sozusagen. Und last but not least müssen wir einen Plan haben, wie wir die Messermörderin vor der Polizei kriegen.« Er deutete auf das Videogerät. »Das Ding nimmt noch auf, oder?« Trisa nickte. »Wir wechseln jeden Tag die Kassetten, jeden vierten Tag wird das Band dann jeweils wieder überspielt.«

»Ich wechsle die Kassetten«, sagte Jasmin stolz und strahlte.
Eine Tatsache, die Frank nicht sehr beruhigte.

Dienstag, 2. August, 22.26 Uhr. Kernstrasse 35, 8004 Zuerich.

Zuhause wartete Tina bereits mit einem großen Stück Schwarzwälderkirschtorte auf ihn.

»War ein Sonderangebot, zwei zum Preis von einer.«

»Das beginnt jetzt schon bei dir, hab ich Recht?«

Tina verstand nicht. »Was meinst du?«

»Na, dass mit diesen seltsamen Essensgelüsten, die schwangere Frauen doch haben.«

»Klischee«, mümmelte Tina zwischen zwei großen Bissen. »Das ist nicht bei allen Frauen so.«

»Wo ist der Rest der Torte?« Frank öffnete den Kühlschrank, konnte aber nichts entdecken.

»Gegessen.«

»Aber nicht im Ernst, oder?«

»Doch. Ich hatte eine Heißhunger-Attacke. Jetzt ist mir zugegebenermaßen etwas schlecht.«

Frank gluckste: »Das wäre es mir auch. Es gibt Neues in Sachen Messermörder.«

Frank fasste das Wesentliche zusammen, Tina war begeistert. »Dann haben wir also einen Vorsprung gegenüber der Polizei?«, fragte sie ungläubig.

»Haben wir, ja.«

»Toll! Und jetzt?«

Frank zuckte mit den Achseln. »Jetzt müssten wir nur noch einen Plan haben, Süße. Lass mal deiner Fantasie freien Lauf. Ich werde mich unterdessen etwas mit meinem Freund, dem Computer, abgeben.«

Er schaltete den PC ein und checkte seine E-Mail. ›Heiss.und.spitz‹ hatte Wort gehalten und ihm tatsächlich ein Bild von sich gemailt. Die Augen hatte er abgedeckt, aber dafür zeigte er sonst alles. Und das war nicht schlecht. Dann checkte er sein anderes E-Mail-Account unter dem Namen ›Anthrax‹ und staunte nicht schlecht:

Dasselbe Bild von ›Heiss.und.spitz‹, diesmal unter dem Namen Giovi: »Hallo Anthrax, wir hatten keine Gelegenheit zu chatten, aber ich habe dein Profil gesehen und sofort gewusst, dass du mich anmachst. Anbei ein Bild von mir, wenn du Interesse hast, dann mail mir. Kiss! Giovi«

»Tiiina«, brüllte Frank.

»Hast du einen Plan?«, fragte seine Schwester.

»Vergiss den Plan. Schau dir diesen Typen an, ist der nicht stark?«

Tina trat einen Schritt näher an den Bildschirm und begutachtete das Aktbild. »Genau deine Kragenweite, nicht?«

»Ja, strunzgeil! Aber derselbe Typ hat mir auch auf mein anderes E-Mail-Account gemailt.«

»Hä?«, fragte Tina, die wenig Ahnung vom Internet hatte.

»Ganz einfach. Im Chat kannst du einen beliebigen Namen eingeben. Meiner war zuerst tizian25 ...«

»Tuntig«, warf Tina ein.

»Egal. Dann eröffnest du ein virtuelles Postfach, wo deine E-Mails hingeschickt werden können. Meines war tizian25@gmx.ch. Da habe ich dann Fotos und Briefe hingemailt gekriegt.«

»Und?«

»Dann habe ich aber noch ein zweites Postfach eröffnet, anthrax@gmx.ch. Und das dazu passende Profil. Männlich und so, du weißt schon ...«

»Ja. Eben all das, was du nicht bist«, frotzelte sie.

»Ich habe aber nur einmal mit ihm gechattet.« Frank zeigte auf das Foto. »Und zwar unter dem Namen Tizian.«

»Woher weiß er denn deine andere E-Mail-Adresse, dieses An-Dings?«

»Die E-Mail steht in meinem Profil.«

»Also bei männlich und so.«

»Genau.«

»Wo liegt das Problem?«, fragte Tina.

»Es gibt keins. Es ist nur etwas dumm, dass ich ihm kein Bild von mir zurückmailen kann. Und das wird er früher oder später sehen wollen. Und wenn ich ihm das Bild irgendeines tollen Muskelmanns maile, kann das höllisch ins Auge gehen.«

»Verstehe. Du willst anonym bleiben, aber trotzdem Sex haben. Die alte Parksache, einfach mit Hightech-Unterstützung ...«

»Mehr oder weniger.«

»Da kann ich dir auch nicht weiterhelfen. Ich habe dir schon hundertmal gesagt, dass ein Outing alles viel einfacher machen würde.« Frank wollte sich nicht auf diese Diskussion einlassen. Sie hatten verschiedene Standpunkte, das war nun mal so. Punkt.

»Also, was soll ich tun? Ihm ein Bild von mir mailen? Ich habe eins von mir im T-Shirt, darauf sehe ich ziemlich muskulös aus.«

»Sag ihm doch einfach, wer du bist, und dass du täglich in der Glotze bist. Das macht die Sache einfacher. Aber ich würde erst von ihm einige Angaben verlangen. Telefonnummer und so.«

»Gute Idee. Vielleicht wird ja doch noch was draus?«

»Vielleicht ja, vielleicht gibt es auch ein Desaster.«

Sie wusste nicht, wie Recht sie hatte.

Dienstag, 2. August, 22.38 Uhr. Heinrichstrasse 99, 8005 Zuerich.

Jasmin rannte schon zum dritten Mal auf die Toilette, um sich zu übergeben. Sie sah miserabel aus, ihre Augen waren blutunterlaufen und ihre Pupillen riesig. Trisa rief den Notarzt an. Egal, ob Jasmin das passte oder nicht. Jasmin tupfte sich mit einem Waschlappen die Stirn ab. Trisa achtete darauf, dass sie Jasmin nicht zu nahe kam. Man konnte nie wissen. Jasmin sah fiebrig aus. Trisa hatte keine Ahnung, wie hoch ihre Temperatur war, im Puff gab es kein Fieberthermometer. Wenn es ein Grippevirus war, dann ein verdammt schnelles. Und rabiates. Innerhalb weniger Stunden verschlechterte sich Jasmins Zustand dramatisch. In der Stadt wütete die Grippe und sorgte für volle Bettenauslastung in den Spitälern, einige ältere Menschen starben an der Infektion, das war nichts Außergewöhnliches. Aber Jasmin? Sie hatte nur ab und zu Kopfweh, was sich meist auf ihren Alkoholkonsum zurückführen ließ. Trisa schaute immer wieder besorgt auf die Uhr. Dann klingelte es.

Dienstag, 2. August, 22.45 Uhr. Roentgenstrasse, 8005 Zuerich.

Larissas Ziel rückte näher. In doppelter Hinsicht. Ihre Arbeit machte nach wie vor Fortschritte, bereits wurden erste Artikel von ihr in wissenschaftlichen Fachblättern abgedruckt. Ihre Forschung galt in Fachkreisen als unumstritten und sie war sich sicher, dass sie bald einige sehr lukrative Angebote von den Chemiemultis bekommen würde. Und sie konnte ihre Bilder in einer kleinen Galerie an der Limmatstraße ausstellen. Die Galerie war wenig glamourös, hatte aber bereits in Insiderkreisen einen Namen. Für den Anfang war das nicht schlecht, aber auch hier war klar, dass sie mehr wollte. Einmal mehr wollte sie sich und der Welt beweisen, dass sie zu allem fähig war. Das letzte Bild der Gesichterserie stand kurz vor dem Abschluss, für die letzten Pinselstriche fühlte sie sich aber zu unruhig. Sie wollte mit klarem Kopf die Arbeit beenden, obwohl die Zeit drängte. Die Galeristin hatte bereits Handzettel drucken lassen, und ihre Bilder wurden angekündigt. Aber Larissa wusste, dass das Werk jetzt noch nicht vollendet werden konnte. Sie ließ ihre Augen über die selbst gemischten Farbtöne schweifen, als das Telefon klingelte. Larissa fuhr zusammen, es war äußerst selten, dass sie angerufen wurde. Und schon gar nicht privat.

»Ja?«

»Guten Tag. Spreche ich mit Larissa?«

»Ja …«

»Ah gut. Hier ist Prue von Berg, die Galeristin, wir haben schon mehrmals miteinander gesprochen.«

»Ja?«

»Nun, ich hatte da so eine Idee. Keine Ahnung, ob sie einverstanden sind, aber es wäre auf jeden Fall einen Versuch wert.«

Larissa wurde ungeduldig. Sie konnte es nicht leiden, wenn lange um den heißen Brei herumgeredet wurde.

»Der da wäre?«, sagte sie, bemüht, möglichst gelassen zu wirken.

»Was halten Sie davon, wenn Sie das letzte Bild direkt während der Vernissage beenden? Ich meine, vor Publikum?«

Larissa zögerte. Es handelte sich lediglich um das Finish, einige Striche noch. Die Farben könnte sie im Vorfeld mischen. Andererseits, was, wenn sie nicht in Stimmung war?

»Lieber nicht«, sagte sie. Sicher war sicher.

»Nun, ich möchte Sie darauf aufmerksam machen, dass wir einen solchen Event brauchen! Es gibt in der Stadt beinahe tagtäglich irgendwelche Ausstellungen und Vernissagen. Wir müssen uns irgendwie abheben. Und eine Live-Performance würde bestimmt eine Menge Leute interessieren!«

»Ich weiß nicht recht … Was, wenn ich nervös bin und das Bild … versaue?«

»Bitte?«, fragte die Galeristin verständnislos, hielt einen Moment inne und überlegte es sich dann doch anders. Künstler konnten manchmal ganz schön anstrengend sein.

»Na gut, wenn Sie möchten, könnten wir den Event auf einige wenige Minuten beschränken. Sie müssten dann wirklich nur noch einige Striche hinzufügen, das wird klappen, selbst wenn sie nervös sind. Was meinen Sie? Oder haben Sie einen anderen Vorschlag?«

»Nein.« Sie zögerte einen Augenblick. »Gut. Ich mach's. Aber wirklich nur die letzten Pinselstriche. Sonst nichts!«

Die Ausstellerin klang erleichtert. »Perfekt. Dann werde ich das den Medien entsprechend mitteilen.«

»Medien?«, fragte Larissa.

»Wir machen immer ein kleines Mailing an die wichtigsten Zeitungen und Radiostationen. Meist werden die Ausstellungen dann in den jeweiligen Veranstaltungskalendern erwähnt. Und das ist die beste Werbung. Dann und wann kommt tatsächlich ein Kulturjournalist und schreibt einige Zeilen über die Ausstellung. Machen Sie sich aber bitte keine Illusionen, aller Anfang ist schwer und daher denke ich nicht, dass tatsächlich jemand aufkreuzen wird. Höchstens, um sich kostenlos mit Schnittchen und Weißwein den Wanst voll zu schlagen!«

»Kein Problem. Ich danke Ihnen! Dann werde ich also meine Malutensilien zur Vernissage mitbringen.«

»Genau«, sagte die Galeristin. »Die Bilder lasse ich dann wie besprochen morgen abholen.«

Larissa war erleichtert. Das war unter Umständen tatsächlich die beste Lösung, das Bild zu vollenden. Sie hängte auf und setzte sich vor das unvollendete Bild. Rot und Schwarz. Ein Frauengesicht. »Schmerz« würde das Bild heißen. Obwohl die Frau auf dem Gemälde lächelte, war in ihren Zügen großes Leid und Schmerz zu erkennen. Bei längerem Betrachten war das Lächeln eine schmerzverzerrte Fratze. Es war perfekt. Larissa saß eine gute Stunde vor dem Bild, dann schlief sie im Stuhl ein.

Mittwoch, 3. August, 9.48 Uhr. Kernstrasse 35, 8004 Zuerich.

»Das einzige Familienmitglied, für das du dich wirklich interessierst, kann im Stehen pinkeln und heißt Frank.«

Frank musste lachen. »Warum sagst du mir nicht einfach, wer der Vater ist, und ich lasse dich in Ruhe. Früher oder später finde ich es sowieso heraus. Wahrscheinlich eher früher als später. So toll kann dieser Buffalo Bill auch nicht gewesen sein!«

»Er ist ein äußerst kultivierter und attraktiver Mann. Mehr brauchst du nicht zu wissen. Basta!«

»Zwing mich nicht, dich bei der Frauenbewegung zu verpfeifen!«

»Warum? Ich habe doch genau das gemacht, was in den 90-ern von den Feministinnen immer propagiert wurde! Ich habe mir ein Kind machen lassen und den Stecher zum Teufel gejagt.«

»Kultiviert, wie?«

»Ich habe es nur etwas drastisch formuliert, damit auch du das kapierst. Was soll's. Verschanz dich lieber wieder hinter deinem Computer und schreib ein paar herzzerreißende E-Mails«, frotzelte Tina.

»Ich chatte. E-Mails kommen erst danach.«

Frank schaltete den Computer ein und startete das E-Mail-Programm, Tina stand Kaugummi kauend daneben. Es interessierte sie herzlich wenig, was Frank mit diesem Ding alles anstellte, aber ein klein wenig Basiswissen konnte nie schaden.

»Voilà«, sagte Frank und deutete auf den Bildschirm. »Dieses Bild habe ich gemailt bekommen. Und diesen Typen werde ich heute treffen. Auf einen Kaffee.«

Tina freute sich für Frank, war aber dennoch etwas besorgt: »Weiß er, wer du bist und was du machst?«

Frank strahlte. »Das ist ja das Tolle. Er schaut nicht fern. Er liest keine Regenbogenpresse und hat noch nie von mir gehört.«

Tina zweifelte: »Woher, bitte schön, weißt du das?«

»Ich habe ihn gefragt.«

»Gefragt?«

»Ja, ich habe ihn gefragt, ob er die Sitcom *Die Nanny* kennt. Also ganz unauffällig.«

»*Die Nanny*? Nicht was Geistreicheres? *Die Nanny* ist so was von truschig, Frank!«

»Er hat mir dann zurückgeschrieben, dass er gar kein Fernsehgerät hat. Et voilà, damit ist der Fall klar. Schließlich wollte ich ein Bild von ihm und er hat eins von mir gekriegt und wir finden uns beide toll und daher … äh … trinken wir einen Kaffee.«

»Wie heißt denn deine Sahneschnitte?«, bohrte Tina weiter.

»Eddi. So nennt er sich wenigstens. So wie ich Tizian heiße.«

Tinas fragender Blick verriet ihm, dass sie die wundersamen Wege des schwulen Kennenlernens wohl nie ganz begreifen würde.

»Soso, Eddi. Klingt nicht gerade spektakulär.«

»Frank ist auch nicht sehr exotisch. Aber zusammen klingt es schön. Frank und Eddi. Das passt.« Frank hatte einen leicht verklärten Blick, als er den Namen des Unbekannten aussprach.

»Denkfehler, Bruder. Ihr heißt Tizian und Eddi. Wir sind immer noch bei den Pseudonymen. Und wenn schon, würde das Charles und Eddi heißen.«

»Charles und Eddi?«

»Ich nehme an, du hast an das Pop-Duo gedacht.«

»Die hießen doch Eddi und Rob?«

Tina schüttelte heftig den Kopf. »Die hießen bestimmt Charles und Eddi. Der Hit hieß *Would I lie to you.* Ganz bestimmt. Ich habe noch irgendwo eine CD von den beiden.«

»Das war Milli Vanilli. Die hatten einen Hit, der so hieß.«

»Wieder falsch. Milli Vanilli sangen *Girl you know it's true* und nicht *Would I lie to you.*«

»Aha«, sagte Frank. Das Thema schien erledigt zu sein. Tina deutete auf den Bildschirm.

»Ist da eigentlich immer was los? Ich meine, die Leute müssen doch auch arbeiten. Wie kommt es, dass normale Menschen, die nicht in der Sommerpause sind, an einem Mittwochmorgen gebannt auf einen PC-Bildschirm starren?«

Frank zuckte die Achseln. »Keine Ahnung. Ich nehme an, dass die das während ihrer Arbeitszeit erledigen. Kann mir auch egal sein.«

»Nun ja. Vergiss bitte unsere Mission nicht, okay?«

»Mission?«, fragte Frank irritiert.

»Die Messermörderin.«

»Ja, klar. Trisa wird sich übrigens melden, sobald sie Neuigkeiten hat. Du kannst ruhig ans Telefon gehen, wenn's klingelt!«

»Sofern die Telefonleitung frei ist, bei deinem ewigen Internetgedingse.«

Frank betrachtete noch einmal das Bild von Eddi, schaltete dann den Computer aus und stellte sich unter die Dusche. Er war nervös. Das letzte richtige Date lag schon lange zurück, es waren bestimmt zwei Jahre. Er spürte, wie die Nervosität zunahm, bis ihm schließlich schlecht war. Er erinnerte sich an Grönemeyers *Flugzeuge im Bauch* und wusste, dass der Sänger wohl genau dieses Gefühl meinte. Aber es fühlte sich irgendwie auch gut an. Bei Theo hatte er ähnliches gespürt, nur war ihm im *T&M* gar keine Zeit geblieben, erst nervös zu werden. Er würde ihn wohl definitiv abschreiben müssen. Was ihm durch Eddi leicht fallen wird.

Obwohl er nach wie vor nicht wusste, was er falsch gemacht hatte. Bauer! Was konnte man schon von einem Bauern erwarten. Das hier würde bestimmt gut werden. Er hatte ein kleines Café einige Häuserblocks weiter vorgeschlagen. Meist saßen nur Omas in den Plüschsesseln. Die konnten ihm nicht gefährlich werden, da sie weit über der Zielgruppe von *Frank live* lagen. Und Frank wollte tunlichst vermeiden, dass irgendein Irrer ein Autogramm von ihm verlangte. Das würde ein falsches Bild abgeben.

»So falsch nun auch wieder nicht«, sagte Tina, die wissen wollte, warum Frank ausgerechnet dieses Oma-Café ausgesucht hatte.

»Der erste Eindruck ist entscheidend, das ist wissenschaftlich erwiesen. Und daher möchte ich einen möglichst guten ersten Eindruck hinterlassen!«

Frank stand im Flur und starrte auf seine gesammelten Schuhe. Sämtliche Schuhe von *Frank live* durfte er behalten. Daher kam er auf eine stattliche Sammlung, ungefähr vergleichbar mit der Auswahl von

Imelda Marcos. Er hatte einen Teil davon schon längst der Heilsarmee übergeben wollen, war sich bisher aber noch unschlüssig, ob er damit nicht noch warten sollte, bis sich eine Gelegenheit für eine medienwirksame Inszenierung bot. ›Frank spendet Schuhe‹ oder so. Tina guckte zu, wie sich ihr Bruder herausputzte.

Frank entschied sich für Turnschuhe. Das gab ihm zusammen mit den Jeans, die Tina mit dem Kommentar ›zu eng‹ versehen hatte (hatte er tatsächlich etwas zugenommen? Vielleicht sogar ein Doppelkinn?) und einem Fila-T-Shirt einen sportlichen Touch. Das würde Eddi gefallen. Er war schließlich selbst auch sportlich, zumindest sah er auf dem Computerbild so aus.

Frank war einige Minuten zu früh im Café, welches tatsächlich ausschließlich von Omas besucht war. Selbst die Bedienung schien irgendwann in den Fünfzigern stehen geblieben zu sein. Genau genommen war dieses Café Kult. Er bestellte eine Cola light, und beim ersten Schluck kam Eddi ins Café. Er war etwas größer, als Frank sich ihn vorgestellt hatte, trug eine beige Chino und ein weißes Muscle-Shirt. Und er hatte tatsächlich Muskeln. Frank blieb beinahe das Herz stehen. Als Eddi ihn begrüßte, fielen ihm die unerhört schönen Augen auf. Tief, dunkel. Frank konnte kaum seinen eigenen Namen sagen und musste sich gleich wieder setzen. Es ärgerte ich ein wenig, dass er nicht mehr Selbstbewusstsein hatte – aber bei diesem Typen musste man ganz einfach Komplexe kriegen. Eddi schien überhaupt nicht unsicher, er erzählte Frank munter von seinen Erfahrungen mit Blind-Dates, wie einfach er den Weg zu diesem Café gefunden gehabt hatte (trotz Franks lausiger Beschreibung), und dass er neulich Geburtstag hatte.

Schließlich die entscheidende Frage: »Gehen wir noch zu mir?«

Frank hatte gehofft, dass das kommen würde, war aber dennoch mit der Vorstellung überfordert, zu Eddi zu gehen. Ganz alleine.

»Ja«, willigte er ein.

Frank bezahlte die Cola und den Kaffee und sie fuhren mit der Straßenbahn zu Eddi. Die Leute starrten Frank unentwegt an, besonders die weiblichen Teenager, die Schulferien hatten, kicherten unentwegt. Prominente Halb-Stadtzürcher wie Udo Jürgens, Tina Turner und Co. schätzten die Diskretion und die Zurückhaltung der Zürcher, das beteuerten sie jedes Mal in den Interviews. Davon spürte Frank gar nichts. Er musste einer Tussi ein Autogramm geben, wurde angestarrt und sogar mit Vornamen angesprochen. Keine Spur von Diskretion. Eddi schaute interessiert zu und musste schmunzeln.

»Schon seltsam, ein Bild von sich zu unterschreiben, Irgendwie …«

Frank verdrehte die Augen. »Tut mir Leid.«

»Schon in Ordnung. Muss dir nicht Leid tun. Ich bin froh, dass ich keine Ahnung hatte, wer du bist, und dass ich dich noch nie im TV gesehen habe.«

»Fernsehen macht glücklich …«, murmelte Frank. Ein Werbeslogan des Senders.

»Wie hältst du das aus? Du wirst begafft wie ein Tier im Zoo!«

»Das fällt mir selbst gar nicht mehr auf, Außerdem ist es hier tatsächlich etwas extrem. Und das, obgleich ich nie so moderiere.« Er deutete auf die Turnschuhe und die Jeans.

Eddi lachte. Frank war elektrisiert. Dieses Lachen war der Wahnsinn. Zwei Reihen ebenmäßiger Zähne, umrahmt von perfekten Lippen und strahlendem Glanz in den dunklen Augen.

»Is was?«, fragte Eddi.

»Nein. Ich finde dich schön.«

Eddi gab Frank einen flüchtigen Kuss auf den Mund, Frank bekam beinahe einen Schlaganfall.

»Das … das … das solltest du nicht tun!«

»Ach … und weswegen nicht? Ich finde dich eben auch schön. Und ich will dich küssen. Und … wir müssen jetzt aussteigen.«

Das taten die beiden Männer, verfolgt von unzähligen Augenpaaren.

Mittwoch, 3. August, 12.45 Uhr. Oleanderstrasse 12, 8050 Zuerich.

Eddis Wohnung war klein, alt und bestimmt billig, aber mit Liebe eingerichtet und tiptop aufgeräumt.

»Kaffee?«

»Eh, danke, ja«, sagte Frank und schaute sich die CD-Sammlung von Eddi an.

»Was dabei, was dir gefällt?«

»Die hier«, sagte Frank und streckte Eddi das Greatest Hits-Album von George Michael entgegen.

Eddi legte die CD ein, stellte den Kaffee auf den kleinen Holztisch, packte Frank und schmiss ihn aufs Bett. Dort küssten sie sich heftig, während Mr. Michael You have been loved sang.

»In dich könnte ich mich schon verknallen«, flüsterte Eddi.

»Ich mich auch«, erwiderte Frank und wusste, dass es ziemlich doof klang. Wie alles, was er in den letzten zwei Stunden sagte und tat.

»Ich finde dich total geil. Warum haben wir uns nicht schon viel früher getroffen?«

»Vielleicht musste es nicht sein?«, sagte Frank, in der Hoffnung, diesmal etwas vernünftiger zu klingen. Schließlich war er der Talkshowmoderator. Quasseln gehörte zu seinem Beruf. Er konnte sich mit Leuten unterhalten.

»Ich könnte mich in dich verlieben«, wiederholte Eddi. Seine Augen fixierten Frank und ließen ihn nicht mehr los.

Verdammt dann tu es doch, dachte Frank, sagte aber nichts.

»Wie alt bist du eigentlich?«

Eddi drehte seinen Kopf. Wieder diese Augen. Frank wusste, dass es nur noch eine Sache von Minuten war, bis sie nackt auf dem Bett liegen würden. Er würde auf jeden Fall alles daran setzen, sich von Eddi vögeln zu lassen.

»23.«

»Wie bitte?«

Eddi lächelte. »Ich weiß. Du hättest mich auf 30 geschätzt, nicht?«

Frank schluckte. Das Alter war bei vielen Schwulen ein heikler Punkt. Er wollte ihn nicht verletzen, obwohl seine Reaktion ziemlich eindeutig gewesen war.

»Nicht gerade 30, aber über 25, schon wegen deiner reifen Art.«

»Ich habe schon immer etwas älter ausgeschaut. Ist das schlimm?«

»Was?«

»Na, dass ich erst 23 bin!«

»Quatsch. Das ist überhaupt gar kein Problem.« (Bis Tina davon Wind bekommt und mich als Kinderschänder darstellen wird, dachte Frank.) Er würde Tina anlügen – falls es tatsächlich so weit kommen würde und er seine neueste Errungenschaft seiner Schwester präsentieren würde.

»Du hast mir im Mail geschrieben, dass du soeben eine Beziehung beendet hast. Was war denn das für eine Beziehung?« Frank versuchte, diese Frage möglichst belanglos klingen zu lassen, was ihm aber nicht recht gelang. Die Eifersucht war deutlich zu hören. Das war wieder typisch. Warum musste er nur gleich so besitzergreifend sein?

»Naja. Was soll ich sagen. Die Beziehung war sehr heftig, kompliziert, schön und exzessiv.«

»Exzessiv?« Das alte *Frank live*-Spiel begann, aber Eddi macht nicht mit. Er gab keine Antwort. Frank versank in seinen Augen und wurde sogleich wieder eifersüchtig.

»Du liebst ihn noch immer, richtig?«

Eddi nickte. »Das ist genau das Problem. Ich liebe ihn noch immer irgendwie. Aber ich denke schon, dass ich durchaus reif für eine neue Beziehung wäre. Wenn mich jemand will.«

Frank fuhr Eddi durch die dunkelblonden, kurz geschnittenen Haare. »Wer will dich schon nicht?«

Eddi gab keine Antwort und lächelte schüchtern.

»Ich habe irgendwie immer Pech mit den Männern. Als meine letzte Beziehung zu Ende war, ging es mir so verdammt schlecht, dass ich zum Arzt gehen musste. Wollte.«

»Wozu?«

»Ich habe mir Fluctin verschreiben lassen.«

»Das ist die schweizer Version von Prozac, richtig?«

Eddi nickte. »Und weil ich wegen diesem Scheiß-Antidepressivum nicht mehr pennen konnte und immer hektischer wurde, gab es die Schlaftabletten und die Downer gleich dazu. Es war eine All-in-one-Lösung, sozusagen.«

»Und? Hat es dir geholfen?« Frank hatte noch nie solche Medikamente genommen und wusste nicht recht, was er davon halten sollte. Sie waren auf jeden Fall bestimmt nicht für einen 23-jährigen Mann gemacht, da war er sich sicher. Wäre eigentlich auch mal ein Thema für *Frank live.*

»Ja. Erst schon. Ich fühlte mich besser. Bis ich dann meinen Exfreund mit diesem Travestie-Typen im *T&M* rummachen sah. Das hatte so was Endgültiges! Da bin ich durchgedreht und hab 35 Pillis mit Gin runtergespült und bin dann mit dem Auto nach Konstanz gefahren.«

»Konstanz?«

»Ich wollte etwas shoppen und in Deutschland ist alles viel billiger.«

Frank verstand nicht.

»Das war ein Witz, mein Lieber. Ich fuhr nach Deutschland, weil ich einfach weg wollte. Und weil ich die Nase von dem ganzen Gay-Life ziemlich voll hatte. Um die Geschichte kurz zu machen: Ich konnte zehn Kilometer fahren, dann hat mich eine Polizeistreife angehalten, hat mir den Führerschein abgenommen und mich ins nächstbeste Spital eingewiesen, wo mir der Magen ausgepumpt wurde, ich lag beinahe zwei Tage auf der Intensivstation und weiß Gott sei Dank nicht mehr viel von dieser Sache. Dann, am Tag der Entlassung, habe ich mich in einen der Pfleger verknallt, er sich auch etwas in mich, als es dann aber ernst wurde, wollte er mich nicht mehr.«

»Das kann ich absolut nicht verstehen«, sagte Frank. »Du siehst knackgeil aus, hast einen perfekten Body, ein schönes Lachen und eine Wahnsinns-Ausstrahlung. Wer kann dir widerstehen?«

»Offenbar reicht es nicht für eine Beziehung.«

»Ich weiß nicht, ob das Internet der richtige Weg ist, um einen Freund zu finden. Es gibt eine Menge Spinner!« Eddi nickte. »Hast du schon einen getroffen?« Frank überlegte einen Moment: »Einer wollte, dass ich sein Privatsekretär werde. Ich habe ihm geschrieben, dass ich wenig Lust auf Tippen habe, das war ihm egal, er sagte, er würde irgendwie meine Adresse rausfinden und mich dann holen kommen.«

»Wusste er, wer du bist?«, fragte Eddi.

Frank schüttelte den Kopf. »Nein, ich habe unter meinem Pseudonym geschrieben.«

»Milzbrand«, gluckste Eddi.

Frank schaute ihn fragend an.

»Na, dein Pseudonym im Chat, Anthrax.«

»Was ist damit?«

»Anthrax ist die Fachbezeichnung für Milzbrand. Eine absolut eklige Krankheit. Gibt es in den Industrieländern so gut wie nicht mehr. Zum Glück!«

»Das wusste ich nicht. Mir hat der Klang des Namens gefallen, Außerdem ist es der Name einer Rockgruppe aus den 70-ern.«

»Aha. Ich dachte, du hättest dich bewusst Milzbrand genannt, weil du …«

In diesem Moment klingelte Franks Handy.

Frank zögerte einen Moment, als er sah, dass die Nummer auf dem Display seine Privatnummer war. Schließlich nahm er das Gespräch entgegen.

»Tina«, sagte er unwirsch.

»Ja.« Sie klang aufgeregt. »Trisa hat angerufen.«

»Und?« Frank sah die Romantik förmlich im Äther verschwinden. Eddi zog sein T-Shirt an und machte sich Richtung Küche auf.

»Du hast mein Date zerstört, Schwester!«

»Jasmin ist tot. Sie starb auf dem Weg ins Spital.«

»Tot?«

»Sie hatte hohes Fieber und ist diese Nacht gestorben.«

Frank schluckte. Trisa würde am Boden zerstört sein. Und – wenn Jasmin innerhalb weniger Stunden krank geworden war, so krank, dass sie gestorben war, dann war die Möglichkeit Groß, dass sie ihn angesteckt hatte.

»Ist es eine ansteckende Krankheit?«, fragte Frank nach einem kurzen Zögern. Auch auf die Gefahr hin, dass es pietätlos wirkte.

»Das wissen sie nicht. Oder sie sagen nichts. Sie haben Trisa um eine Liste mit allen Personen gebeten, mit denen Jasmin in den letzten 48 Stunden Kontakt hatte. Wir stehen auch drauf.«

»Verdammt. Scheiße.«

»Nun hab dich nicht so. Wir können das erklären. Und die Gesundheitsbehörde hat andere Sorgen als eine fette Schlagzeile. Ich übrigens auch. Es ist wohl besser, wenn du bald nach Hause kommst. Wir müssen nämlich ebenfalls eine Namensliste abfassen. Und frag deinen Muskelmann schon mal nach seinem Namen.« Das war typisch Tina. Sie nutzte die Gunst der Stunde, um schnell eine kleine Gemeinheit zu platzieren.

»Hör mal, ich bin genauso schockiert über Jasmins Tod wie du. Das ist aber noch lange kein Grund, unfair zu werden.«

»Ich meine nur. So wie ich dich kenne, ist es wohl bereits zum Austausch von Körperflüssigkeiten gekommen. Also muss er auf die Liste.«

»Stimmt gar nicht. Wir sitzen hier friedlich in Eddis Küche und trinken Kaffee.«

»Ja klar. Was auch immer. Komm jetzt.«

»Meine Güte, was war denn das?«, fragte Eddi. Frank war kreidebleich.

»Eine … äh … Freundin ist diese Nacht gestorben.«

»HIV?«

»Nein. Das heißt … ich weiß es nicht. Sie hatte plötzlich hohes Fieber. Nach einigen Stunden hat sich ihr Zustand so verschlechtert, dass sie …«

Er konnte den Satz nicht beenden. Obwohl er Jasmin kaum kannte, vermisste er ihr Kichern schon jetzt. Und – vielleicht war er auch krank. Er würde sterben. Frank liefen die Tränen über die Wangen, ein Reflex, der bei Themen wie Tod, Schmerz oder Trauer automatisch einsetzte. Nach den unzähligen *Frank live*-Sendungen kam das schon automatisch. Eddi legte seinen Arm um ihn. Frank zuckte zurück.

»Nicht, lass gut sein.«

»Du hast Angst, dass ich mich auch anstecken könnte, stimmt's?«

Frank nickte und wischte sich mit der Hand die Tränen aus dem Gesicht.

»Sie verlangen eine Liste, mit allen Menschen, mit denen ich in den letzten 48 Stunden Kontakt hatte.«

»Das waren wohl einige, oder?«

»Nein. Eigentlich nur du und Tina.«

»Dann sterben wir eben gemeinsam!«, sagte Eddi und küsste Frank auf den Mund.

»Du bist so romantisch!«

»Quatsch«, sagte Eddi und lächelte. »Ich hab mich ganz einfach in dich verliebt.«

»Es ist wohl besser, wenn ich mich mal auf den Weg mache. Tina ist ziemlich fertig.«

»Ich hätte es wissen müssen«, sagte Eddi und schmunzelte. »Dein Internet-Pseudonym kann mir gefährlich werden.«

»Scheiße«, zischte Frank, der die Bemerkung wenig komisch fand, obwohl sie wohl dazu gedacht war, der Szene etwas an Dramatik zu nehmen.

»Anthrax, wir telefonieren, okay?« Wieder dieses freche Grinsen.

»Werden wir wohl müssen«, seufzte Frank.

»Wann du was von Fieber oder so spürst, melde dich, klar?«

»Klar. Mache ich«, sagte Frank.

Mittwoch, 3. August, 14.10 Uhr. Kernstrasse 35, 8004 Zuerich.

Zuhause warteten Tina und das Hundebaby ungeduldig auf Frank. Jimmy wedelte freudig. Bellen konnte der Kleine noch nicht, was Frank ganz recht war.

»So eine Scheiße!«, fluchte Tina.

»Ich denke nicht, dass wir uns angesteckt haben. Das würden wir spätestens jetzt spüren. Wenn es tatsächlich so ein Turbofieber ist, dann wäre ich doch mittlerweile krank.«

»Du weißt doch nicht, wie lange die Inkubationszeit ist. Vielleicht ist Jasmin schon seit Wochen oder Monaten krank. Ich habe in der Zwischenzeit übrigens Besuch bekommen. Ein Weißkittel von der Gesundheitsbehörde. Erst dachte ich, sie würden mich mitnehmen, so Akte-X-mäßig. Aber ich habe nur die Liste ausgefüllt und einige allgemeine Fragen über die letzten 48 Stunden beantwortet. Deine Liste habe ich übrigens auch ausgefüllt. Hier hast du eine Kopie davon. Du musst meine Aussagen nur noch telefonisch bestätigen.« Sie wedelte mit einem rosa Durchschlag.

»Und – tatata-taaa – das haben wir bekommen!« Sie zeigte Frank große, weiß-blaue Gelatinekapseln. »Das sind Antibiotika! Dreimal täglich müssen wir dieses Zeug schlucken und uns übermorgen beim Arzt zeigen.«

»Donnerwetter, da soll nochmal einer kommen und sich über unser Gesundheitswesen beschweren! Die haben ganze Arbeit geleistet!«

»Hier«, Tina goss ein Glas Whisky ein. »Trink das, und schluck deine erste Ration.«

»Alkohol und Tabletten? Das ist nicht sehr gesund, Tina.«

»Quatsch. Das verstärkt die Wirkung! Trink und schluck!«

Frank tat, wie ihm geheißen.

»Allzu schlimm kann diese Krankheit nicht sein«, sinnierte Tina. »Sonst würden wir nicht Antibiotika kriegen. Das ist nämlich bei Viruserkrankungen absolut nutzlos. Und Viren sind die unheimlichen Dinger, vor denen man Angst haben muss.«

»Es gibt aber auch fiese Bakterien, Tina!«

»Aber die sind einfacher in Schach zu halten, denke ich.«

»Wird wohl so sein«, sagte Frank und goss sich etwas Whisky nach.

»Wie war denn dein Date?«, fragte Tina. Weniger aus Neugierde, sondern mehr um Frank auf andere Gedanken zu bringen.

»Ich habe mich ziemlich verknallt in den Typen, muss ich ehrlich gestehen.«

»Ein Sommerpausenflirt also?«

»Mehr. Ich will ihn heiraten, Tina.«

»Du kennst ihn gerade mal ein paar Stunden. Da kann wohl noch nicht von Liebe die Rede sein, oder? Wie ist er so?«

»Attraktiv. Enorm attraktiv! Wunderschöne Augen, perfekte Zähne und ein … «

»Du sprichst von ihm, als ob er ein Pferd wäre.« Sie äffte ihn nach: »Wunderschöne Zähne.«

»Ach, halt die Klappe, Tina!« Frank war offensichtlich gereizt.

»Ich meinte eigentlich mehr seinen Charakter, Frank!«

»Ach so. Äh, intelligent würde ich sagen. Er wusste sogar, dass mein Internet-Pseudonym Anthrax die lateinische Bezeichnung für Milzbrand ist.«

Tinas Pupillen weiteten sich, und sie schnappte nach Luft. »Das ist es!«, schrie sie entzückt.

»Was?«, fragte Frank. Er hasste es, wenn er den Gedankengängen seiner Schwester nicht folgen konnte.

»Ich bin in einer Stunde wieder hier.« Sie zog sich Schuhe an und knallte die Tür zu, noch ehe Frank weiterfragen konnte. Jimmy guckte ihn verstört an.

»Frauen spinnen manchmal. Besonders, wenn sie schwanger sind«, sagte er zu dem Hund. Dieser hielt den Kopf leicht schräg und stellte die Ohren auf, als ob er ihn verstehen würde. Dann trottete er zu seinem Körbchen. Frank überlegte, Eddi anzurufen, wählte die ersten Ziffern und legte wieder auf. Er wollte nicht drängeln. Eben erst hatten sie sich gesehen, da konnte etwas Distanz nicht schaden. Als er sich an den Computer setzte und ihn einschalten wollte, wusste er, dass er keine Sekunde länger mehr warten konnte. Er musste Eddi anrufen und wählte die Nummer seines Handys. Nach fünfmal Klingeln kam schließlich Eddis Voicemail. Frank legte auf. Er entschied sich für einen netten Fernsehplausch und ließ den Computer stehen.

»Das A und O jeder Beziehung heißt Zurückhaltung, lieber Bruder. Und daher solltest du ihn nicht ständig anrufen.«

»Hab ich ja gar nicht«, maulte Frank. »Ich habe dich gar nicht kommen hören, Mama.«

Tina ignorierte Franks Anspielung. »Ich sehe es aus 1.000 Kilometern Entfernung, wenn du schon nur an Eddi denkst.«

»Ist doch meine Sache, oder nicht?«

»Nein. Wegen dieser *amour fou* kommt unser straff organisiertes Timetable total durcheinander. Wir haben verdammt viel zu erledigen. Und zwar jetzt. Also, klink dich gefälligst wieder ein und versuche, an etwas anderes zu denken als ans Ficken.«

»Das sagst gerade du! Wer hat sich denn ein Kind machen lassen? Na?«

»Das ist etwas anderes. Ich wollte ein Kind. Mehr oder weniger.«

»Wohl eher weniger als mehr«, konterte Frank. »Was hast du in der Zwischenzeit gemacht?«

»Das wirst du noch früh genug erfahren. Ich denke, es ist besser, wenn du noch nichts davon weißt. Sonst bist du schon im Vorfeld ein Nervenbündel.«

Frank gab sich nicht so schnell geschlagen. »Hat es was mit meinem Beruf zu tun?«

»Ich sage nichts.«

»Kein klitzekleiner Hinweis?«

»Nein. Ich sage es dir, wenn es so weit ist, und das wird bald sein. Klar?«

»Du und deine dämliche Geheimniskrämerei. Grauenhaft. Wenn du stirbst, dann kommst du in die Hölle, bei all diesen Heimlichkeiten. Du hast kein Herz, sondern eine rabenschwarze Seele.«

»Ja, ja. Schon gut. Ich werde jetzt mal was Kleines kochen, okay?«

»Mach das«, sagte Frank und schaltete den Computer ein. Tina hatte Recht. Er würde Eddi nicht anrufen. Vorläufig wenigstens nicht. Und er würde sich auch nicht mehr bei Theo melden. Der Bauer war im Moment sowieso ganz und gar uninteressant. Eddi hatte wesentlich mehr Charme, Witz und Intelligenz. Und einen größeren Schwanz.

Nebst den üblichen E-Mails von irgendwelchen Firmen, die schnelles Geld in wenigen Tagen versprachen, und den Kids, die ihn um ein Autogramm baten, war noch eine reichlich seltsame Mail dabei. Frank überflog es, es war in Englisch und stammte offenbar von einer religiösen Gruppierung. Es war an ihn persönlich gerichtet und bat ihn um eine kleine Spende zur Rettung der Menschheit. Frank schmunzelte. Das war die moderne Version der Zeugen Jehovas, die den Wachtturm früher an der Haustür verkauften. Allerdings schien ihm die E-Mail-Variante etwas leblos. Die Sekte versprach globale Intelligenz, die erlernbar sei. Dadurch würde es gelingen, mit den Gottwesen Kontakt aufzunehmen. Dann wurde es reichlich wirr, Franks Englischkenntnisse reichten für die Fachbegriffe nicht aus und er löschte die E-Mail. Das war ein gewaltiger Vorteil dieser Dinger. Man konnte einfach ›Löschen‹ drücken und weg war das Ding. Das hätte bei den Zeugen Jehovas so nicht geklappt.

Er stellte den PC ab und rief Trisa an. Sie schien ziemlich gefasst sein.

»Ich habe bislang nichts gespürt. Nur Durchfall habe ich seit gut einer Stunde, und das ziemlich massiv!«

»Und sonst? Alles in Ordnung?«, fragte Frank besorgt. Immerhin hatte sie eine Freundin verloren.

»Weißt du, für sie war es vielleicht ganz gut, dass sie gestorben ist.«

»Warum denn?«, fragte Frank.

»Sie war nicht sehr gesund. Auch wenn man es ihr nicht ansah, sie hätte nicht mehr allzu lange gelebt, weißt du.«

»Aha«, sagte Frank und wusste nicht recht, ob er weiterbohren sollte oder ob es Trisa taktlos vorkommen würde. Obwohl er zu gern gewusst hätte, was Jasmin für eine Krankheit gehabt hatte.

»Sie war HIV-positiv und lag schon im Sterben, als die neuen Medikamente auf den Markt kamen. Sie hat gut auf die Therapie angesprochen, ihre Dings-Zellen sind angestiegen. Du weißt schon, diese …«

»Helferzellen«, ergänzte Frank.

»Das tut mir doppelt Leid«, sagte er. »Soll ich vorbeikommen?«

»Nein, lass gut sein. Ich bin gerade damit beschäftigt, ihre Klamotten wegzuräumen. Auch wenn das ziemlich hart ist. Ich sehe sie ständig in all den Sachen rumlaufen. Lack, Leder und Gummi. Das war ihre Spezialität.«

»Ich kann wirklich vorbeikommen. Ich habe sowieso nichts zu tun.«

»Nein. Ich denke, dass ich da alleine durch muss. Wie gesagt, es ist in Ordnung. Sie hatte sich immer einen schnellen Tod gewünscht. Ich kann mich gut erinnern, als sie die ersten Kaposi hatte. Schwarze Flecken, weißt du.«

»Ich weiß«, sagte Frank. »Einem Schwulen musst du das nicht erklären. Ich hatte einige Freunde, die damit gänzlich bedeckt waren. Gott sei Dank waren sie bereits blind, so dass ihnen der Anblick erspart wurde.« Frank merkte, dass sich das nicht eben nett angehört hatte.

»Entschuldigung«, murmelte er.

»Schon gut«, sagte Trisa.

Tina rief bereits zum zweiten Mal nach Frank.

»Das Essen wird kalt. Komm endlich.«

»Trisa, ich melde mich dann wieder, okay?«, sagte er.

»Tu das. Und ich recherchiere weiter an der Messergeschichte. Das bringt mich auf andere Gedanken. Übrigens, jetzt fällt mir ein, dass es doch ganz gut wäre, wenn du am späteren Nachmittag vorbeikommen könntest.«

»Ich bin ganz gut im Trösten.«

»Es geht nicht um Jasmin, es ist nur so, dass ich einen Gast erwarte. Wenn alles klappt.« Sie hatte wieder diesen verschwörerischen Unterton in der Stimme. Frank wusste, dass er erst gar nicht fragen brauchte, worum es ging. Sie würde es ihm nicht sagen. Nicht am Telefon.

»Und es hat nicht mit Jasmin zu tun?«

»Nein. Ganz und gar nicht. Wir sehen uns am frühen Abend?«

»In Ordnung. Ciao«, sagte Frank und hängte auf. Tinas Essen duftete zu verlockend.

Mittwoch, 3. August, 18.30 Uhr. Heinrichstrasse 99, 8005 Zuerich.

Jimmy begrüßte Trisa fröhlich. Tina machte ihn von der Leine frei, worauf Jimmy sofort an Trisa hochsprang und ihren feinen schwarzen Strümpfen mit seinen Pfoten eine Laufmasche verpasste.

»Macht nichts, die waren billig«, lächelte sie gequält. Die Küche war aufgeräumt, Jasmins Schuhe und ihre Arbeitskleidung offenbar bereits entsorgt.

»Es ist jetzt verdammt leer hier!«

»Wo hast du ihre Sachen hingegeben?«, fragte Tina. Ihr ging die Szenerie näher als Frank, ihre Stimme klang brüchig.

»Nirgendwohin. Ich werde später dann ihre Lieblingskleider

verbrennen und auf ihr Grab streuen. Das hat sie mal in einem ihrer dämlichen Schnulzen-Filme gesehen und hat sich das für sich gewünscht. Aber vorher wollen diese Medizinmenschen alles noch genau untersuchen, haben sie gesagt.«

Tina schaute Trisa fragend an. »Was soll das bedeuten?«

»Das bedeutet, dass Jasmin vielleicht doch nicht einfach so plötzlich gestorben ist«, meinte Frank.

»Nein, sage ich ja, sie hatte Aids«, bestätigte Trisa.

»Abgesehen davon ist da ziemlich was im Busch. Zuerst diese Listen, dann die Antibiotika und schließlich Jasmins Kleider. Da läuft was«, sagte Frank. Sein Handy kündigte mit einem Doppelpieps eine SMS-Nachricht an. Während er den Text der Kurzmitteilung las, goss Trisa ihnen großzügig Champagner ein.

»Und?«, fragte Tina.

»Was und?«

»Na, was hast du für eine Mitteilung gekriegt?«

»Geht dich gar nichts an«, sagte Frank und schließlich, »Eddi hat mich gefragt, wann wir uns sehen.«

»Die ganze Zeit nur noch Eddi. Grauenhaft. Das wird nie und nimmer was Richtiges mit euch.«

Es klingelte an der Tür, drei Augenpaare starrten gebannt auf den Monitor der Flurüberwachung. An der Tür standen eine Frau und ein älterer Mann.

»Sittenpolizei?«, fragte Frank.

»Quatsch. Das ist der Grund, weshalb wir uns hier treffen. Ich bin gleich wieder zurück.« Trisa schloss die Küchentür. Nach einer kurzen Begrüßung und etwas Stimmengemurmel im Treppenhaus kam Trisa schließlich mit der Frau zurück. Nicht sehr groß, dunkelhäutig, zierlich, und im Gegensatz zu Trisa strahlte sie Zerbrechlichkeit aus.

»Das ist Nougat«, sagte Trisa.

Frank und Tina lächelten. »Hi!«, sagten sie im Chor.

»Nougat ist sozusagen vorzeitig aus dem Spital entlassen worden. Sie braucht etwas Ruhe, und die hat sie hier bei mir.«

Nougat setzte sich neben Frank und Tina auf das Sofa. Jasmins Platz.

»Genau. Sie ist es«, sagte Trisa, ohne die Frage abzuwarten. »Ich habe sie aus dem Spital holen lassen, weil ich mir gut vorstellen kann, dass Nougat nicht unbedingt mit der Polizei sprechen will. Außerdem glaube ich, dass die Messermörderin früher oder später Wind davon kriegt, dass Nougat nicht tot ist. Und dann ...« Sie schwieg, als sie Nougats ängstlichen Blick sah.

Man konnte nicht sehen, dass Nougat einmal ein Mann gewesen war. Vielleicht hat ihr genau das das Leben gerettet, dachte Frank. Vielleicht konnte sie sich wehren. Vielleicht hatte sie aber auch einfach Glück gehabt.

»Nougat wird im grünen Zimmer schlafen, bis sie wieder auf dem Damm ist. Ich habe ja schließlich Erfahrungen im Pflegen schwieriger Patienten, nicht wahr, Frank?«

Frank grinste, als er sich das Bild von Trisa als Krankenschwester im Spital wieder in Erinnerung rief.

»Bei deiner Zehe ist alles in Ordnung, nehme ich an?«

Frank nickte. »Nur die Kopfnaht wird wohl eine kleine Narbe hinterlassen. Ich werde also ein Toupet tragen müssen, wenn ich 'ne Glatze kriege.«

»Ihr werdet mir helfen, sie zu finden, richtig?« Nougats Stimme klang für ihre Figur eindeutig zu rau. Dennoch wäre man nicht auf die Idee gekommen, dass es ursprünglich eine Männerstimme gewesen war. Ihr Schweizerdeutsch war außerdem nahezu akzentfrei.

»Ja. Wir haben schon einen ziemlich konkreten Plan«, sagte Tina.

Frank und Trisa guckten verdutzt. »Haben wir?«

»Ja. Haben wir. Aber erst trinken wir noch etwas Champagner. Wir dürfen nämlich keinen nicht allzu klaren Kopf für diesen Plan haben.«

Die Begeisterung für Tinas Plan hielt sich in Grenzen. Frank zweifelte an der Durchführbarkeit und Nougat verging schon beim bloßen Gedanken daran vor Angst. Aber aus Mangel an Alternativen bzw. besseren Ideen willigte sie schließlich ein. Tina goss Champagner nach.

»Das solltest du dann langsam wohl lieber lassen«, rügte Frank seine Schwester.«

»Weshalb?«, fragt Trisa.

»Sie ist schwanger«, sagte Frank mit Schadenfreude in der Stimme.

»Ist nicht wahr! Echt?« Trisa war begeistert. »Ich hätte auch gerne ein Kind gehabt, aber mangels Mann hat's bisher nicht geklappt. Und langsam werde ich wohl zu alt dafür.« Trisa seufzte. »Ich wusste gar nicht, dass du einen Freund hast.«

»Hab ich auch nicht«, sagte Tina und sah Trisa scharf an. Diese reagierte nicht. »Nun, dann umso besser. Ihr zwei seid bestimmt die perfekten Eltern.«

»Ich leg mich dann mal etwas hin, ich bin ziemlich geschafft«, sagte Nougat und verzog sich ins grüne Zimmer des Puffs. Trisa hatte ihr zuvor noch eine Aspirin gegeben, obwohl Nougat beinahe keine Schmerzen mehr hatte.

»Etwas gegen Depressionen wäre wohl besser«, sagte Trisa. »Aber daran habe ich bei der Vorbereitung von Nougats Entführung nicht gedacht. Ich bin gespannt, wie die im Spital reagieren, wenn sie merken, dass ihr Bett leer ist. Es kommt öfters vor, dass Patienten sang- und klanglos abhauen, aber bislang noch nie eine Umgebaute, die von einer Irren beinahe ermordet wurde.«

»Wie habt ihr das eigentlich angestellt?«, fragte Tina, froh, dass das Baby-Thema fallengelassen wurde.

»Ganz einfach. Ich habe einen Kunden, der ist Sanitäter, und der ist mit dem Krankenwagen vorgefahren, in Pflegeruniform ins Spital reinmarschiert, hat sie geholt, ins Auto verfrachtet und hierher gefahren.«

»Einfach so?«, fragte Tina.

»Nein. Er darf einmal gratis bumsen. Und das ist ein Super-Angebot, meinerseits. Der hat immer ziemlich lange, bis er kommt. Außerdem muss ich mich seinetwegen in eine dieser engen Lackkluften zwängen!«

»Das meine ich nicht. Ging es so leicht, Nougat aus dem Spital zu holen?«

»Klar. Das Spital ist riesig. Wie soll da ein falscher Pfleger auffallen? Und weil wir in der Schweiz leben, wurde ihr Zimmer auch nicht weiter bewacht. Voilà!«

»Ich muss mal«, entschuldigte sich Tina und stand auf.

»Geradeaus, rechts. Der Champagner treibt, nicht wahr?«

»Genau.«

Tinas Handy klingelte in ihrer Handtasche. Frank rief nach Tina, die konnte ihn auf dem Klo aber offenbar nicht hören.

»Mist. Warum hat sie denn nicht umgeleitet?«, fluchte Frank.

»Drück doch einfach den roten Knopf, dann hört es auch auf zu klingeln«, sagte Trisa. »Mach ich immer so!«

»Aber dann merkt der Anrufer, dass er rausgeschmissen wurde, und das ist Tina bestimmt nicht recht.« Das Telefon klingelte weiter.

»Nach fünfmaligem Klingeln sollte eigentlich die Mailbox anspringen. Aber sie weiß wohl nicht, wie das funktioniert«, fluchte Frank erneut und kramte in Tinas Handtasche. Als Frank abhob, blieb ihm die Spucke weg.

»Du?«

Trisa drehte den Fernsehton leiser.

»Ja. Tut mir Leid. Irgendwann hättest du es sowieso erfahren. Tut mir wirklich Leid«, sagte Theo.

»Aber das ist jetzt nicht so, wie ich denke, oder?«

»Doch. Ist es«, stammelte Theo. »Aber das soll sie dir selbst erzählen. Das ist nicht meine Sache.«

»Dann hast du sie geschwängert?«

»Ich sage nichts mehr. Das ist ihre Sache.«

»Du bist ein verdammtes Arschloch, weißt du das?«

Der Bauer gab keine Antwort. Trisa zog sich ihre Pumps an und wollte sich aus dem Staube machen.

»Ein gottverdammter, hirnloser Wi …«

»Was gibt's?«, fragte Tina. Als sie ihren Bruder mit ihrem Handy sah, war ihr sofort klar, weshalb Frank schrie und einen hochroten Kopf hatte. In diesem Moment pinkelte Jimmy, schon fast stubenrein, auf Trisas Spannteppich in der Küche. Weder Frank noch Tina bemerkten es, Trisa holte einen Lappen und wischte auf, froh, etwas zu tun zu haben.

»Gib mir sofort mein Telefon!«, schrie Tina.

»Das hätte ich nicht von dir gedacht. Wie konntest du nur? Du wusstest, dass ich mich in ihn verknallt habe.«

»Und er sich in mich. Und ich mich in ihn. Ich konnte nichts dagegen machen, Frank. Es tut mir Leid.«

»Super. Es tut dir Leid. Und diesem Bauern-Arschloch tut es auch Leid.« Frank schmiss Tinas Handy auf das Sofa. Sie griff danach und drückte die rote Taste, um die Verbindung zu unterbrechen.

»Ich wollte es dir sagen, gleich zu Beginn, aber dann habe ich gesehen, wie du gelitten hast und deswegen hielt ich es für besser, wenn du es erst später erfahren würdest.«

»Ich dachte, er steht auf Männer? Warum hat er dich gefickt?«

»Er steht auch auf Männer. Aber eben nicht nur!«

»Er hat mich geküsst, verdammt!«

»Ja. Aber er hat sich in mich verliebt. Und er hat dir damals im *T&M* klipp und klar gesagt, dass er mit einer Frau zusammen war.«

Das stimmte. Frank hatte es verdrängt, aber so war es gewesen. Trotzdem fühlte er sich betrogen und verraten.

»Du hättest es mir sagen müssen, Tina! Wie hat das überhaupt angefangen?«

»Ich glaube nicht, dass wir das hier besprechen müssen.« Sie schaute zu Trisa, die gerade zum dritten Mal den Fleck des Hunds mit Teppichreiniger behandelte.

»Kein Problem«, murmelte sie.

»Ich habe ein Recht, das zu erfahren, okay?«

»Ich habe gemerkt, wie er mich im *T&M* angesehen hat, aber dann tanzte er mit dir und ich dachte, dass ich mich wohl geirrt hätte. Obwohl ich eigentlich Männerblicke ziemlich gut interpretieren kann. Dann sah ich, wie er dich küsste und ihr habt wie ein Paar ausgeschaut. Als ihr die Telefonnummern ausgetauscht habt, zwinkerte er mir zu und ich war etwas verwirrt. Am nächsten Tag rief er an und ich hob zufälligerweise ab.« Frank zeigte keine Reaktion. »Ich höre«, sagte er.

»Theo war zuerst etwas konsterniert, hat sich dann aber gefreut und wir haben gut eine Stunde am Telefon geplaudert. Du warst nicht da, mir war langweilig und so haben wir ein Treffen abgemacht. Gott, Frank, ich wollte nicht mit ihm ins Bett! Aber wir haben ziemlich viel getrunken und uns sehr gut verstanden. Er hat mir gesagt, wie hübsch er mich findet.«

»Und? Deswegen poppt ihr gleich?«

»Das hatte schon so lange kein Mann mehr zu mir gesagt. Ich kenne nur noch Schwule, Frank. Alles dreht sich immer nur um dich. Frank hier, Frank da! Seit meiner Geburt bin ich doch nur ein Pickel an deinem Arsch, den du irgendwann mal ausdrücken wirst. Erst war ich die kleine Schwester, jetzt bin ich die Schwester von Frank von *Frank live*.« Der Champagner zeigte Wirkung, Tinas Zunge saß zunehmend lockerer und ihre Aussprache wurde immer verwaschener. Frank setzte sich, und Trisa verließ die Küche, um nach Nougat zu sehen.

Tina guckte auf ihr Glas und warf mit Kraftausdrücken um sich, deren kürzester – Arsch – wie ein Peitschenschlag durch das Puff zischte und selbst Nougat aus ihrem drögen Halbschlaf riss. Schließlich fasste sie sich und starrte ihren Bruder an. Dann sagte sie ganz ruhig und klar: »Weißt du, wie das ist, wenn man absolut keine Persönlichkeit hat? Wenn man nur ein Anhängsel ist? Eine Plattform für deine Auftritte? Und wenn's dir beschissen geht, bin ich immer für dich da, aber mein Leben interessiert dich einen Scheiß! Du bist so was von egoistisch.« Sie machte eine kurze Pause, um Luft zu holen. »Ich will ein eigenes Leben. Und eine eigene Karriere.«

»Aber ich habe dich doch immer unterstützt. Ich dachte, wir seien ein Team?«

»Du hast dich nie wirklich für mich interessiert! Hast du mich jemals gefragt, wie es mit meiner Singerei steht? Ob es mir Spaß macht, den Clown bei *Frank live* zu spielen? Du stehst vorne, im Scheinwerferlicht. Sie jubeln dir zu, und ich darf für deinen Applaus sorgen, für dich applaudieren!«

Sie begann zu schluchzen und setzte sich auf die Couch. »Ich wusste nicht, dass du so von mir denkst.« Frank versuchte, einen Arm um seine Schwester zu legen. Tina zuckte zurück.

»Irgendwie hat das eine nichts mit dem anderen zu tun, finde ich. Du hättest mir das mit Theo sagen müssen und das andere etwas weniger … emotional.«

»Ich habe nichts mehr zu sagen, Frank.«

»Ich aber.« Frank stand auf. »Ich will, dass du mit mir zusammenbleibst und Theo fallen lässt. Ich könnte ihn nicht als Vater akzeptieren.«

»Du könntest nie jemanden als Vater akzeptieren, weil du sowieso niemanden neben dir akzeptierst. Und in diesem Fall hast du gar nichts zu akzeptieren.« Ihre Stimme wurde wieder lauter. »Ich glaube nicht, dass ich mit ihm zusammenziehe, schließlich hat er einen Bauernhof und das ist definitiv nicht mein Lifestyle. Aber irgendwann wird jemand kommen und ich werde mit diesem Jemand mein Leben teilen wollen. Denk schon mal darüber nach. Ich glaube nicht, dass wir zwei ewig zusammenbleiben. Ende der Durchsage.«

»Fast. Du rufst Theo noch an und machst mit ihm Schluss«, sagte Frank kalt.

»Nein. Das werde ich nicht. Ich bin mir zwar sicher, dass diese Beziehung – wenn man dieses Konstrukt überhaupt so nennen kann –

nicht mehr lange halten wird. Aber wann ich mit ihm Schluss mache, musst du schon mir überlassen.«

Frank nickte. »In Ordnung, aber ich will diesen Typen nicht bei uns sehen. Dann würde ich nämlich durchdrehen.«

»Wenn wir schon dabei sind, klar Schiff zu machen: Unser Baby ist auch von Theo.«

»Das habe ich mittlerweile kapiert.«

»Nicht das Baby-Baby. Ich meine den Hund.«

»Ach du Scheiße. Das hat jetzt gerade noch gefehlt!«

»Ich habe ihn auf seinem Bauernhof gesehen und da …«

»Schon gut. Ich will die Geschichte gar nicht hören. Hier bei uns hat es der Hund bestimmt besser, als bei diesem dämlichen Bauern. Sonst noch was? Wenn wir schon bei der Rubrik ›allgemeine Geständnisse‹ sind.«

Seine Schwester lächelte zaghaft: »Ja. Ich habe einen Vorvertrag für meine Songs gekriegt. Die Plattenfirma will noch einige Änderungen haben, wenn die erfüllt sind, steht meiner Gesangskarriere nichts mehr im Weg.« Sie blickte ihn triumphierend an. Trisa stand in der Küchentür und räusperte sich.

»Alles in Ordnung, ihr zwei? Ich wollte mich nicht einmischen, und ich finde es gut, dass ihr euch mal gefetzt habt. Diese ewige Harmonie war ja fast unerträglich. Können wir jetzt mit unserem Werk beginnen?« Frank wartete auf einen Anruf von Eddi, sie würden am Abend gemeinsam essen gehen, also hatte er noch genügend Zeit. Er nickte. »Lass uns anfangen.«

Sie brauchten weniger lang als erwartet, um Nougat herzurichten. Die Stichwunde war tief, aber mittels Verbänden gut geschützt. Trisa war sich unschlüssig, was sie Nougat anziehen sollte. Frank war keine große Hilfe, also wurde von den Frauen entschieden, Nougat in ein klassisches Straßenstrich-Outfit zu stecken. Rotes und schwarzes Leder, dazu High-Heels und viel, viel Make-up. Nougat war es recht, so würde sie bestimmt nicht erkannt werden. Trisa schoss ein paar Fotos von ihr, um sie dann wieder auszuziehen. Sie würde ihr Werk erst am späteren Abend beginnen, Trisa würde im Hausflur warten und mit einer Videokamera, die sie ›noch irgendwie auftreiben‹ würde, alles festhalten. Tinas Plan war etwas holprig, aber da die Morde ausschließlich an der

Heinrichstraße verübt worden waren, konnte es tatsächlich möglich sein, dass die Messermörderin Nougat ein zweites Mal ins Visier nehmen würde. Frank bezweifelte allerdings, ob die Frau Nougat wieder erkennen würde, beließ es aber bei einem schwachen Einwand. Er selbst würde nach dem Essen mit Eddi ebenfalls noch schnell vorbeischauen.

Mittwoch, 3. August, 20.34 Uhr. Restaurant "Hacienda", 8706 Meilen am Zuerichsee.

»Ich wuchs eher bescheiden auf«, erklärte Eddi. Sie saßen in einem mexikanischen Restaurant am Zürichsee. Mein Vater war ein Handwerker. Er arbeitete beinahe sein ganzes Leben in einer Gießerei, meine Mutter hatte ein Sekretariatsjob in einer Krankenkasse, und es war ziemlich schwierig, sie über mein Schwulsein aufzuklären.«

Frank gähnte. Er mochte diese Coming-out-Geschichten nicht.

»Ich hatte in einem Sexkino das erste Mal Sex«, sagte Frank und hoffte, Eddi damit weg von diesem Elternhaus-Gesülze zu bringen. Es schien zu funktionieren.

»Echt?«

»Ja. Ich ging ins Hetero-Sexkino Ché. Dort zeigen sie immer zwei Filme gleichzeitig, du kannst locker hin- und herwechseln. Das habe ich damals auch gemacht.«

»Wie alt warst du da?«

»13. Eintritt war ab 18 erlaubt. Ich rätsel noch heute, wie ich es geschafft habe, 5 Jahre älter auszuschauen.«

Eddi kaute einen Moment, hielt dann inne und fragte: »In diesem Kino zeigen sie doch Filme wie ›Mösenalarm‹ und ›Frivole Lustgöttinnen auf Tour‹, oder irre ich mich?«

»Ganz genau.«

»Ja aber, wie konntest du an einem solchen Ort Sex haben?«

»Das ist ja das Irre! Die Heteros gucken sich diese Filme an. Und übrigens sind die meisten weder dick noch hässlich noch alt. Ganz im Gegenteil, die meisten sehen verdammt gut aus.«

»Ja, aber wie hat man mit einem Hetero Sex?«

»Also: Die gucken sich diese Filme an und sind dann enorm aufgegeilt. Und natürlich werden in den meisten Streifen Sachen gezeigt, die sie zu Hause nicht kriegen. Und – paff – dein Einsatz. Die packen aus und – hoppla – los geht's!«

»Im Kino?«

»Da gibt es einige Möglichkeiten. Im kleineren Saal geht in der hintersten Reihe die Post ab. Dort wird aber nur gerödelt und so. Richtig Action herrscht in den Videokabinen.«

»Ja, wie?«

Frank gab keine Antwort und starrte stattdessen auf das Weinetikett.

»Ja, wie?«, fragte Eddi erneut.

»Schscht! Die Kellnerin ist schon mehrmals verdammt nah an unserem Tisch vorbeigeschlichen. Ich will nicht, dass die ganze Welt von meinen Sexkino-Erlebnissen erfährt.«

»Schon gut. Sie ist weg, du kannst weitererzählen.«

»Naja. In diesen Kabinen machst du dann alles, was du zu Hause auch machen würdest. Die sind abschließbar, für den Hetero kannst du auf dem Bildschirm noch pro forma Mösen und Titten zeigen und damit Ende der Geschichte.«

»So hattest du das erste Mal Sex? Ziemlich unromantisch.«

»Ich hatte auch keine Lust auf Romantik, ich war einfach spitz!«

»Dumm, dass es bei uns keine Schwulenkinos gibt.«

»Wäre vielleicht eine Marktlücke«, sagte Frank. »Vielleicht bin ich bald stolzer Besitzer des ersten Schwulenkinos der Schweiz. Wenn das mit meinen Quoten nicht besser wird, ist das gar nicht so unrealistisch.«

»Vergiss deine Quoten. Aber darf ich nochmal auf diese Sexkinogeschichte kommen?«

»Nicht so laut«, sagte Frank und beugte sich über den Tisch, damit er Eddi besser verstehen konnte.

»Wieso haben Heteros Sex mit einem Mann?«

Frank zögerte einen Moment. »Ich denke, dass jeder Mensch sich zu einem gewissen Teil zum eigenen Geschlecht hingezogen fühlt und einige etwas mehr. Ein Super-Hetero würde sich nie von einem Mann blasen lassen, aber ein 70/30-Hetero oder ein 80/20-er schon. Und dann gibt es da noch diverse Kulturen, in denen das nicht so eng gesehen wird. Mein erster Mann war was Arabisches. Und dort sollen solche Männerkontakte angeblich in Ordnung sein.«

Der Wein, die See-Atmosphäre und die Lichter der Stadt hatten etwas Beruhigendes. Frank fühlte sich wohl, obwohl ihm die Sache mit Tina viel näher gegangen war, als er zugeben wollte. Er wünschte, sie wäre jetzt hier. Zusammen mit ihm und Eddi. Er würde Eddi mit der Baby-Sache nicht konfrontieren. Noch nicht. Er wollte jetzt Sex. Die Kinogeschichte hatte ihn scharf gemacht.

»Kaffee und dann zu mir?«

Eddi guckte auf die Uhr und schüttelte den Kopf.

»Geht nicht, ich muss nach Hause und kann dich nicht mitnehmen. Da wartet ein … äh … Freund.«

Mittwoch, 3. August, 22.39 Uhr. Sexkino Che, Naehe Hauptbahnhof, 8006 Zuerich.

Man konnte spüren, dass das Kino bald schließen würde. Die Halbheteros waren fleißig am Cruisen. Frank hatte sich am Bahnhofskiosk eine Touristen-Baseball-Cap gekauft. Ursprünglich wollte er noch eine Packung Kondome kaufen, aber die Frau am Kiosk erkannte ihn, lächelte, bat ihn um ein Autogramm und so ließ er das mit den Präsern. Die Kappe sah ziemlich bekloppt aus: Weiß, mit eingewobenem Schweizerkreuz auf der Front. Darunter stand ›I love Switzerland‹. Bei genauerem Hinsehen merkte man, dass die Balken des Kreuzes nicht gleich lang waren, ein Blick in die Innenseite der Kappe erklärte das sofort: Made in China. Die schwierigste Hürde schließlich war die Dame, welche an der Kasse des Sexkinos saß. Sie blätterte in der *Schweizer Illustrierten*, welche nach einer Frau für Frank suchte, daneben lag eine *Glückspost.* Frank war sich nicht sicher, ob es die Ausgabe mit der Vorher-Nachher-Geschichte war. Die Redakteurin des Blattes kleidete ihn neu ein, er bekam eine andere Frisur verpasst und schon war eine Doppelseite gefüllt. Also durfte die Frau ihn nicht sehen, sonst würde sie ihn bestimmt erkennen. Er suchte Kleingeld zusammen, legte es wortlos auf den Tresen und nahm die rosa Eintrittskarte. Die Kappe hatte er so tief ins Gesicht gezogen, dass er kaum was sehen konnte.

Er setzte sich in die dunkle, hinterste Reihe im kleinen Kino. Er war sauer auf Eddi. Wie konnte es sein, dass er sich derart vor Sex mit ihm drückte? Diese Geschichte mit dem Freund nahm er ihm nicht ab. Dafür kam sie zu plötzlich. Zudem hatte er im Oma-Café gesagt, dass er sich von seinem Lover getrennt hätte.

Auf der Leinwand im größeren Kino wurde ein Blondchen von einem Stecher mit leichtem Bierbauch drangenommen, im kleineren Kino eine ähnliche Szene, nur dass der Typ dort um einiges besser ausschaute. Frank wechselte von einem Saal in den anderen und wieder zurück und setzte sich in eine der mittleren Reihe des kleineren Kinos, um sich erst einmal an die schummrigen Lichtverhältnissen zu gewöhnen. Das dauerte einige Minuten. Frank wusste, dass jetzt am meisten in den Videokabinen abging, wo die meisten Typen standen, aber selbst mit seiner Kappe traute er sich nicht, in den schmalen Gang mit der hellen Neonlichtbeleuchtung zu treten. Die Gefahr, dass er erkannt werden würde, war ihm zu groß. Er guckte wieder auf die Leinwand. Dort lag eine Brünette mit kleinem Busen auf einem Schreibtisch.

»Mein Scheunentor steht offen, fahr deinen Traktor rein«, sagte sie zu ihrem Filmpartner, von dem aber lediglich ein halberegierter Schwanz zu sehen war. Frank musste grinsen. Die Dialoge waren ungewollt komisch und die ganze Produktion grottenschlecht. Plötzlich setzte sich jemand neben ihn. Frank versuchte, seinen Kopf so zu drehen, dass er sehen konnte, wer sein Nachbar war. Offenbar war die Kopfdrehaktion aber doch auffällig genug, denn der Unbekannte grinste, als sich ihre Augenpaare trafen. Frank spürte, wie er sofort erregt war. Der Mann war – so viel konnte er sehen – groß, dunkelhaarig und sah aus wie ein Türke. Frank sah wieder zur Leinwand und spürte die Hand des Türken auf seiner Hose. Dann fummelte der Mann an seiner Hose, deutete Frank an, er solle mitkommen, stand auf und ging zu den Videokabinen. Frank fluchte leise. Sollte er jetzt wirklich ins Licht? Alle würden ihn anstarren, selbst wenn er schnell machen würde. Andererseits hatte er höllischen Druck. Frank erhob sich und ging zu den Kabinen.

Donnerstag, 3. August, 22.30 Uhr. Roentgenstrasse 8, 8005 Zuerich.

Larissa hatte ein eher gleichgültiges Verhältnis zu ihrer Umgebung. Jetzt, da sie sich seit Tagen überarbeitet und krank fühlte, lag überall schmutzige Wäsche auf dem Boden, Dutzende von halbverdorrten Topfpflanzen hofften darauf, endgültig von ihrem jämmerlichen Dasein erlöst zu werden.

Sie hatte sich am Vormittag kurz im Labor blicken lassen und sich anschließend abgemeldet, obwohl sie wusste, dass die Forschungsgruppe sie gerade jetzt in der Endphase der Untersuchung dringend brauchte. Aber sie hatte weder die Energie noch die nötige Kraft dazu, und so zog sie es vor, nach Hause zu gehen.

Ihr Kühlschrank war bis auf die rote Farbe und einen Speziallack leer. Sie saß vor ihrem beinahe vollendeten Werk. An einigen Stellen des Bildes war ihr das Rot zu bräunlich, ein Phänomen, das nach Trocknen der Farben des Öfteren vorkam. Der große Tag rückte immer näher, sie fühlte sich schlecht und war sich nicht sicher, ob ihr Plan, live vor Publikum auf der Vernissage zu malen, überhaupt noch durchführbar war. Andererseits hatte die Galeristin bereits alles in die Wege geleitet, es würde neben italienischem Essen und Trinken sogar eine Gesangsperformace geben. (Larissa war sich nicht sicher, ob das mit dem Singen eine gute Idee war, das würde ihr unter Umständen die Show stehlen.)

Auf jeden Fall würde sie nicht umhin können, für das letzte Bild noch geeignete Farbe zu beschaffen. Und sie durfte dabei nicht gesehen werden. Schließlich ging sie nicht mehr zur Arbeit. Sie ächzte und erhob sich. In der Küche stapelte sich dreckiges Geschirr, von dem sie nicht mehr wusste, wann sie es benutzt hatte.

Mittwoch, 3. August, 22.38 Uhr. Sexkino Che, Naehe Hauptbahnhof, 8006 Zuerich.

Frank hatte die Hose bis zu den Knien runtergelassen. Der große Türke mühte sich mit seinem eigenen Gurt ab. Die Kabine war eng, aber genau das hatte seinen Reiz. Im Gang hatte niemand von den beiden Notiz genommen und das machte Frank locker. In der Videokabine war es dunkel, nur der Bildschirm mit ›Wählen Sie Ihr Programm‹ spendete etwas Licht. Frank konnte auf dem Bildschirm die Uhrzeit sehen – es blieben ihnen noch etwas mehr als 15 Minuten, bis das Kino schließen würde. Das sollte reichen.

»Ich sonst nur mit Frauen«, sagte der Unbekannte und kramte nach Kleingeld.

»Ich ... äh ... auch«, sagte Frank und versuchte, seine Stimme ähnlich tief klingen zu lassen. Er wusste nicht, was er sonst hätte sagen sollen. Ich bin eine Tunte, die sonst nur mit Männern schläft, wäre nicht gut gekommen. Der Türke warf ein Fünf-Franken-Stück in den Automaten und gab eine zweistellige Nummer ein. Sofort startete ein Film mit dem aufregenden Titel ›Geile Biester im Stadtpark‹.

Einen klitzekleinen Augenblick dachte er an Eddi. Aber dieser war sofort vergessen, als er sein Gegenüber ansah. Was für ein Mann. Dann stockte Franks Atem.

Donnerstag, 4. August, 8.30 Uhr. Kernstrasse 35, 8004 Zuerich.

»Und dann?«, fragte Tina.

»Dann haben wir gevögelt.«

»Du bist trotzdem mit ihm mitgegangen? Mit einem Kebab-Verkäufer, der ins Puff geht?«

»Ich bin mir ja nicht absolut sicher, ob er es wirklich war. Ich sage nur, dass er es wahrscheinlich war!«

»Jaja. Schon gut. Er war es. Das heißt also, dass wir künftig auf das Kebab verzichten müssen. Typisch. In der Stadt gibt es mindestens 200.000 Männer und du hast das Talent, den Türken mit den Nasenhaaren ohne Nasenhaare alias Kebab-Verkäufer alias Trisa-Puff-Kunde alias Sexkino-Gänger zu treffen. Wunderbar. Und das, wo du eigentlich in Eddi verliebt bist. Du willst ihn doch heiraten?«

»Etwas war seltsam« sagte Frank und hoffte, Tina würde sich wieder etwas beruhigen.

»Was?«

»Er war nicht beschnitten. Und Moslems sind normalerweise immer beschnitten!«

»Mein Gott, Frank! Das ist mir so was von egal. Vielleicht war es ein christlicher Türke, oder ein Moslem, welcher Christ wurde und sich daher beim Chirurgen wieder eine Vorhaut annähen ließ.«

»Jetzt mach dich aber mal geschmeidig. Du musst mir gar nicht mit irgendwelchen Moralpredigten kommen. Du nicht!«

Frank durchbohrte seine Schwester mit ein paar Dutzend funkelnden Blicken, die ihr wie gewöhnlich alle entgingen.

»Es geht mir nicht um Moral. Ich sorge mich um dich. Diese ganze Sache mit Eddi hätte so perfekt werden können!«

Frank machte ein nachdenkliches Gesicht. »Irgendwie hat er mich ein bisschen angelogen. Als ich bei ihm war, hat er mir erzählt, er hätte keine Beziehung und was von Psychopillen gelabert. Und beim Essen sagte er mir, er hätte einen Freund. Ich habe dann nicht nachgefragt. Es könnte perfekt sein«, wiederholte Frank. Er kramte in seiner Brieftasche und zückte ein schwarzweißes Automatenfoto. »Hier, das haben wir zusammen aufgenommen.«

»Süß«, sagte Tina. »Schöne Augen. Und irgendwie genau deine Kragenweite. Sieht aber ziemlich jung aus. Ist er nicht zu jung?«

»Nein. Er ist sehr reif, finde ich.«

»Klar, dass du das findest. Aber nur, weil er deinen Schwanz bläst, heißt das noch lange nicht, dass er perfekt ist.«

»Wie ordinär, Schwester. Außerdem ist es dazu noch nicht einmal gekommen. Deswegen war ich ja im Sexkino.«

»Manchmal willst du alles einfach zu schnell. Gib euch etwas Zeit. Es muss nicht alles immer sofort sein. Er war vielleicht einfach noch nicht so weit.«

»Jetzt klingst du wie Mutti, Tina.«

»Möglich.«

»Er wäre der perfekte Mann.«

»Das sagtest du bereits. Ich kann nur nicht nachvollziehen, warum ihr erstens nicht über Eddis Ex-Beziehung gesprochen habt und das zweitens immer noch nicht tut und du drittens mit anderen Typen rummachst.«

»Diese Sommerpause hat's in sich«, stöhnte Frank, um abzulenken. »Die Hitze ist nach wie vor unerträglich! Und es ist noch nicht mal Mittag!«

»Und Nougat stöckelt für uns unter der brütenden Sonne auf dem Straßenstrich.«

»Gibt's schon Neuigkeiten von der Front?« Frank war froh, dass Tina nicht noch mehr über Eddi erfahren wollte.

»Nein. Ich denke auch nicht, dass sich die Messermörderin ein zweites Mal in der Heinrichstraße blicken lassen wird.«

»Ach, jetzt plötzlich. Das war doch deine Idee mit dem Straßenstrich.« Frank ging ins Wohnzimmer, um eine neue CD einzulegen.

»Radio wär auch mal 'ne Alternative. Dann wüssten wir wenigstens, was sonst noch so auf der Welt abgeht«, bemerkte Tina.

»Ich will jetzt aber Schmachtmusik und keine Nachrichten.«

»Gehe ich recht in der Annahme, dass dir die Geschichte mit Eddis Freund mehr zusetzt, als du zugibst?«

»Nein. Es macht mir nichts aus, denn er sagt, dass er ihn nicht mehr liebt.«

»Das sagen sie alle.«

»Er ist bereits ausgezogen.«

»Wer?«

»Eddi. Er wohnt jetzt in einer schnuckeligen, kleinen Wohnung. Liebevoll eingerichtet.«

»Aha. Und das gibt dir die Gewissheit, dass er sich definitiv von seinem Liebhaber getrennt hat?«

»Ja. Sollen wir sie besuchen?«

»Wen?«

»Trisa. Nougat.«

Tina überlegte einen Moment. »Ich komme mit, aber nur, wenn du mich nicht wieder zum Trinken verführst! Das tut der Kleinen nämlich nicht gut!«

»Der Kleinen? Du glaubst, dass es ein Mädchen wird?«, fragte Frank irritiert.

»Ich fühle es. Ich weiß nicht, weshalb, aber ich bin mir sicher, dass es eine Sie wird.«

»Versprochen.«

»Was?«

»Na, ich werde auf dich aufpassen und darauf bestehen, dass in deiner Gegenwart weder geraucht noch getrunken wird.«

»Übertreiben musst du nicht. Nehmen wir den Wauwau mit?« Tina holte Jimmys Leine aus dem Wandschrank im Flur.

»Klar. Der freut sich über einen hübschen Spaziergang. Ihm scheint die Hitze nichts auszumachen.«

Donnerstag, 4. August, 12.13 Uhr. Heinrichstrasse 99, 8005 Zuerich.

Bei Trisa herrschte das totale Chaos. Nougat hatte sich bereits zwei Mal umgezogen. Trisa selbst, bewaffnet mit Videokamera, Pfefferspray und Handy, stand seit einer halben Stunde ebenfalls auf der Straße. Nougat wurde des Öfteren von Freiern angesprochen, sie lehnte die Angebote allerdings ausnahmslos ab. Offenbar waren viele Zürcher über die Sommerferien in der Stadt geblieben, anders konnte sich Trisa den Zulauf der meist verheirateten Männer (Ehering!) um diese Zeit nicht erklären. Frank stellte sich neben Trisa, während Tina eine Extrarunde mit dem Hund machte.

»Und? Was gesehen?«, fragte Frank, mehr anstandshalber. Wäre wirklich etwas passiert, dann hätte Trisa ihn schon längst informiert. Oder Nougat wäre tot.

»Nein, nichts passiert. Nur dass ich oben den Laden dichtmachen musste, weil ich nicht an zwei Orten gleichzeitig sein kann. Und dass ich Jasmin vermisse. Vor allem ihr Lachen. Und dass sie mir noch nicht mal sagen, ob sie Jasmins Verwandtschaft informiert haben oder nicht. Für die Behörden existiere ich einfach nicht. Obwohl ich diejenige war, der sie alles anvertraute. Die darauf geachtet hat, dass sie ihre unzähligen Pillen und Tabletten jeden Tag pünktlich einnahm. Die versucht hat, sie zu trösten, wenn ihre Scheiß-Helferzellen wieder etwas gesunken waren. Die sie beruhigt hat, wenn sie einen Pickel am Bein hatte und meinte, es sei Krebs. Ich habe sogar diese dämlichen Tierfilme geduldig ertragen. Und irgendwie habe ich das Gefühl, dass sie nicht an Aids gestorben ist. Dafür ging es zu schnell.« Trisa hatte Tränen in den Augen.

»'Tschuldigung«, sagte sie und wischte sich mit der Hand übers Gesicht.

»Schon gut«, sagte Frank und guckte verlegen auf den glühenden Asphalt.

Trisa begann, an der Videokamera zu fummeln und schaute schließlich gelangweilt durch den Sucher.

»Für alle Fälle. Wenn Nougat ihre Mörderin erkennen würde, dann könnte ich das filmen.«

»Woher hast du die?«, fragte Frank.

»Geborgt. Von Flo. Von oben.«

»Aha.«

»Sie hat einen Kunden, der will beim Sex immer gefilmt werden. Der kommt nie beim Fick, sondern erst, wenn er sich später das Band anschaut.«

»Der kriegt also ein Home-Video?« Frank war etwas irritiert, er würde sich nie selbst beim Sex zusehen wollen.

»Er darf das Tape nicht mit nach Hause nehmen, soviel ich weiß. Er muss sich bei ihr einen runterholen. Geiles Ding, nicht?«

»Ja. Sie verdient also quasi doppelt.«

»Nicht das. Ich meine die Kamera! Klein und handlich. Hat bestimmt ein Schweinegeld gekostet«, sagte Trisa und schaute erneut durch den Sucher.

Plötzlich kam Jimmy um die Ecke angerannt, mit Halsband und Leine, aber ohne Tina. Frank, Trisa und Nougat drehten sich um, als sie die Flüche von Tina hörten.

»Verdammte Töle, bleib hier!«

Sie meinte aber offenbar nicht Jimmy, sondern ein großes, hässliches, undefinierbares Straßenköter-Gemisch.

Jimmy erkannte Frank, bremste und winselte kläglich. Frank hob den zitternden Jimmy auf. Der Verfolger blieb ebenfalls stehen und streckte ohne jedes Vorgeplänkel seine kalte Schnauze unter Nougats Rock. Trisa versuchte, ihn wegzuscheuchen, allerdings erfolglos. Der Hund, der die Größe eines mittleren Kalbes hatte, ließ nicht von Nougat ab. Als Tina bei ihnen ankam, konnte sie sich nicht mehr halten und lachte laut.

»Psst«, sagte Trisa.

Tina prustete weiter, Nougat stand in ihrem gelben Rock mit verstecktem Hundekopf an der Heinrichstraße und bewegte sich nicht.

»Er leckt mich«, sagte sie entgeistert.

Alle begannen zu lachen. Erst Trisa, laut und beinahe hysterisch. Dann Frank. Und Tina lachte ja sowieso schon.

Trisa fasste sich. »Psst.« Sie vermied es, Frank anzusehen, weil sie wusste, dass sie dann sofort wieder losprusten würde.

»Wenn wir lachen, denkt der Hund, wir seien tierlieb!«

»So ein Schwachsinn. Der findet Nougat einfach geil und basta. Sie hat wohl irgendeine Hormonausdünstung, die ihm gefällt«, sagte Frank.

»Ich habe keine Ausdünstung und er leckt mich noch immer!« Nougat musste selbst auch lachen, hatte aber eine gehörige Portion Respekt vor dem Tier und fasste es nicht an.

Frank ging schließlich auf das Tier zu und drückte die Hundeschnauze weg.

»Er hat doch hoffentlich keinen Steifen?«, fragte Trisa mit todernster Miene. »Dann würde es nämlich was kosten!«

Die vier kriegten erneut einen derartigen Lachkrampf, dass der Inhaber des Sex-Salons von der gegenüberliegenden Straßenseite auf dem Bürgersteig auftauchte und das Quartett mit einem bösen Blick streifte.

»Fehlt euch was?«, schrie er über die Straße.

Trisa winkte: »Alles in Ordnung. Wir wurden lediglich von einem Hund sexuell belästigt!«

Der Hund merkte, dass der Spaß vorbei war, setzte noch kurz an Nougats Standplatz seine Marke und trabte dann die Heinrichstraße hinunter. Jimmy sprang von Franks Armen und schnupperte neugierig an Nougats Bein. »Der aber nicht auch noch!« Sie wich einen Schritt zurück.

»Quatsch«, sagte Tina. »Der ist noch nicht mal geschlechtsreif. Der hat keine Ahnung von Sex.«

»Und?«, fragte Frank, »was machen wir jetzt?«

»Ich denke, eine Kaffeepause wäre wohl angebracht. Außerdem muss ich nochmal kurz nach Nougats Verband sehen. Gehen wir?« Ohne eine Antwort abzuwarten, marschierte sie ins Haus. Die anderen folgten ihr, Nougat stützte sich bei Frank auf, die Wunde und die Hitze schien ihr nun doch etwas mehr zu schaffen zu machen, als sie zugeben wollte.

»Hinein in die gute Stube«, sagte Trisa. Als sie alle saßen, griff sich Trisa an die Stirn, zog mit Zeige- und Ringfinger ihre Gesichtshaut nach hinten und fragte: »Soll ich mich liften lassen?«

»Spinnst du.« Nougat kicherte, verzog aber sofort das Gesicht.

»Du solltest nicht lachen, Liebes. Sonst müssen wir dich wieder zum Zunähen ins Spital fahren. Also, soll ich mich liften lassen?«

Frank guckte Trisa an. »Nein.«

»Es ist nur so«, sagte Trisa, »eine Freundin hat sich soeben generalüberholen lassen. Augensäcke, schlaffe Haut und Lippen. Alles in einer

Vollnarkose. Sieht jetzt ziemlich bescheuert aus, wird aber in einigen Wochen bestimmt perfekt sein.«

»Mag ja sein, Trisa. Aber du hast das wirklich nicht nötig«, warf Frank ein. Tina sortierte derweil gelangweilt sämtliche Nagellackfläschchen nach Farben in einer Plastikbox ein. Sie hasste solche Gespräche, weil sie sich nicht mit dem Älterwerden auseinander setzten mochte.

»Sie ist auch erst 35, und das war ihr Geburtstagsgeschenk.«

»Ein Lifting mit 35? Das habe ich noch nie gehört. Man sollte sich erst ab 40 liften lassen, finde ich.«

»Typisch Tunte! Man sollte sich überhaupt nicht liften lassen«, Tina war offenbar fertig mit der Sortiererei und schaltete sich ins Gespräch ein. »Und wenn, dann erst mit 60.«

»Nö, dann wiederholt man das 35-er Lifting!«

Alle vier kicherten.

»Was also jetzt? Soll Nougat wieder auf die Straße gehen?«, fragte Trisa.

»Ich weiß nicht recht – es ist irgendwie ziemliche Zeitverschwendung, finde ich. Zumal du dann auch arbeitsunfähig bist«, sagte Frank.

»Das finde ich nicht. Wir sollten Nougat unbedingt noch etwas auf die Straße schicken«, Tina guckte die Frau, die einst ein Mann war, an: »Selbstverständlich nur, wenn du kannst und willst.«

Nougat nickte. »Kein Problem. Ich will einfach diese Schlampe finden, die uns Frauen so was antut!«

»Und jetzt noch ein hübsches Foto.« Trisa stellte sich vor Nougat und knipste.

»Du und deine doofe Bildermanie«, sagte sie.

»Ich bin froh, dass ich viel knipse. Man weiß nie, wann Schluss ist. Das haben wir eben bei Jasmin gesehen. Und gerade weil ich fleißig fotografiert habe, bleibt mir noch etwas von ihr. Zum Beispiel das!« Sie zückte ein Bild von Jasmin aus ihrer Brieftasche, wie sie alle kannten. Vollbusig und mit gegrätschten Beinen vor dem Fernsehgerät sitzend, mit einer Flasche Schampus in der linken, einem Bierkrug in der rechten Hand.

»Sie trank manchmal teuren Champagner aus Biergläsern«, erklärte Trisa. »Das hat mich ziemlich genervt, deshalb dieses Bild. Und jetzt vermisse ich genau diese Champagnerbiergläser.«

Frank wollte aufbrechen, bevor Trisa wieder zu weinen begann, Frank hatte keine Lust, den Seelentröster zu spielen. Schließlich war Sommerpause!

Als Frank, Tina und Jimmy sich von den Frauen verabschiedeten, sah Frank wieder das unbekannt-bekannte Gesicht im Frisiersalon. Diesmal bemerkte der Frisör ihn nicht, weil er sich mit jemandem erregt unterhielt. Auf den zweiten Blick erkannte Frank den Fremden. Es war Eddi!

Donnerstag, 4. August, 14.08 Uhr. Heinrichstrasse 97, 8005 Zuerich.

»Komm schon. Lass uns weitergehen. Ich habe jetzt keine Lust auf eine Unterhaltung. Schon gar nicht mit einem Frisör hier an der Heinrichstraße.«

Frank blieb wie angewurzelt stehen. Der Frisör, dessen Gesicht Frank noch bekannter vorkam als beim letzten Mal, schien Eddi anzuschreien. Die Scheiben isolierten perfekt, es war kein Geräusch zu hören. Dann zog der Frisör ein kleines, rotes Büchlein aus seiner Jackentasche und blätterte darin. Eddi schaute dem Treiben einen Moment lang zu und schlug dem Frisör dann die Faust ins Gesicht. Der Frisör fiel wie eine leblose Puppe zu Boden und blieb liegen.

»Mein Gott, hast du das gesehen?«, fragte Tina ihren Bruder.

»Ja. Toll, nicht?«

»Was findest du daran toll, wenn ein Mensch niedergeschlagen wird?«

»Na ja, männlich halt!«

»Bist du bescheuert? Nur weil er Schwänze bläst, hat er noch nicht das Recht, einen anderen Menschen zu schlagen. Das ist ja die Höhe.«

»Sollten wir ihm nicht wenigstens ›Hallo‹ sagen?«

»Lass uns weitergehen. Oder willst du der Nächste sein, der Eddis Faust im Gesicht hat?«

Sie zog ihn am Arm. Eddi schaute sich im Salon um und für einen kurzen Moment war sich Frank sicher, dass er sie durch die Scheibe gesehen hatte. Aber dies schien nicht der Fall gewesen zu sein – er griff nach einem Frottee-Tuch, knüllte es hastig zusammen und legte es unter den Kopf des bewusstlosen Frisörs.

»Komm jetzt.«

»Scheiße, das hätte ich nicht von ihm gedacht«, gestand Frank kleinlaut.

»Den Typen würde ich nicht mehr sehen wollen.«

»Du hast da gar nichts zu melden! Hättest du mir nicht Theo weggeschnappt, dann wäre ich nicht verzweifelt gewesen und dann hätte ich Eddi nie kennen gelernt und dann wäre das da auch nicht passiert.« Frank zeigte mit dem Finger auf den Frisörsalon.

»Hör auf mit deiner Nörgelei!« Tina hielt an. »Ich habe mit meiner Schwangerschaft schon genug um die Ohren. Ich muss mir nicht auch noch eine zickige Fernsehdiva antun!«

»Antun? Und an deiner Schwangerschaft bin ich unschuldig, du hast dich von diesem Typen schließlich freiwillig schwängern lassen. Da kannst du mir wohl kaum deinen Stress vorwerfen.«

»Lass gut sein, Frank. Ich erwarte sowieso nicht, dass du mich verstehst.«

Sie gingen weiter.

»Hat er schon gemacht?«, fragte Tina, um das eisige Schweigen zu brechen.

»Meines Wissens hat er nur gepinkelt.«

»Jimmy, mach schön kacki kacki! Kooomm, mach ein Häufchen.«

Und plötzlich konnte sich Frank seine Schwester sehr gut als Mutter vorstellen.

»Nein«, sagte Tina, als sie am Kebab-Stand vorbeikamen. »Ich habe weder Lust auf Kebab noch auf den Türken mit den braunen Augen.«

»Ich habe gar nichts gesagt!«

»Ich kenne deinen Blick. Und so wie du eben geglotzt hast, guckst du nur, wenn du ein Testosteron-Problem hast. Ich hatte gehofft, dass das mit Eddi ein Ende haben würde.«

»Du magst ihn nicht.«

»Wie kann ich jemanden mögen, von dem ich nur weiß, dass er andere Leute schlägt?« Sie zerrte an Jimmys Leine, als dieser versuchte, gegen einen Blumenstock zu pinkeln.

»Lass ihn doch. Hier spielt das bestimmt keine Rolle. In diesem Quartier hat man sich an alle möglichen Arten von Pisse gewöhnt.«

»Darum geht es nicht. Ich will, dass der Hund weiß, dass er bei Blumen an öffentlichen Plätzen, Straßen und was auch immer grundsätzlich nicht pinkeln darf. That's it.«

»Wir werden wohl einige Differenzen in der Erziehung kriegen, nicht wahr?« Er deutete auf den Bauch seiner Schwester.

»Wenn es denn überhaupt so weit kommt. Eine ganze Menge Frauen verlieren ihr Baby.«

»Hast du schon erwähnt. Ich meine nur …« Frank wurde unsanft von einer schwarzhaarigen Frau angerempelt. Absichtlich, wie sich herausstellte. »Ich sehe sie mir jeden Tag im Fernsehen an. Gestern, da hatten sie so eine Blonde, mit halblangen Haaren. Das war absolut spitze. Und die andere, kleine mit der etwas seltsamen Stimme, mit der habe ich mal zusammengearbeitet. Das war bei Denner, ist allerdings schon einige Jahre her. Sie wissen doch, wen ich meine, nicht wahr? Gute Güte, wie die Zeit vergeht. Ich bin ein totaler Fan von Ihnen.«

»Äh, leider nein. Das sind alles Wiederholungen, und ich habe den Überblick in den letzten Tagen verloren.«

»Sie sind genauso süß wie im Fernsehen.«

Frank schaute sich Hilfe suchend nach Tina um, die war allerdings voll und ganz mit Jimmy beschäftigt.

»Tja. Das freut mich sehr, ich bin sicher, dass Ihnen die neuen Sendungen nach der Sommerpause ebenfalls gefallen werden.«

Die Schwarzhaarige trat einen Schritt näher und packte Frank am Arm. Für einen Moment sah es so aus, als ob ihn der weibliche Groupie küssen wollte. Frank versuchte zurückzuweichen, sein Lächeln bröckelte. Dann ließ die Frau endlich Franks Arm los.

»Dürfte ich ein Autogramm haben?«

»Selbstverständlich! Aber leider habe ich keine Karten dabei.«

»Das macht gar nichts!« Sie kramte in ihrer Handtasche und zückte eine Visitenkarte einer Kleiderreinigungsfirma.

»Hier, bitte, hier können Sie unterschreiben.«

Frank bückte sich etwas und nahm sein Oberschenkel als Unterlage für die Karte. Wie erwartet, sah seine Unterschrift etwas krakelig aus.

»Wahnsinn!«, rief sie verzückt. Tina kicherte, Frank bekam einen roten Kopf.

»Hör schon auf«, zischte er.

»Ist das Ihre heimliche Freundin?« Die Frau zeigte auf Tina.

»Nein, meine Schwester.«

»Wie süß! Hätte ich doch nur eine Kamera dabei.« Sie kramte in ihrer Handtasche und machte ein enttäuschtes Gesicht. »Ich verstehe nicht, warum ich sie nicht eingepackt habe. Ich gehe nie ohne Fotoapparat aus dem Haus.«

»Das scheint in diesem Quartier hier schwer in Mode zu sein. Alles wird fotografiert«, murmelte Tina.

»Leider müssen wir jetzt weiter«, drängte Frank. Ihm wurde die Situation immer unangenehmer.

»Ja, klar. Natürlich.« Die Frau hielt die Visitenkarte mit Franks Autogramm mit beiden Händen fest. »Macht's gut«, rief sie den beiden nach.

»Passiert dir das häufiger?«, fragte Tina.

»In letzter Zeit immer mehr. Aber es ist okay. Das gehört zum Job.«

»Warum hast du keine Autogrammkarten dabei?«

»Weil ich das bescheuert finde!«

»Ach?«

»Ja. Das ist so selbstverliebt. Sein eigenes Bild unterschreiben.«

»Seit wann so bescheiden? Achtung, Hundekacke!«

Frank konnte gerade noch rechtzeitig seinen Schuh abdrehen.

»Danke. Es ist eine Sache, im Fernsehstudio zu signieren, oder Autogrammkarten per Post zu versenden. Aber auf offener Straße? Außerdem müsste ich dann immer diese Karten bei mir haben.«

»Ich hätte gedacht, dass du so was liebst.«

»Siehst du, du kennst mich eben doch nicht richtig.«

»Ja, wahrscheinlich«, sagte Tina.

Donnerstag, 4. August, 16.49 Uhr.
Kernstrasse 35, 8004 Zuerich.

Zuhause angekommen, riss Tina sämtliche Fenster und Türen auf. Die Hitze war unerträglich.

»Vielleicht sollten wir doch so ein Klimadings kaufen.«

»Anlage, Klimaanlage meinst du.«

»Genau. Ich bin mir nur nicht sicher, ob wir dafür ein Loch in die Decke bohren müssen.«

»Loch?«, fragte Frank, während er die Nummer von Eddi wählte.

»Genau. Loch. Für den Abluftschlauch.«

»Keine Ahnung, aber normalerweise ist es auch nie so heiß. Ich glaube nicht, dass sich die Anschaffung lohnt. Bestimmt ist es bald vorbei mit dem Sommer. Und nächstes Jahr wird es wieder einer unserer typischen City-Sommer mit Dauerregen werden.« Frank hörte das Freizeichen.

»Denke ich nicht, diese Hitze hat bestimmt mit der globalen Klima-Erwärmung zu tun.«

»Hallo!« Frank war erleichtert, als Eddi abhob. Das würde ihm eine Menge Ungewissheit ersparen.

»Und? Nicht im Schwimmbad?«, fragte Frank.

»Nein. Ich habe den Nachmittag mit Putzen totgeschlagen. Aber es ist definitiv zu heiß für irgendwelche körperlichen Aktivitäten.«

»Aha.«

»Ist was?«, fragte Eddi.

»Na ja. Ich dachte, du seist vielleicht mal weggewesen, im Schwimmbad, oder so.«

»Nein. Aber Schwimmbad ist gar keine schlechte Idee. Hättest du Lust mitzukommen?« Die Einladung war verlockend. Eigentlich klang Eddi wie immer. Nichts deutete auf den Frisör-Zwischenfall hin. Frank war sich plötzlich nicht mehr so sicher, ob es tatsächlich Eddi gewesen war, der den Mann k.o. geschlagen hatte.

»Nein, ist schon in Ordnung. Wir machen uns heute einen gemütlichen Abend. Tina und ich.«

»Dann sehen wir uns morgen?«, fragte Eddi.

»Ja klar. Ich rufe dich gegen Mittag an. Ciao.«

»Ciao.«

Frank hängte auf und marschierte in Tinas Schlafzimmer. Sie saß auf ihrem Bett und hatte Wattepads zwischen den Zehen. Offenbar lackierte sie sich die Nägel – das Puff schien bereits auf sie abzufärben. Fehlte nur noch Jasmins Duftnagellack. Frank fragte sich, ob ihre Nägel auch jetzt noch, im Leichenschauhaus oder wo immer sie war, nach Davidoff Cool Water Woman rochen. Zwischen all den Leichen ein Hauch von Glamour. Makaberer Gedanke.

»Er hat mich rabenschwarz angelogen!«

»Siehste? Ich habe dir doch gesagt, dass an dem was nicht ganz koscher ist!«

»Du sagtest es, als er dem anderen eine reingehauen hat. Vorher war alles in bester Ordnung. Wohl auch, weil du von Theo ablenken wolltest, nicht wahr?«

»So war es nicht«, maulte Tina, verzichtete aber darauf zu erklären, wie es wirklich gewesen war.

»Ich bin jetzt doch verunsichert. Soll ich ihn einfach fragen, warum er mich angelogen hat?«

»Das würde ich nicht tun. Du hast zwar mit diesem Typen gevögelt oder sonst wie rumgemacht, aber du weißt ja sonst nicht viel über ihn.« Sie machte ein nachdenkliches Gesicht. »Was bei deinesgleichen wieder typisch ist.«

»Jetzt kommt wieder diese Leier! Ich werde ihn stellen. Aber nicht heute. Erst morgen, wenn ich mich mit ihm treffe. So was erledigt man nicht am Telefon.«

»Jetzt klingst du wie Trisa.«

»Genau«, gluckste Frank. »Das wird mein neuer Job, wenn ich erst mal abgesetzt werde.«

»Das wirst du nicht! Außerdem würde man dir die Frau nicht abnehmen.«

»Wer weiß? Nougat war auch mal ein Mann.«

»Nougat hat aber auch keinen Schwanz mehr, mein lieber Bruder. Und auf den würdest du bestimmt nicht verzichten wollen!«

Das stimmte. Sie pinselte eine zweite Schicht Lack auf die Nägel.

»Ist das nicht was für ältere Damen? Ich dachte, lackierte Fußnägel seien seit Jahren passé?«

»Eben nicht. Diese Saison sind lackierte Nägel wieder absolut trendy. Und ganz besonders dieses Rot. Sieht doch affengeil aus, findest du nicht?«

Frank fand es nuttig, sagte aber nichts. Tina sah ihren Bruder triumphierend an. »Ach übrigens, nur so zur deiner Information: Ich habe einen ersten Auftritt als Sängerin.«

Donnerstag, 4. August, 17.38 Uhr. Heinrichstrasse 99, 8005 Zuerich.

Tibor war baff. Er sah Trisa auf der Straße, zusammen mit einer dunklen Schönheit, und sie winkte ihm freundlich zu. Er hatte gehofft, sie wieder zu sehen, obwohl ihm Giovanni dies aus dem Kopf geschlagen hatte. War dieses Winken eine Aufforderung? Er spürte, wie sein Gesicht rot anlief. Nein. Nächstes Mal, dann würde er kommen, sich freundlich bei ihr vorstellen. Nächstes Mal. Nicht heute. Außerdem würde Giovanni bestimmt schon auf ihn warten. Er war bereits einige Minuten zu spät dran und Zuspätkommen wurde nicht geduldet. Tibor ging schneller. Er hatte zwar mindestens 15 Kilo abgenommen, aber das Gehen bereitete ihm nach wie vor Mühe. Als er vor der Tür des Frisörsalons ankam, brannte kein Licht und die Tür war abgeschlossen. Tibor klopfte an die Glasscheibe der Tür. Nichts.

Nach weiteren vergeblichen Klopfversuchen beschloss er, alleine zur großen Versammlung der Gemeinde zu gehen. Es war durchaus möglich, dass Giovanni aus Verärgerung über sein Zuspätkommen bereits alleine losgezogen war. Er drehte sich auf dem Treppenabsatz nochmal um, aber Trisa war bereits verschwunden, lediglich die große, dunkelhäutige Frau ging auf dem Bürgersteig hin und her. Er seufzte und machte sich auf den Weg zum Stauffacher.

Er war, wie erwartet, der Letzte. Er konnte Giovanni nicht sehen, war sich aber sicher, dass er sich unter den Menschen befand. Einige Gesichter kannte er bereits und fast alle schienen ihn zu kennen, wie jedes Mal herrschte ausgesprochene Höflichkeit. Tibor hustete und setzte sich auf seinen Lieblingsstuhl in der vordersten Reihe.

Nach und nach schwollen die Stimmen in der Kirche zu einem immer lauter werdenden Klangteppich an, der den ganzen Saal füllte. In dieses Stimmengewirr mischten sich schließlich die Klänge einer elektrischen Orgel. Die Stimmen verstummten.

Der Platz neben ihm blieb leer, als der spirituelle Gottesdienst begann. Tibor hielt die Augen geschlossen, während der Mentor sprach. Ganz so, wie er es in den Tages- und Abendkursen gelernt hatte.

»Bevor wir anfangen, wollen wir uns erheben.« Die Stühle wurden gerückt, es gab einen kurzen Moment der Unruhe.

»Wir wollen uns an den Händen fassen«, sagte der Mentor mit tiefer, kräftiger Stimme. Niemand außer Tibor schien Giovannis Abwesenheit zu bemerken, selbst bei diesem intimen Ritual nicht. Seine linke Hand fasste die zierliche Hand einer Braunhaarigen, die rechte die kräftige Hand eines blonden Hünen. Sie lächelten sich freundlich an und blieben so stehen.

»Wir sind eine starke Gemeinde. Und wenn wir uns an den Händen fassen, kommt eine gewaltige Energie zustande. Wir halten uns an den Händen, wie es just in diesem Moment alle unsere Brüder und Schwestern in den europäischen Gemeinden tun. Jetzt. In diesem Augenblick.«

Er machte eine kurze Pause, dann sprach er weiter. Seine Stimme hatte etwas Erhabenes. »Wir haben nichts zu fürchten. Gar nichts, denn wir sind eins. Lasst uns jetzt mit Dankbarkeit den Kreis wieder öffnen«, beendete der Mentor die Prozedur.

»Wir schlagen unser Buch auf.« Tibor wusste nicht, was mit ›unser Buch‹ gemeint war, er hatte zahlreiche Bücher und Unterlagen in den letzten Tagen studiert. Bis er sah, dass alle Mitglieder unter den Stuhl griffen, und ein kleines, unscheinbares rotes Büchlein hervorholten. Tibor bückte sich unter den Stuhl, um nach dem Buch zu tasten, was ihm aber nicht gelang. Die Braunhaarige half ihm aus der Misere und bückte sich zackig.

»Danke!«, murmelte Tibor. Er bekam einen Schweißausbruch. Wobei ihm nicht klar war, ob es an seiner Nervosität lag, oder ob er einfach zu schnell gelaufen war. Gut möglich, dass es auch die Nachwehen der Sommergrippe waren.

»Wir schlagen die Stelle auf, um uns ein letztes Mal mit der Schrift zu befassen. Ein letztes Mal! Wie lange haben wir auf diesen Tag gewartet.«

Die Menge murmelte, eine Frau verrenkte sich ekstatisch.

»Noch ist es nicht so weit. Ich bitte also um Zurückhaltung.«

Die Frau wurde von zwei Helfern herausgeführt, die – ganz in Weiß gekleidet – jeweils an den Eingangstüren des Raumes standen.

Tibor wusste, dass der große Tag bald kommen würde, und er wusste auch, dass er sich darauf freuen konnte, da er zu den Auserwählten gehörte. Es war ihm allerdings nicht klar, dass es schon so weit war. Offenbar wurde die magische Zahl von 144.000 Mitgliedern schneller erreicht als erwartet. Ihm konnte es recht sein, obwohl er Trisa vorher eigentlich noch ganz gerne gesehen hätte.

»Noch fehlen fünf Brüder oder Schwestern, damit die Ordnung wiederhergestellt ist. Fünf! Wir stehen selbstverständlich in Verbindung mit unseren Glaubensgenossen überall auf der Welt. Es wird sich nur noch um ein, zwei Tage handeln. Ich bitte daher alle, unsere Schriften zu lesen! Sie helfen, sich optimal auf das Göttliche vorzubereiten.«

Diesmal wusste Tibor, was gemeint war. Bei seinem Eintritt hatte er ein wunderschönes Buch mit Widmung des Mentors erhalten. Dieses Buch erklärte, wie besagte Tage angegangen werden mussten. Er fühlte sich ohne Giovanni unsicher, obwohl er wusste, dass während der Versammlung sowieso Redeverbot galt.

»Wir treffen uns dann alle übermorgen in unseren Räumlichkeiten.« Selbstverständlich werden alle Mitglieder im Verlauf des morgigen Tages von mir oder meinen Vertrauten aufgesucht. Alle Fragen werden dann besprochen. Alles steht aber auch in unseren Schriften! Damit wir uns auf dieses große Ereignis vorbereiten können, möchte ich nochmals wiederholen, dass der Geist absolut frei sein muss. Die Vorbereitungen für diese Befreiung muss jedes Mitglied selbst vornehmen. Dann also bis morgen.«

Die Menge verharrte einen Augenblick in Stille, um dann in Applaus auszubrechen. Das Getöse schien kein Ende zu nehmen. Menschen fielen sich in die Arme und begannen zu schluchzen. Tibor fühlte sich frei, frei wie noch nie zuvor und klatschte mit der Menge. Er klatschte auch dann noch, als seine Hände zu bluten begannen. Er klatschte und sein Blut spritzte. Niemand bemerkte es.

Donnerstag, 4. August, 19.41 Uhr.
Kernstrasse 35, 8004 Zuerich.

»Super!« Frank freute sich ehrlich für seine Schwester. Er hatte nur keine Ahnung gehabt, dass Tinas Singerei schon so weit gediehen war, um öffentlich vorgetragen zu werden. Das war aber genau das, was sie ihm beim Eklat im Puff vorgeworfen hatte: Er würde sich nicht für sie interessieren.

»Äh … und wo werdet ihr singen? Und vor allem: Wann?«

»Das ist ja die Schärfe: Wir werden morgen Abend bei einem Event was machen. Prue hat angerufen und uns vom Fleck weg engagiert.« Sie strahlte.

»Prue? Die blonde Lesbe?«

»Wie war das noch mal mit ›man sollte Menschen nicht nur auf die Sexualität reduzieren‹?«

»Schon gut«, maulte Frank. »Ich formuliere neu: Prue, die Blonde, die aus den USA hierher kam, einen Mann heiratete und ihn dann verließ, als sie das Schweizer Bürgerrecht bekommen hatte und sich in eine Frau verknallte? DIE Prue, die mittlerweile eine der reichsten Zürcherinnen ist und schon mindestens zwei Liftings hinter sich hat?«

»Genau«, sagte Tina. »Woher weißt du das mit dem Lifting?«

»Liftings. Mehrzahl. Sie hat sich erst Augen und Nase machen lassen, dann noch Haut nach hinten zurren lassen.«

»Was du natürlich wieder sehr faszinierend findest, nicht wahr, Frank? Bin gespannt, wann du an der Reihe bist. Deine doofen Lidstriche waren bestimmt erst der Anfang.«

»Wimpernkranzverdichtung, nicht Lidstriche. Und das habe ich nur machen lassen, weil es umsonst war. Außerdem hat das nichts mit einem Facelifting zu tun.«

»Woher weißt du das mit ihrem Geld? Sie ist eigentlich ziemlich diskret – keine Partys, keine Jachten, nichts.«

»Offenbar nicht diskret genug. In der jährlichen Bilanzliste der 200 reichsten Schweizer stand sie in den Top 20.«

»Das mit meinem Auftritt ist phantastisch, nicht?«, versuchte Tina wieder aufs Thema zu lenken.

»Total super«, pflichtete Frank ihr bei. »Kriegst ihr auch Geld dafür?«

»Selbstverständlich, was meinst denn du? Ich liefere schließlich Qualität. Willst du mal hören?«

»Habe ich denn eine Wahl?«

Tina kramte eine CD hervor und legte sie in den Player.

»Ihr habt schon eine CD?«, fragte Frank ungläubig.

»Nicht direkt. Aber unsere Lieder sind auf eine CD gebrannt worden, das ist sozusagen die Homemade-Version. Das Handling ist viel einfacher als das einer Kassette. Und es sieht irgendwie professioneller aus, findest du nicht?«

»Ja. Auf jeden Fall.« Frank setzte sich auf das schwarze Ledersofa, als Tina *Night* laufen ließ.

Donnerstag, 4. August, 20.08 Uhr. Heinrichstrasse 99, 8005 Zuerich.

Tibor war etwas unruhig. Er hatte vermutet, dass es bald so kommen würde, er hatte aber fest mit Giovanni gerechnet. Er beschloss, auf dem Heimweg nochmals beim Frisör vorbeizuschauen. Es war sehr untypisch für ihn, sich einfach nicht zu melden. Zumal derart Großes bevorstand.

An der Heinrichstraße war alles unverändert, nur dass die Prostituierte auf der Straße sich offenbar umgezogen hatte. Sie lehnte lässig an der Hauswand und rauchte eine Zigarette. Der Frisörsalon war nach wie vor geschlossen, keine Notiz, kein Licht, keine Kunden. Eigentlich nichts Außergewöhnliches. Giovanni schloss den Laden meist um 19.00 Uhr, auch wenn er die Bewilligung hatte, donnerstags bis 21.00 Uhr geöffnet zu haben. Tibor hielt beide Hände an die Scheibe und blickte durch das Glas. So weit er sehen konnte, war alles ganz normal.

»Is' was?«, fragte die rauchende Frau, die ihn bei seinen Späh-Versuchen offenbar beobachtet hatte.

Tibor errötete. Er würde sich nochmals mit dem Kapitel »Selbstsicherheit« in seinen Unterlagen befassen müssen.

»Entschuldigung«, stammelte er, »ich suche meinen Freund, dem der Laden gehört. Er wohnt auch hier.« Tibor musterte die Frau. Aus der Nähe war sie sogar noch hübscher – etwas zu groß für seinen Geschmack, aber auf jeden Fall attraktiv. »Genau genommen wohnt er im Hinterhof, hinter dem Geschäft.«

»Hast du es da schon mal probiert?«, fragte die Dunkle.

»Nein. Noch nicht. Er hört es, wenn vorne jemand klopft. Die Tür dort ist gleichzeitig die Verbindungstür zu seiner Wohnung.« Er zeigte auf die Glasscheibe der Eingangstür.

»Ich heiße übrigens Nougat«, stellte sich Nougat vor.

»Ich bin Tibor.«

»Und du suchst deinen Freund-Freund oder einfach deinen Freund?«, fragte Nougat.

Tibor verstand nicht.

»Bist du schwul?«, fragte Nougat.

»Äh, nein. Sehe ich so aus?«, fragte Tibor.

»Wer sieht denn schon so aus? Wir leben im 21. Jahrhundert, da sieht man niemandem mehr irgendetwas an. Deswegen Freund-Freund. Das klingt doch netter als dein schwuler Freund, nicht?« Sie kicherte. Offenbar fand sie ihr Wortspiel komisch.

»Du bist irgendwie süß, Dickerchen.«

»Ich muss Giovanni finden«, brummte Tibor.

»Na, na. Der wird schon nicht verschwunden sein.«

»Es ist sehr unüblich. Ich meine, wir haben was Wichtiges vor. Er und ich.«

»Also doch schwul, hm.«

»Nein!«

»Komm, wir gehen mal hinten nachsehen. Vielleicht hat er dich einfach nicht gehört.«

Tibor nickte. Sie gingen um den Häuserblock herum in den Hinterhof des alten Gebäudes. Beide kamen nur langsam voran, Tibor wegen seines Gewichts und Nougat wegen ihrer High-Heels. Zudem schien sie Atemprobleme zu haben, anders konnte sich Tibor ihr Gekeuche nicht erklären.

Sie spähten durchs Küchenfenster von Giovannis Wohnung, konnten ihn aber nicht sehen.

»Und du bist wirklich sicher, dass er hier sein müsste?«, vergewisserte sich Nougat erneut.

Tibor nickte. »Absolut.«

Nougat spähte noch einmal durchs Küchenfenster. Sie streckte ihren langen Hals und hatte dadurch etwas Giraffenähnliches.

»Wir rufen besser die Polizei«, sagte Tibor. Er hätte nicht alleine zur Veranstaltung gehen sollen, hätte besser gewartet. Oder den Mentor benachrichtigt.

Ihre Miene verfinsterte sich. »Spinnst du? Die Bullen? Hier? Nie im Leben. Du kennst diese Gegend wohl nicht, wie?«

»Doch. Ich arbeite und wohne hier. Ich bin Koch im *Cinque Cinque.*«

»Ist nicht wahr! Echt? Da habe ich schon öfters gegessen. Leckere Pasta!«

»Danke«, sagte Tibor. »Ich arbeite aber seit einigen Tagen nicht mehr.«

»Warum? Entlassen?«

»Nein. Das ist eine lange Geschichte … «

Ehe Tibor Luft holen konnte, hatte Nougat schon einen Stein durchs Küchenfenster geschmettert. Es gab ein lautes Klirren, gefolgt von einem dumpfen ›Plong‹, als der Stein auf den Küchenboden schlug.

»Das wäre ja gelacht«, murmelte sie, als sie mit ihrem Nylontäschchen die restlichen Splitter im Fensterrahmen entfernte.

»Das hättest du nicht tun sollen«, jammerte Tibor schwach.

»Warum nicht? Wenn ihm etwas passiert ist, ist er uns vielleicht dankbar.« Sie schaute sich nach einem großen Stein oder Ähnlichem um, der ihr den Einstieg erleichtern sollte.

»Was soll's? Du hast alles versucht: Geklopft, geschrien, telefoniert … und keine Reaktion. Das gibt schon Anlass zur Beunruhigung, finde ich. Du hast doch telefoniert, oder?«

Tibor schüttelte verlegen den Kopf. »Nein. Das habe ich vergessen.«

»Macht nichts. Halt das mal bitte so.« Sie stand auf einen alten Wäschetrockner, der im Hinterhof rostete. Eine wacklige Angelegenheit, aber sie meisterte den Aufstieg trotz ihrer Pumps bravourös.

»Wenn ich nicht bald zurück bin, dann rufst du Trisa an, okay?«

»Trisa?«, fragte Tibor, der kurz vor einem Nervenzusammenbruch stand. Zu viel Aufregung in zu kurzer Zeit.

»Trisa! Die blonde Hure!«

»Wie finde ich die?«

»Ach. Vergiss es. Wenn was passiert, holst du die Polizei!«

Sie verschwand.

Nach wenigen Augenblicken erschien Nougats Kopf am Küchenfenster. Tibor war erleichtert. Es wäre wohl nur eine Frage von Minuten gewesen, bis er den anderen Hausbewohnern aufgefallen wäre. Ein dicker Mann alleine im Hinterhof.

»Da ist nichts. Überhaupt nichts.« Sie kletterte durchs Fenster und landete mit einem eleganten Sprung neben Tibor.

»Ich habe alles abgesucht, ich war auch im Frisörsalon. Lediglich eine ziemliche Unordnung. Für einen Frisör. Sämtliche Frotteetücher lagen auf den Boden!«

»Seltsam. Das passt gar nicht zu ihm. Er ist immer sehr ordentlich!«

»Ich hatte nicht unbedingt den Eindruck, ehrlich gesagt. Außerdem lagen in der Küche überall so kleine Plastik-Dinger.«

Sie schlenderten durch den Hinterhof über die Straße bis vors Geschäft. Trisa rannte auf Nougat zu.

»Spinnst du? Ich habe mir schon Sorgen gemacht. Du kannst nicht einfach so abhauen!«

»Wir waren nur ein paar Minuten weg, tut mir Leid!« Nougat hielt schuldbewusst den Kopf gesenkt.

»Hallo«, grüßte Trisa Tibor und musterte ihn. »Wir haben uns auch schon gesehen, nicht?«

Tibor strahlte. »Ja.« Mehr konnte er nicht sagen, Trisa verwirrte ihn. Die Prostituierte drehte sich um. »Ich gehe wieder nach oben. Und dass ihr mir nicht noch mal so eine Aktion macht, verstanden!«

»Und was jetzt?«, fragte Nougat und checkte ihr Make-up in einem Taschenspiegel.

»Keine Ahnung.« Tibor guckte fasziniert, wie sich Nougat die Lippen nachzog.

»Ich würde an deiner Stelle doch mal anrufen. Hast du die Nummer?«

»Ja, äh, also nicht hier.«

»Aber du weißt, wie der Typ heißt?«

»Ja klar.«

»Hier.« Nougat streckte Tibor ein kleines, silbernes Handy entgegen. »Ruf die Auskunft an, die können dich auch gleich weiterverbinden.«

»Aber du hast doch niemanden gesehen, oder?«

»Nein.«

»Warum soll ich dann anrufen?«

»Weil er ja vielleicht einen Anrufbeantworter hat, und darauf eine Mitteilung ist, dass er in Nairobi ist.«

»Nairobi?«

»Dickerchen. Du bist ziemlich begriffsstutzig. Vielleicht ist er ja verreist, irgendwohin. Ruf jetzt an. Ich muss nämlich nach oben, den Verband wechseln!«

»Verband?«

»Das ist eine lange Geschichte. Und ich habe keine Lust, sie dir zu erzählen.«

Tibor wählte die Nummer der Auskunft und ließ sich verbinden. Sie hörten leise das Klingeln des Telefons durch das zerbrochene Küchenfenster, aber weder schaltete sich ein Anrufbeantworter ein noch hob jemand ab.

Donnerstag, 4. August, 23.48 Uhr. Seefeldstrasse, 8008 Zuerich.

Es war eine gute Idee gewesen, in dieses Quartier zu kommen. Die Straßen hier waren um diese Uhrzeit menschenleer. Beinahe. Einige wenige Frauen standen vor ihren teuren Autos, die meisten blond.

Offenbar stimmte es, was in der Zeitung stand, der Autostrich schien wieder in Schwung zu kommen. Sie steuerte auf die erste Frau zu. Diese verzog ärgerlich das Gesicht. Eine Frau, das bedeutete Konkurrenz.

»Was willst du?«, fragte sie ärgerlich. Mehr konnte sie nicht sagen, noch ehe sie schreien konnte, hatte sie die Klinge in der Brust. Der Stoß war brennend. Sie taumelte einen Schritt zurück und stützte sich auf ihren roten Audi TT. Die Hure konnte ihr eigenes Blut vom Messer tropfen sehen. Dann spürte sie Blut zwischen den Beinen. Meine Tage, dachte sie, wie damals beim ersten Mal. Dann brach sie zusammen. Kraftlos. Ohne Schmerzen.

Freitag, 5. August, 8.43 Uhr. Kernstrasse 35, 8004 Zuerich.

»Das würde ich nicht tun. Ich meine, irgendwann haben wir das auch gesehen mit der Langstraße und den Frauen. Jimmy würde außerdem auch mal die schönen Seiten der Stadt sehen, den See, die Bahnhofstraße, die Parkanlagen.« Sie grinste und fügte hinzu: »Und die nicht bei Nacht. Ich komme mir schon vor wie eine von denen.« Das stimmt, dachte Frank. Sie hatte sich jetzt auch ihre Fingernägel rot lackiert.

»Das hat jetzt gar nichts mit Trisa und Co. zu tun. Ich will einfach wissen, warum er mich angelogen hat.« Frank hielt einen Moment inne. »Boxen, der Inbegriff der Männlichkeit.«

Tina griff sich an den Kopf. »Du spinnst. Wenn jemand jemanden verprügelt, ist das rohe Gewalt. Ich will nicht, dass mein Baby so aufwächst! Du hältst dich da raus und basta!«

»Nein. Ich gehe jetzt nochmal hin und schaue, ob der Typ noch immer bewusstlos am Boden liegt. Außerdem haben wir nichts mehr zu trinken, da kann ich gleich noch bei Pick Pay was holen.«

Das schien Tina umzustimmen.

»Tu, was du nicht lassen kannst. Nimmst du den Kleinen mit?«

Als Frank mit Jimmy in die Heinrichstraße einbog, stand Nougat nicht vor dem Haus. Sie war wahrscheinlich noch nicht mal wach, dachte Frank und war ganz froh, dass er nicht mit den Frauen reden musste. Das konnte manchmal ziemlich anstrengend sein. Und jetzt, wo Jasmin tot war, fehlte das ›erfrischende‹ Element in den Konversationen. Er guckte durch die Glastür des Frisörs und sah niemanden mehr am Boden liegen. Offenbar hatte der Mann also nicht auf dem Boden übernachten müssen. Er drückte den Türknauf und stellte fest, dass abgeschlossen war. Der Frisör war also nicht schwer verletzt und schon gar nicht tot. Gut. Dann war sein vielleicht zukünftiger Freund lediglich ein Lügner, aber kein Mörder. Er würde ihn auf die Sache ansprechen. Zu gegebener Zeit. Auf dem Nachhauseweg beschloss Frank, Eddi zu besuchen. Der Schuss konnte nach hinten losgehen, aber das würde er riskieren. Es gab drei Möglichkeiten. 1. Er würde nicht zu Hause sein. 2. Er würde keine Zeit haben. Das war in Ordnung, wenn auch etwas seltsam. Er war schließlich in Frank verliebt und hatte Ferien. 3. Er würde ihm freudig die Tür öffnen und sie würden supergeilen Sex haben. Sie würden die Zeit vergessen, irgendwann Pizza bestellen, eine Sommerpause-Wiederholung von *Frank live* anschauen, dann Arm in Arm ein Nachmittagsschläfchen abhalten. Diese Variante gefiel ihm natürlich am besten. Selbstverständlich würde er erst noch Tina benachrichtigen müssen. Sie war schließlich dauernd in Sorge. Was ihm – zugegebenermaßen – gefiel. Frank stieg in den Bus, den Hund auf dem Arm. Weniger aus Ängstlichkeit um den kleinen Knäuel als vielmehr aus Sparsamkeit. Wenn ein Hund auf dem Arm getragen werden konnte, brauchte man keinen Fahrschein zu lösen. Die Fahrt dauerte eine gut halbe Stunde, wie erwartet, wurde er von mehreren älteren Frauen angesprochen, die ihn gleich erkannten. Er hätte doch Taxi fahren sollen.

Freitag, 5. August, 11.45 Uhr.
Oleanderstrasse 12, 8050 Zuerich.

Er klingelte bei Eddi und trat einen Schritt zurück. Jimmy schnüffelte neugierig an der alten Fassade des Wohnblocks. Die Gegend war trostlos, in der Nähe der Bahngleise. Keine Chance, dass Frank jemals hierher ziehen würde. Schon der Name ›Zürich-Oerlikon‹ hörte sich wenig glamourös an. Frank klingelte ein zweites Mal. Diesmal energischer. Das Küchenfenster im ersten Stock wurde geöffnet, Eddis Kopf kam zum Vorschein.

»Was gibt's?«, rief er ärgerlich. Als er Frank erkannte sanfter: »Ach, du bist's. Um Himmelswillen, was treibt dich denn in die Vorstadt?«

»Du! Du hast mir gefehlt!«

»Ich komme, einen Moment!« Eddi schloss das Küchenfenster. Der Moment dauerte ziemlich lange. Als er endlich die Tür öffnete, hatte Eddi feine Schweißperlen auf der Stirn. »Scheiße. Dich habe ich nicht erwartet, ich hätte dich gegen Mittag angerufen. Ich kann dich nicht reinlassen!« Frank begriff nichts, Eddi versuchte, die Situation zu entschärfen, indem er Frank einen flüchtigen Kuss auf den Mund gab.

»Warum kannst du mich nicht reinlassen?«

»Ich bin nicht alleine.«

»Ah.« Frank fühlte, wie sich sein Magen verklumpte. Das hätte er nicht gedacht. Nicht von Eddi. Warum musste er mit seinen Typen immer in die Scheiße greifen?

»Es ist nicht das, was du jetzt denkst. Nun schau doch nicht so!«

»Wie sollte ich denn deiner Meinung nach schauen, wenn mir gerade die Liebe meines Lebens ins Gesicht sagt, dass ein anderer Typ auf seinem Bett liegt und mit ihm vögelt?« Es klang härter, als Frank beabsichtigt hatte.

Eddi fasste ihn am Arm und seufzte. »Na gut, komm rein. Ich glaube, wir müssen reden. Aber sei bitte leise.« Er lächelte gequält, als er Frank die Tür öffnete. Die Küchentür war verschlossen, Eddi lotste Frank direkt ins Wohnzimmer, stellte die Musik etwas lauter und ließ sich auf sein Bett plumpsen.

Frank setzte sich aufs Bett und begann, Eddi durchs Haar zu fahren. »Was ist denn los?«

»Ich habe meinen Exfreund sozusagen gekidnappt.« Frank schaute ihn lange an. »Der ist dein Exfreund?«

Eddi war irritiert. »Wen meinst du mit ›der‹?«

»Ich habe gesehen, wie du gestern den Frisör niedergeschlagen hast.«

Eddi richtete sich auf. »Das hast du gesehen?«

»Tina und ich waren auf einem Spaziergang mit Jimmy, da sind wir zufällig bei diesem Frisör vorbeigekommen, haben durchs Fenster gesehen und voilà.« Das war zwar nur die halbe Wahrheit. Frank verzichtete darauf, ihm unter die Nase zu binden, dass er eben von einem Kontrollgang an der Heinrichstraße zurückkam. Und die Messermördergeschichte war im Moment ganz und gar unwichtig.

»Und warum dürfen wir nicht in die Küche?«, fragte Frank amüsiert.

»Weil ich ihn dort gefangen halte.«

»In der Küche?«

»In der Küche.«

Frank hätte zu gerne den Frisör in Eddis Küche gesehen. »Wie hast du das gemacht?«

»Ich habe ihm eine reingehauen, gewartet bis er kapierte, was los war, und ihm dann Rohypnol verpasst.«

»Rohypnol? Das nehmen doch die Junkies, wenn sie nichts anderes haben. Nicht gerade ein leichtes Beruhigungsmittel, oder?«

»Genau. Aber es war das Einzige, was ich an der Langstraße auf die Schnelle bei einem Dealer auftreiben konnte. Und die Pillen sind noch nicht mal teuer. Es hat auf jeden Fall sofort gewirkt, er ist brav in ein Taxi gestiegen. Der Fahrer hatte wohl das Gefühl, dass er zu viel getrunken hatte. Auf jeden Fall schöpfte niemand Verdacht. Dann habe ich ihn in die Küche gelotst, ihn auf den Stuhl gefesselt und warte jetzt, dass die Wirkung der Droge nachlässt. Dann wird er zu schreien beginnen, und ich muss ihm das Maul stopfen.« Eddi zeigte auf Putzlappen und Seil. »Aber ich bin vorbereitet.«

»Und dann?«

»Dann hört mein Plan auf.«

»Äh, Eddi?«

»Hm?«

»Warum hast du das gemacht?«

»Tja. Das ist auch nicht ganz einfach zu erklären. Und wer weiß, vielleicht habe ich auch falsch gehandelt. Aber sicher ist sicher.«

»Mach's kurz. Vielleicht finden wir gemeinsam eine Lösung.«

Eddi schaute Frank zweifelnd an, holte Luft und begann zu erzählen.

»Es ist wohl einfacher, wenn du das hier zuerst liest. Sozusagen als ›Intro‹. Eddi drückte Frank ein kleines, rotes Büchlein mit dem Titel »Die bessere Nachricht« in die Hand. Frank kuschelte sich bei ihm ein.

»Eine Bibel?«

»Fast. Schlag mal hier nach.« Eddi nahm Frank das Buch aus der Hand und blätterte einen Moment. »Hier!«

Frank begann zu lesen und wurde erst von einem markerschütternden Schrei gestört, dann von monotonen Bibelzitaten verwirrt.

›Der lebendige Herr spricht: Du brauchst keinen Tod zu fürchten. Ich habe überwunden, ich weiß deine Werke, deine Trübsal, deine Armut. In Wirklichkeit aber bist du reich. Deine Armut und die Lästerung von denen, die da sagen, sie seien Juden und sind es nicht, sondern des Satans Synagoge, fechten dich nicht an.‹

»Einen Moment«, sagte Eddi und erhob sich. Er öffnete die Küchentür, Frank konnte nur ein kurzes, verhaltenes Gemurmel hören. Er las weiter.

»Aber der Herr sagt: ›Was du leiden wirst. Siehe der Teufel wird einige von euch ins Gefängnis werfen, auf dass ihr versucht werdet und Drangsal habt 10 Tage.‹«

Dann gab es ein schmetterndes Geräusch, gefolgt von einem Röcheln. »Alles in Ordnung«, rief Eddi aus der Küche.

»Was war denn das?«

Eddi setzte sich wieder neben Frank aufs Bett.

»Die schnellste Methode, um ihn wieder ruhig zustellen. Ich finde Knebeln irgendwie unmenschlich.«

»Aha. Und dass du ihm eine reinhaust, findest du human?«

»Etwaaaas, ja. Und ich habe ihm keine reingehauen.«

»Sondern?«

»Das war die Teflon-Bratpfanne.«

»Auch gut. Du bist dir aber bewusst, dass du das nicht beliebig oft wiederholen kannst, oder?«

»Ja. Dafür habe ich dann noch mehr Rohypnol.«

»Spinner! Aber genau deswegen liebe ich dich wohl. Ich könnte Tina anrufen, was meinst du? Sie könnte mit dem Auto kommen, dann könnten wir ihn im Kofferraum einsperren.«

»Naja«, sagte Eddi, »das finde ich ebenfalls unmenschlich. Immerhin war er mein Freund.«

»Jetzt ist er aber gemeingefährlich.«

Eddi nickte. »Genau.«

»Und ich weiß noch immer nicht, weshalb.«

»Lies!«

Frank gehorchte.

Freitag, 5. August, 12.02 Uhr. Heinrichstrasse 99, 8005 Zuerich.

»Sollten wir nicht doch deinen Bruder fragen?« Trisa war nervös und überfordert.

»Nein. Es gibt keinen Grund, weshalb wir das tun sollten«, meinte Tina. Wir können das genauso gut. Und es ist irgendwie auch Frauensache, findest du nicht? Ich meine, du bist es Jasmin schuldig und ich ihm.« Sie deutete auf ihren Bauch. »Oder ihr.«

»Warum auch nicht«, seufzte Trisa. »Was habe ich schon zu verlieren? Irgendwann wird die Polizei Nougat entdecken und dann bin ich meinen Job eh los. Also los.«

Tina klatschte in die Hände. »Fein. Du wirst es bestimmt nicht bereuen. Und wenn ich Frank erreiche, dann weihen wir ihn selbstverständlich ein. Wir brauchen ihn sowieso für das große Finale.«

»Wenn es denn ein Finale gibt. Ich halte deine Theorie für reichlich … äh … gewagt«, sagte Trisa und begann die Gläser von dem kleinen Beistelltisch in der Küche abzuräumen.

»Es muss so sein. Glaube mir. Eigentlich hätten wir schon viel eher darauf kommen müssen. Aber die Messermorde haben uns abgelenkt.«

»Ich werde noch schnell was anderes anziehen!« Trisa zog sich die Netzstrümpfe aus und weiße Socken an. Das Make-up wischte sie mit einem Lappen ab. Innerhalb von Minuten wurde aus dem blonden Vamp eine unscheinbare Frau. So wie sie auf den Straßen von Zürich zu Hunderten anzutreffen waren.

»Ich sage Nougat Bescheid.«

»Mach das. Und sag ihr, dass sie unter keinen Umständen die Tür öffnen soll. Videoüberwachung hin oder her. Es nutzt nämlich nichts, wenn sie tot im Bett liegt, und wir irgendeine Tussi auf dem Band haben!«

»Klar«, nickte Trisa. Nougat lag einigermaßen erschöpft auf dem Bett des grünen Salons und versuchte zu dösen. Sie fragte nicht, wohin die beiden gingen. Trisa wies sie an, sich auf jeden Fall für den Abend bereit zu halten.

»Das Taxi ist da«, drängelte Tina, als sie das Auto hupen hörte.

»Ich bin so weit«, sagte Trisa und stopfte sich ein Pfefferminzbonbon in den Mund.

Auf dem Weg ins Spital hingen die Frauen ihren Gedanken nach und sprachen kein Wort.

Freitag, 5. August, 12.34 Uhr. Universitaetsspital, Raemistrasse 100, 8091 Zuerich.

Im Spital mischte sich Tina unter die wartenden Angehörigen der Patienten. Sie versuchte, sich so unauffällig wie möglich zu verhalten, was ihr offenbar gelang. Niemand schien sie zu beachten, obwohl sie so nervös war, dass es ihr unmöglich war, still auf den Plastikstühlen zu sitzen. Nach einigen Minuten kam Trisa zurück.

»Du hast vermutlich Recht«, sagte Trisa. »Aber ich bin mir nicht ganz sicher. Sie haben deine Akte sozusagen verschlüsselt. Ich konnte nur sehen, dass du ziemlich starke Antibiotika gekriegt hast wegen eines Verdachts von Doktor Morler. Was das genau bedeutet, weiß ich nicht.«

»Kennst du ihn?«

»Nein. Ich habe nur schon von ihm gehört.«

»Dann bleiben wir bei unserem Plan?«

»Bleibt uns wohl nichts anderes übrig. Hast du das Pfefferminzöl und die Tabletten?«

»Das hast du in deiner Tasche.«

»Ah ja, stimmt. Halt mal.« Trisa gab Tina die schwarze Tasche, während sie darin wühlte und eine kleines Fläschchen zu Tage förderte. Die Tropfen brannten höllisch in Tinas Augen. Aber das hatte sie gewusst, und schließlich war es nur für ein paar Minuten. Sie öffnete die

Pillendose. Die Tabletten waren klein und konnten ohne Wasser geschluckt werden.

»Und du bist absolut sicher, dass das meinem Baby nichts ausmacht? Wo doch sogar schon Aspirin gefährlich ist.«

»Ziemlich.«

»Was heißt ziemlich?«

»Es sind Schilddrüsenhormone, Tina. Die greifen schon in deinen Hormonhaushalt ein. Aber der Körper beruhigt sich ziemlich schnell. Und du nimmst nur eine Tablette.«

»Ich weiß nicht. Kann ich nicht einfach ohne Tabletten eine Show abziehen? Die tränenden Augen sollten doch reichen.«

»Du brauchst einen schnellen Puls und eine leicht erhöhte Temperatur. Das werden sie als erstes Symptom checken. Da wirkt L-Thyroxin Wunder.«

Tina zögerte. Der ganze Plan schien ihr plötzlich unverhältnismäßig aufwendig und riskant. Vielleicht hätte es auch gereicht, einfach anzurufen.

»Außerdem verbrennst du eine Menge Kalorien mit Eltroxin. Dein Körper arbeitet auf Hochtouren. Das ist vergleichbar mit fünf Stunden Aerobic!«

Das schien Tina zu überzeugen. Sie nahm eine Tablette, die Wirkung würde in spätestens zehn Minuten einsetzten.

»Los geht's«, zischte Trisa und schleppte Tina mit tränenden Augen zur Notaufnahme.

Der Auftritt der beiden Frauen war filmreif, und als Tina mit hysterischer Stimme den diensthabenden Notfallarzt die Antibiotika (die sie von der Gesundheitsbehörde nach Jasmins Tod bekommen hatte) unter die Nase hielt, war für ihn der Fall klar. Diese Dinger hatten bei der armen Frau eine Unverträglichkeitsreaktion ausgelöst. Es war höchste Eile geboten. Bei der Frage nach ihrem Hausarzt nuschelte Tina dermaßen, dass er kein Wort verstand. Dann wurde sie bewusstlos. Trisa gab sich als Freundin aus.

»Sie war erst neulich in diesem Spital.«

»Warum haben Sie das denn nicht gleich gesagt?«, giftete die Schwester.

»Sie haben mich nicht danach gefragt!«

»Wie ist der Name der Frau?«

»Tina Schornik. Sagte ich eben schon!« Sie folgte der Schwester zum Computer. Wie erwartet runzelte sie bei Tinas Eintrag die Stirn. »Morler …« Sie griff zum Telefon, um ihre Vorgesetzte zu informieren.

»Sie können gehen, danke«, sagte die Schwester.

Trisa nickte. »Ich warte in der Cafeteria.«

»Ja, tun Sie das«, sagte die Schwester geistesabwesend.

Trisa machte sich davon und sperrte sich im Klo, in der Nähe von Tinas Zimmer ein. Sie wollte wissen, wer Morler war. Und ob sich Tinas Verdacht tatsächlich bestätigen würde. Es dauerte nicht lange, bis sie Schritte und aufgeregtes Stimmengemurmel hörte. Sie brachten Tina in ein Einzelzimmer. Trisa öffnete die Klotür und spähte vorsichtig in den Flur. Die burschikose Schwester, gefolgt von einem Pfleger und einem älteren Mann in Zivil, ging über den Gang. Jetzt war Tina gefragt, sie hoffte, dass sie ihre Rolle einigermaßen realistisch spielen würde. Die Schilddrüsenhormone würden nicht mehr allzu lange wirken.

»Ist sie das?«, hörte Trisa Morler fragen. Offenbar spielte Tina immer noch die Bewusstlose. Als die Luft rein war, verließ Trisa ihr Versteck und ging ins Nebenzimmer. Es war frei, und so konnte Trisa ohne Probleme die Verbindungstür zu dem Zimmer öffnen, in dem Tina lag. Sie hielt die Luft an und hoffte, die Tür würde nicht knarren oder quietschen. Aber alles klappte problemlos. Sie konnte das graue Haar von Morler sehen.

»Ja. Ihr Puls ist enorm hoch, sie schwitzt, hat erhöhte Temperatur und tränende Augen. Wir haben noch nichts unternommen, da in ihrem File steht, dass sie bereits therapiert haben.«

Trisa war es rätselhaft, wie selbst die resolutesten Krankenschwestern zu Lämmern wurden, wenn ein Arzt auftauchte.

Der Arzt murmelte für Trisa Unverständliches. Offenbar aber genau das, was Tina hören wollte. Sie wachte aus ihrer Bewusstlosigkeit auf.

»Was gibt's?«, nuschelte sie. Trisa war sich nicht sicher, ob Tina tatsächlich einen Moment weggetreten gewesen war. Es klang auf jeden Fall verdammt überzeugend.

»Sie waren bewusstlos, da Sie unsere Antibiotika vermutlich nicht vertragen«, sagte Morler. »Seltsam allerdings, dass Sie erst jetzt darauf reagieren!« Trisa biss sich im Nebenzimmer auf die Lippe. Das war einer der Schwachpunkte des Plans.

»Wir werden Sie hier behalten und genauer untersuchen«, sagte Morler.

»Quatsch. Das hat nichts mit diesem Antibiotika-Zeugs zu tun.« Tina richtete sich im Bett etwas auf. »Wenn ich sie kriege, bringe ich sie um!«

Trisa kicherte. Es funktionierte perfekt. Tina war die geborene Schauspielerin. Sie öffnete die Verbindungstür noch etwas mehr.

»Was soll das heißen?«, fragte die Krankenschwester.

»Ich habe Eltroxin geschmissen, Herzchen. Das macht schlank. Und zwar schnell und ohne Sport!«

»Schilddrüsenhormone?«, fragte die Schwester. Ihre Stimme klang verärgert.

Das war neu. Ausgemacht war, dass Tina von Appetitzüglern sprach. Aber diese Version war genau genommen sogar besser, falls sie tatsächlich untersucht werden würde, dann würden sie schneller auf die Ursache kommen und sie würde entlassen werden.

»Das würde Ihnen auch nicht schaden, wenn ich das mal so sagen darf.« Die Schwester guckte empört, sagte aber nichts. Auch das war wohl auf den attraktiven Grauhaarigen zurückzuführen.

»Ich habe nur nicht gedacht, dass ich deswegen gleich einen Zusammenbruch kriege«, fuhr Tina fort.

»Dann haben Sie also Eltroxin nur genommen um … abzunehmen?« Morler konnte nicht glauben, dass jemand einen derartigen Eingriff in seinen Hormonhaushalt vornahm, nur um ein paar Pfunde zu verlieren.

»Sie haben es erfasst, Doktor. So, und nun lassen Sie mich gehen.«

»Nicht so schnell, meine Liebe. Immerhin ist dieses Hormon verschreibungspflichtig, ich will wissen, woher Sie es haben«, sagte die Krankenschwester forsch.

»Na, von meiner Freundin!«

»Und wie heißt ihre Freundin?«

»Trisha Westwood.«

»Das ist diese Blondine?«

»Genau.«

Trisa verkniff sich ein Lachen. Tina zog eine Nummer ab, wie sie ›Emergency Room‹ alle Ehre gemacht hätte. Alles etwas zu dramatisch, aber gut. Trisha Westwood.

Morler guckte auf die Armbanduhr. »Ich werde dann wohl nicht mehr gebraucht.« Es war mehr eine Feststellung als eine Frage.

»Danke, nein. Entschuldigen Sie bitte, dass wir Ihre kostbare Zeit beansprucht haben«, sagte die Schwester.

»Schon gut.« Morler schmunzelte. »Wir bleiben dann in Kontakt, nicht wahr, Frau Schornik?«

»Ich wüsste eigentlich nicht, wieso.«

»Trotzdem werde ich Sie morgen anrufen.« Er verabschiedete sich. Tina war mit der Schwester alleine. Sie stand einen Moment lang unschlüssig vor dem Bett. Dann machte sie sich davon. »Ich gehe jetzt ihre Freundin holen, aber Sie bleiben mindestens noch drei Stunden hier, verstanden?.«

»Klar«, sagte Tina. Als sie die wuchtige Tür des Zimmers hinter sich geschlossen hatte, traute sich Trisa aus ihrem Versteck.

»Psst«, machte sie, da sie nicht sicher war, ob sich noch jemand im Raum aufhielt, den sie übersehen hatte.

»Alles in Ordnung«, sagte Tina und begann sich anzuziehen.

Die Flucht aus dem Spital verlief ebenfalls nach Plan, sie wurden nicht gesehen. Trisa winkte ein Taxi heran. Als sie in Sicherheit waren, lachten die beiden Frauen erst mal erleichtert.

»Du warst absolut großartig!«

»Danke. Ich fand es total witzig. Du hättest die Blicke der Schwester sehen sollen, als ich das mit dem Abnehmen gesagt habe. Zum Schreien!«

»Und, hast du erfahren, was du wolltest? Ich konnte vom Nebenzimmer aus nicht alles verstehen.«

»Du warst nebenan?«

»Ja. Ich konnte dich schließlich nicht alleine lassen – es hätte auch was schief gehen können.«

Tina nickte und überlegte einen Moment. »Jetzt kommt der nicht ganz so komische Teil der Geschichte. Es geht wohl um Milzbrand.«

»Milzbrand?« Trisa war schockiert.

»Milzbrand.«

»Oh. Scheiße. Mist.«

»Weißt du, was Milzbrand ist?«, fragte Tina.

»Klar. Verdammt. Daran starb Jasmin also. Ihr Immunsystem war ziemlich im Eimer, da konnten die Bakterien natürlich ruck zuck loslegen. Deswegen auch die Antibiotika.«

»Soviel ich weiß, wurde Milzbrand doch von den Japanern gegen die Chinesen eingesetzt, als erste biologische Waffe sozusagen, oder nicht?«

Trisa nickte. »Das weiß ich nicht so genau. Aber ich habe während meiner Ausbildung gelernt, dass Milzbrand ein absolut tödliches und unheimlich fieses Bakterium ist. Bei sofortiger Diagnose kann es mit Antibiotika in Höchstdosen besiegt werden. Aber eigentlich kommt Anthrax, so der lateinische Name, in Europa nicht mehr vor.«

»Ich versuche, Frank zu erreichen.« Tina wählte erst die Nummer von zuhause, dann die von Franks Handy. Beides ohne Erfolg. »Ich denke, er hat sein Telefon irgendwo liegen lassen. Er geht sonst immer ran.«

»Versuch es später nochmal. Meine Güte. Wenn wir krank werden, dann gute Nacht! Milzbrand gibt gruslige Eiterbeulen, die Lunge füllt sich mit Wasser, bis sie platzt. Gott sei Dank musste das Jasmin nicht erleben. Das ist das erste Mal, dass ich froh bin, dass sie HIV-positiv war.«

»Ich glaube kaum, dass sie die Erste war, die sich damit infiziert hat«, sagte Tina nachdenklich.

Trisa schabte ein Nagelhäutchen zurück. »Was meinst du damit?«

»Die ganze Geschichte ist seltsam. Woher soll sich Jasmin dieses Bakterium geholt haben? Sie verließ das Haus so gut wie nie. Und trotzdem war sie die Erste. Und – last but not least – wenn es tatsächlich Milzbrand ist, und das habe ich zweifelsfrei gehört, als Mr. Grauhaar und Mrs. Neunmalklug miteinander gesprochen haben, warum ist man dann nicht informiert worden? Da ist was faul. Und zwar ziemlich!«

Trisa pflichtete ihr bei. »Und jetzt, wo die Sommergrippe noch immer wütet und bei vielen das Immunsysteme geschwächt hat, wäre es wichtig, die Bevölkerung über Milzbrand aufzuklären. Wir leben immerhin in der Schweiz! Hier sollte doch alles transparent sein.«

Tina stutzte. »Mensch, Trisa. Das ist es! Wir können jetzt nicht zurück zu dir. Wir müssen dringend was erledigen.«

Noch ehe Trisa etwas sagen konnte, gab Tina dem Taxifahrer die Anweisung, nach Zürich-Oerlikon zu fahren.

**Freitag, 5. August, 14.34 Uhr.
Oleanderstrasse 12, 8050 Zuerich.**

Frank konnte die Geschichte kaum glauben. »Und du bist dir ganz sicher?« Eddi nickte. »Ich weiß, es klingt ziemlich unglaubwürdig. Aber es ist die Wahrheit. Und ich hätte vorher reagieren müssen. Deswegen habe ich dir auch nicht sofort gesagt, dass ich noch in einer Quasi-Beziehung stecke.«

Frank nickte. »Du hast mir mit dem Satz ›Ich habe einen Freund‹ beinahe das Herz gebrochen.«

»Was machen wir jetzt?«, fragte Eddi und legte sich wieder aufs Bett. Frank legte sich zu ihm hin. Gemeinsam starrten sie die Decke an.

»Ich bin ratlos«, sagte Frank. »Ich ruf Tina an und bestelle sie hierher. Sie ist in solchen Dingen kreativer.«

»Was für Dinge?«

»Irre, die mit einer Teflonpfanne niedergeschlagen werden und unter Drogen in der Küche einer Einzimmerwohnung hocken, sind genau ihre Kragenweite.« Der Witz entlockte Eddi nur ein müdes Lächeln. »Dann versuch sie zu erreichen. Aber denke bitte daran, dass die Zeit verdammt knapp ist.«

»Klar.« Frank suchte nach seinem Handy. »Verdammt. Hast du mein Handy gesehen?«

Eddi schüttelte den Kopf. »Nö, keine Ahnung.«

»Mist. Dann habe ich es wohl bei Trisa liegen lassen.«

»Kein Problem. Benutz einfach meinen Apparat.«

»Das geht nicht, Eddi. Ich habe die Telefonnummer von Tina in meinem Handy gespeichert, ich weiß sie nicht auswendig.«

»Und sie steht natürlich nicht im öffentlichen Telefonbuch, oder?«

»Nö. Natürlich nicht.«

Eddi und Frank starrten wieder an die Decke.

»Ich habe eine Idee«, sagte Frank.

»Ja?«

»Hast du einen *Tages-Anzeiger*?«

»Weshalb? Willst du jetzt Zeitung lesen?«

»Nein. Aber Trisa inseriert immer auf der Erotik-Seite. Dann habe ich ihre Nummer, sie sucht mein Handy und gibt mir die Nummer meiner Schwester.«

»Hm, umständlich, aber nicht unpfiffig.« Eddi holte die Zeitung und suchte die Seite mit den Sex-Anzeigen. »Voilà.«

»Hier. Das ist es. ›Kleiner Salon mit top-eingerichtetem Spezialzimmer im Herzen von Zürich. Nur schweizer Girls. Sauber und diskret. Heinrichstraße 99‹.«

Freitag, 5. August, 15.37 Uhr. Fernsehstrasse 1-4, 8052 Zuerich-Oerlikon.

Der Programmdirektor lachte nicht, er wieherte, als Tina ihre Bitte äußerte. »Das ist stark, meine Liebe. Du platzt hier einfach rein, ohne Anmeldung, ohne konkretes Konzept, und das mitten in der Sommerpause!

Tina guckte auf seine Schuhe. »Tut mir Leid, wenn …«

»Sendezeit reservieren?«

»Sie brauchen es nicht zu wiederholen. Ich habe schon verstanden.«

»Sendezeit reserviert man nicht so einfach wie ein Zimmer im Swissôtel.«

»Klar, schon kapiert.«

»Sendezeit gestaltet man. Und wir müssen doch wissen, wie die Gestaltung aussieht. Stimmt's?«

»Stimmt.« Tina stand auf.

Der Nachrichtenchef guckte ihr auf den Busen. »Stopp!«, sagte er.

»Ja?«

»Wenn ihr schon eine Geschichte habt, du und dein Bruder, dann müsst ihr mir das jetzt erzählen. Ihr habt als Journalisten eine Verpflichtung dem Sender gegenüber.«

»Also ich bin keine Journalistin«, sagte Tina. »Ich bin nicht von ihnen angestellt worden, sondern von der Produktionsfirma *Fools'n'-Bananas.*«

»Wir haben Profis für die Nachrichten. Eine Redaktion, die wir gut bezahlen. Dein Bruder kann später den Talk zu dieser Geschichte machen. Falls überhaupt genug Fleisch am Knochen dran ist. Was ich stark bezweifle. Wann passiert hier in der Schweiz jemals etwas, was über einen Bankenskandal hinausgeht?«

Tina ging zur Tür hinaus. Soviel zu Plan A. Sie hoffte, dass der Schwede, Franks Chef, nichts von mitkriegen würde.

Plan B würde sowieso viel mehr Spaß machen.

Trisa wartete im Taxi. Sie sah müde aus und bestand darauf, direkt in die Heinrichstraße zu fahren.

»Nougat macht sich bestimmt schon Sorgen um uns.«

Tina nickte. »Ich komme noch schnell mit.«

»Super. Ich habe noch kühlen Champagner.«

Tina guckte auf die Uhr. »Ich habe aber nicht mehr allzu lange Zeit, schließlich werde ich heute meinen ersten Auftritt haben, und ich bin etwas nervös!«

»Was auch absolut verständlich ist!« Trisa guckte Tina an. »Hättest du was dagegen, wenn ich heute Abend zu deiner Unterstützung im Publikum sitzen würde? Ich denke, ich bin ganz gut im Applaudieren.«

»Natürlich nicht! Ich wäre wahnsinnig froh, wenn du kämst«, sagte Tina erfreut.

Freitag, 5. August, 16.20 Uhr. Heinrichstrasse 99, 8005 Zuerich.

»Trisa?«

»Meine Güte, Frank?«

»Ja. Du musst ...« Er hörte, wie ihr der Hörer aus der Hand genommen wurde.

»Du musst sofort vorbeikommen! Es ist Unglaubliches passiert!« Diese Stimme gehörte Tina, zweifelsohne.

»Das wäre eigentlich mein Text. Wir haben einen gefesselten Mann in der Küche. Was hast du zu bieten?«

»Nun, einen Vertuschungsskandal.«

»Klingt nicht so gut wie mein Kidnapping, oder?«

»Statt zu diskutieren, sollten wir besser einen Plan machen.«

»Du und deine Pläne.«

»Ähm, ich will mich nicht einmischen, aber es wäre wohl besser, das Streiten auf später zu verlegen, oder?«

»Wer war das?«, fragte Tina.

»Eddi. Und er hat Recht. Kommt vorbei!«

»Okay. Wir düsen sofort los. Drück uns die Daumen, dass wir ein Taxi kriegen. Wie ist die genaue Adresse?«

»Oleanderstraße 12.«

»Wir sind unterwegs. In zehn Minuten sind wir bei euch.«

Nach weniger als acht Minuten klingelte Tina, begleitet von Jimmy, Trisa und Nougat, bei Eddi. Das Wohnzimmer erreichte damit seine maximale Auslastung.

»Wo ist der Typ?«, fragte Tina.

»Ruhiggestellt«, antworteten Eddi und Frank im Chor.

»Dürfen wir mal sehen?«, fragte Trisa.

Eddi willigte ein. »Aber seid vorsichtig. Der Typ ist total irre und ich habe keinen blassen Dunst, wie lange es dauert, bis er wieder zu sich kommt.« Er öffnete vorsichtig die Küchentür.

»Mein Gott!« Nougat hielt sich die Hände vor den Mund. »Das ist doch der Frisör!«

»Logo.« Trisa machte einen Schritt auf ihn zu. »Der heißt Giovanni oder so. Hat mir einmal meine Haare gefärbt. Waren danach total ruiniert!«

»Aha. Und du hast ihn im Frisörsalon k.o. geschlagen, Eddi?«

»Ja. Ich weiß, dass du und Frank mich dabei beobachtet habt.«

»Ach du grüne Neune!« Nougat verdrehte die Augen.

Trisa guckte ihre Arbeitskollegin fragend an.

»Den haben wir heute gesucht. Ich bin sogar eingebrochen. Sozusagen.«

»Du bist was?«, fragte Eddi und sah nervös auf die Uhr.

»Irgend so ein Dicker hat ihn gesucht und dann bin ich in seine Wohnung eingebrochen.« Eddi sah Nougat strafend an.

»Es klingt dramatischer als es war. Ich habe lediglich einen Stein durchs Fenster geschmissen und bin eingestiegen.«

»Stellt euch mal alle vor diese Wand, ich muss ein Foto machen«, sagte Trisa und suchte ihre Kamera.

»Nein«, sagten alle gleichzeitig.

»Ich will euer Kaffeekränzchen ja nicht stören, aber wir sollten uns langsam ernsthaft Gedanken über ihn machen. Ewig können wir ihn auch nicht mit Beruhigungsmitteln und Teflonpfannen ruhig stellen.«

»Frank hat Recht«, sagte Eddi. »Ich würde euch gerne etwas zu trinken anbieten, aber ich habe nichts im Kühlschrank. Also ziehen wir uns zurück ins Wohnzimmer. In Ordnung?«

Alle nickten.

»Erst mal weihe ich die Damen in die Geschichte ein, damit wir alle wissen, worum es geht.«

»Aber fass dich kurz«, sagte Frank.

Freitag, 5. August, 17.30 Uhr.
Limmatstrasse 72, 8005 Zuerich.

Larissa war nervös. So nervös, wie schon lange nicht mehr. Sie war eine gute Stunde zu früh an der Limmatstraße. Prue gab den Angestellten noch letzte Anweisungen. Als sie Larissa sah, ging sie strahlend auf sie zu:

»Meine Liebe! Es wird gigantisch werden.«

»Ich weiß nicht recht, sollte ich nicht doch einfach nur anwesend sein? Reicht das nicht?«

»Nein«, sagte Prue. »Das ist beschlossene Sache und lässt sich auch gar nicht mehr rückgängig machen. Du wirst malen und es wird ganz zauberhaft werden! Hier«, sie führte Larissa in die helle, durchgestylte Galerie, »hier wirst du sitzen. Und hier werden deine Farben stehen.« Sie deutete auf einen Metallkubus, der leicht rostig war. Sie bemerkte, wie Larissa die Stirn runzelte.

»Das ist unbehandeltes Metall, daher der Rost. Das deutet die Vergänglichkeit an. Staub und Asche.«

»Sehr schön. Ich werde also hier malen, mit Blick auf das Buffet?« Sie deutete auf den langen Tisch, ebenfalls aus Metall. Dort wurden schon Orangensaft, Weißwein und Schnittchen arrangiert.

»Ja. Hier haben wir am meisten Platz. Es ist sonst überall ziemlich eng. Alles in Ordnung?«

»Ja, sicher. Ich werde mich also hier aufbauen. Und du gibst mir dann das Zeichen für das Finish.«

»Genau. Das wird gegen 20.00 Uhr sein.«

»Gut. Dann hole ich jetzt meine Farben.«

»Wo hast du die denn?«, fragte Prue im Gehen.

»Zuhause. Ich wohne schließlich gleich um die Ecke. Da habe ich gedacht, ich schau mich erst mal hier um und komme dann um halb Acht mit meinen Utensilien.«

»Wie du willst«, sagte Prue. »Aber sei pünktlich. Und … lass mich nicht im Stich.« Es klang mehr nach einer Drohung denn nach einer Bitte.

Larissa machte sich auf den Weg.

Freitag, 5. August, 17.39 Uhr. Oleanderstrasse 12, 8050 Zuerich.

»Nie im Leben lasse ich ihn hier alleine zurück. Ich bleibe zu seiner Bewachung hier«, sagte Eddi.

»Das ist unmöglich. Du bist unser wichtigster Zeuge. Ohne dich glaubt uns kein Mensch diese ganze Geschichte. Oder würdest du das glauben?«, fragte Frank. Eddi schüttelte den Kopf. »Nein, würde ich nicht.«

»Also. Dann bleibt uns gar nichts anderes übrig. Hol deinen Volvo und wir sperren ihn in den Kofferraum.«

»Ich verstehe Eddi« sagte Tina. »Er ist immerhin sein Exfreund. Sie haben sich mal geliebt. Du hättest mit der Vorstellung, deine große Liebe in den Kofferraum zu sperren, auch ziemliche Schwierigkeiten.«

Frank nickte. »Haben wir noch was von den Beruhigungsmitteln?«

»Ja. Aber ich weiß nicht, wie viel er noch verträgt. Wir haben das Zeug sowieso schon viel zu hoch dosiert.«

»Also, ich könnte mit Nougat hier bleiben, während ihr zur Galerie fahrt«, schlug Trisa vor.

»Nein, das geht auch nicht. Wir brauchen euch direkt nach meinem Auftritt«, sagte Tina. Frank runzelte die Stirn. »Weshalb? Sie könnten doch hier bleiben und dann gehen wir alle gemeinsam zur Polizei nach der Show!«

»Nein«, sagte Tina. »Ich habe schon was organisiert.«

»Dürfte ich wissen, was?«, fragte Frank.

»Keine Zeit jetzt. Das ist alles höllisch kompliziert.« Sie fasste ihren Bruder an der Hand und schaute ihm in die Augen. »Du musst mir ganz einfach vertrauen!«

Trisa klatschte in die Hände. »Also vorwärts. Schließlich sind wir zu fünft. Eddi, fahr den Wagen vor.«

»Da gibt's nichts vorzufahren. Der steht in der Tiefgarage. Wir können direkt mit dem Lift zum Auto fahren.«

Tina holte zusätzliche Seile, Frank stand mit der Bratpfanne neben dem Frisör, Nougat hielt die Küchentür auf und Eddi war dafür zuständig, dass sie von niemandem gesehen wurden. Jimmy wedelte freudig mit dem Schwanz und war offensichtlich froh darüber, dass er mit von der Partie war. Giovanni hatte keinen Platz auf dem Rücksitz, deshalb verstaute man ihn trotz Eddis anfänglichem Protest im Kofferraum. Er schlief tief und fest. Sie fuhren los, ohne von jemandem gesehen zu werden. Der Verkehr war dichter als angenommen, und da sie erst noch bei Tina und Frank vorbei mussten, dauerte die Fahrt beinahe eine Stunde. Tina zog sich um, schnappte sich ihre Playback-CD und fuhr mit den anderen direkt zum Auftrittsort, den sie nach einer kurzen Irrfahrt durch den Kreis 5 schließlich fanden.

Tina rief Prue aus dem Auto an. Diese giftete: »Du bist verdammt knapp! Jetzt können wir keinen Soundcheck mehr machen. Ich dachte schon, dass du überhaupt nicht mehr kommen würdest. Die meisten Gäste sind schon hier. Du hast nur noch zehn Minuten.« Prue hatte sich in Fahrt geredet.

»Keine Angst. Es ist alles in bester Ordnung. Ich brauche keinen Soundcheck, weil ich Playback singe. Das merkt kein Mensch.«

»Das haben wir aber nicht so abgemacht.«

»Reg dich ab. Ich habe ein Live-Playback, das etwas falsch klingt und sich ziemlich ›live‹ anhört.«

»Was soll das heißen: Falsch? Singst du etwa falsch?«

»Nein. Aber auf dem Band hat es Rückkopplungen, du weißt schon, dieses fiese Pfeifen. Das klingt ziemlich live.«

»Was auch immer«, sagte Prue. »Hauptsache, dieser Event geht ohne Panne über die Bühne. Immerhin haben wir die *Schweizer Illustrierte* und *Annabelle* hier.«

Freitag, 5. August, 19.51 Uhr. Galerie Nitz, Limmatstrasse 259, 8005 Zuerich.

Erwartungsgemäß fanden sie vor der Galerie keinen Parkplatz, also ließen sie Tina aussteigen, während der Rest eine Fahrt um den Block machte. Als Tina die Tür öffnete, wurde sie von einer ziemlich genervten Prue empfangen. »Siehst du? Alle sind sie da. Sogar *Bolero* hat noch eine Redakteurin geschickt«, zischte sie.

»Die sind wahrscheinlich gekommen, weil sie auf Prominenz hoffen, oder?«

»Auch. Aber vor allem wegen der Bilder!«

»Auf jeden Fall wird mein Bruder jeden Augenblick hier eintrudeln.«

Prue war erfreut. »Spitze! Du eröffnest den Abend mit dem ersten Lied, dann halte ich eine kleine Rede, dann wird die Künstlerin ihr Bild zu passender Musik fertig malen und dann kommt dein zweites Lied.«

»Ich kriege ein Zeichen, wenn ich wieder singen muss, oder?«

Prue sah sich nervös um. »Klar. Und jetzt zieh dich um.«

»Äh, ich muss mich nicht umziehen. Ich werde so singen.«

»Auch gut. Dann fangen wir in ungefähr zehn Minuten an. Du gibst Javier das Band, von ihm kriegst du auch das Mikrofon. Sobald er das Licht runterdreht, ist das dein Startschuss. Nervös?«

»Nein. Keine Spur« log Tina. Sie würde Eddi fragen, ob er noch eine Beruhigungspille übrig hatte. Sie holte gerade das Mikrofon bei Javier, als Frank und die Meute eintrafen. Gerade noch rechtzeitig.

»Kommt rein und stopft euch mit Schnittchen voll. Frank, du musst allerdings auch etwas leisten. Die Regenbogenpresse ist nämlich anwesend.«

Frank brummte und öffnete die Tür. »Und das bei dem Stress. Beeil dich mit deinen Liedern und lass dich bloß nicht zu einer Zugabe hinreißen.«

»Keine Angst. Ich habe lediglich *Night* und *Mask* auf dem Band, und ich werde mich davor hüten, *Night* ein zweites Mal zu singen.«

»Und ihr seid sicher, dass er uns im Kofferraum nicht abkratzt? Erst neulich sind zwei Hunde, die von einer Familie im Kofferraum zurückgelassen wurden, nach wenigen Stunden gestorben.«

»Das war in der prallen Sonne, und nach über sechs Stunden, Herzchen. Dieses Volvo-Dings hat verdammt viel Platz, daher ist garantiert genug Luft vorhanden.«

»Ich muss jetzt nach vorne.«

»Uh, Madame im Rampenlicht«, frotzelte Frank, »aber trotzdem toi, toi, toi.«

Tina merkte, dass sie von den Anwesenden angestarrt wurden. Die kleine Gruppe musste schon seltsam wirken. Sie selbst mit dem Mikro in der Hand, Frank abgekämpft und mit Hund an der Leine, Trisa mit zu roten Lippen, Eddi im weißen Muscle-Shirt (das seine Muskulatur perfekt zur Geltung brachte) und Nougat in roten High-Heels und mit einem noch röterem Kleidchen. »Seht mal die Bilder. Die sind ja grauenvoll. Ich habe das Gefühl, wir sind in der Rocky-Horror-Picture-Show«, lästerte Eddi.

»Das ist Kunst, du Banause. Mir gefallen die Bilder. Die Gesichter strahlen etwas Liebenswürdiges aus, findest du nicht?«, fragte Frank. Eddi verzog das Gesicht. »Ich kann mit solchem Geschmiere nichts anfangen. Das hätte ich auch malen können.«

»Quatsch! Schau dir nur die Pinselführung an. Dahinter steckt Können.«

Kaum hatte Tina ihre Freunde zum Buffet gelotst, wurde das Licht dunkler. Sie atmete dreimal tief durch und hoffte, dass sie den Text nicht vergessen würde. Die anderen applaudierten kräftig, als die ersten Takte der Musik erklangen. Sie begann zu singen.

»Toll. Sie macht das wirklich gut«, raunte Trisa Frank zu. Er nickte und war sehr stolz auf seine Schwester.

»Ihre Stimme klingt schon etwas dünn«, sagte Eddi und sah sich nach dem Champagner um.

»Sie klingt nicht dünn, sie klingt fein. Das zeigt Zerbrechlichkeit!«, korrigierte ihn Frank. Eddi kam mit einer ganzen Flasche Schampus zurück und schenkte allen ein. Als das Lied zu Ende war, bedankte sich Prue: »Heute Abend haben wir zwei Premieren. Zwei attraktive Frauen, die ihre eigenen Wege gehen. Tina Schornik mit ihrem Song *Night*, der meiner Meinung nach Hitparadenpotential hat. Ich bin mir sicher, dass man von ihr bald eine Menge hören wird. Sie hat sich freundlicherweise bereit erklärt, diesen Abend zu eröffnen.« Prue machte eine kurze Pause und fixierte Eddi, der sich im Begriff befand, den

Champagner direkt aus der Flasche zu trinken. Prues Blicke und Franks Eingreifen hielten ihn schließlich davon ab.

»Die zweite Künstlerin des heutigen Abends ist ebenfalls äußerst begabt. Ihre Werke haben sie bereits bestaunen können, ich denke, ihre Bilder bedürfen keiner weiteren Erklärung.«

Aus den Lautsprechern begannen Takte von ›Bilder einer Ausstellung‹ zu donnern.

»Ach du grüne Neune, jetzt kommt auch noch klassische Musik.«

»Klappe, Eddi. Und stell den Champagner zurück«, motzte Frank, schärfer als beabsichtigt.

»Sie wird jetzt vor ihren Augen ihr letztes Meisterwerk beenden.« Ein älterer Herr rollte den Kubus mit den Farben zu Prue und grinste.

»Saudoof«, kommentierte Eddi. Frank überhörte ihn. Trisa bewegte sich nervös von einem Bein aufs andere. »Hoffentlich kriegt der tatsächlich genügend Luft in diesem Kofferraum.«

»Bitte begrüßen Sie mit mir Larissa!«

Larissa kam zu Prue, gefolgt von zwei weiteren Helfern, die das unfertige Bild trugen.

In diesem Moment musste Nougat kotzen. Sie drehte sich um, und ein Schwall beißend stinkender Brühe ergoss sich über die Schnittchen, die Getränke, die Gläser. Trisa schrie auf, als sie von Spritzern der gelbgrünen Flüssigkeit im Gesicht getroffen wurde. Sie wankte, hielt sich die Hand vor die Augen, verlor die Balance und landete mit dem Gesicht auf den Schnittchen.

Larissas Augen weiteten sich. Sie zückte einen Pinsel und ging auf Nougat zu, die mittlerweile regungslos am Boden lag. Einen schrecklichen Augenblick lang war es totenstill im Saal, nur die Pauken von »Bilder einer Ausstellung« waren zu hören. Dann schrie Larissa auf und rannte die letzten paar Meter zu Nougat. Sie schrie erneut, dieses mal klang es wie ›Farbe‹. Sie stach Nougat mit dem Pinsel zwischen die Rippen. Es war exakt die Stelle, an der sie schon einmal verletzt worden war. Nougat kreischte und versuchte sich zu wehren, Larissa holte erneut aus. Da traf sie Tinas Mikrofon am Hinterkopf. Es gab einen dumpfen Knall. Ein Geräusch, das Frank wenige Stunde zuvor schon einmal gehört hatten. Nur dass es diesmal nicht von einer Pfanne herrührte. Larissa klappte wie ein nasser Sack zusammen, klatschte mit dem Gesicht auf ein zerbrochenes Weinglas und furzte laut. Frank beugte sich über Nougat und Larissa, guckte verstört in die Runde, nahm das Mikro und sagte: »Meine Güte«, gefolgt von einem »Wuff.«

Frank guckte verdutzt. »Das ist das erste Mal, dass unser Hund bellt«, sagte er ins Mikrofon.

Dann begann das Blitzlichtgewitter der anwesenden Fotografen.

Freitag, 5. August, 20.30 Uhr. Strasse nach Oerlikon, 8000 Zuerich.

»Siehst du? Wir sind perfekt im Zeitplan.« Tina tippte auf ihre Armbanduhr.

»Ich find's Scheiße. Mich kann diese Aktion Kopf und Kragen kosten. Zeitplan hin oder her. Außerdem hätten wir auf die Polizei warten sollen.«

»Ach ja? Und was ist mit dem Typen im Kofferraum? Den hätten wir wohl schlecht verheimlichen können. Unser Plan funktioniert nicht, wenn sich die Polizei einmischt.«

»Ich habe noch immer keine Ahnung, was genau du mit ›unserem Plan‹ meinst. Es ist dein Plan, und ich hätte mich besser nie in diese ganze Sache eingemischt.«

»Hör auf zu meckern. Wenn jemand schreien könnte, dann ich.« Trisas Haar klebte nass an ihrem Kopf, sie hatte sich nach dem Desaster in der Galerie nur notdürftig waschen können. Da die Zeit knapp war, klebte noch immer Seifenschaum hinter den Ohren, der jetzt zu jucken begann.

»Du solltest dich nicht kratzen. Das gibt rote Flecken und dann siehst du definitiv Kacke aus«, sagte Eddi, der am Steuer seines Volvos saß.

»Jetzt links«, dirigierte Tina.

»Fernsehstudio?«, fragte Frank.

»Exakt. Und dort erzählen wir alles. Soviel zu meinem Plan.«

»Spinnst du? Wir können nicht einfach in den Sender platzen und unsere Geschichte erzählen.«

»Das weiß ich auch, Bruderherz. Ich bin ja nicht doof. Ich habe alles genau geplant. Wir müssen allerdings spätestens um 21.00 Uhr im Sender sein. Inklusive Frisör. Und der sollte dann möglichst fit sein.«

»Wieso 21.00 Uhr?«, fragte Trisa und begutachtete sich im Taschenspiegel. Sie erhielt keine Antwort. »Ich kann so unmöglich ins Fernsehen!«

»Deswegen sind wir auch etwas früher dort, damit die Maske noch schnell mit der Puderquaste drüberkann. Wie sehen alle ziemlich bekackt oder besser bekotzt aus.«

»Aha«, sagte Frank tonlos. »Ich werde also auf der Straße stehen.«

»Du kapierst wohl gar nichts? Hier kannst du parken.« Eddi tat, wie ihm geheißen. Auf dem Parkplatz vor dem Haupteingang, welches normalerweise für Taxis reserviert war, standen bereits zwei Redakteure. Unüblich für das Schweizer Fernsehen. Normalerweise musste man sich immer anmelden und dann ziemlich lange warten, bis sich jemand an den Empfang bequemte. Schien ganz so, als ob sogar SF DRS kapiert hätte, dass diese Sache eine absolute Bomben-Story war.

Freitag, 5. August, 20.48 Uhr. Fernsehstrasse 1-4, 8052 Zuerich-Oerlikon.

»Alles in Ordnung?«, fragten sie.

»Na ja, es gab einen Zwischenfall. Aber es wird klappen.«

»Wo ist er?«, fragte der größere der beiden Fernsehleute. »Hier, im Kofferraum. Eddi, machst du mal auf?«

Die beiden Männer grinsten.

Eddi stieg aus und schloss auf. Giovanni war wach und blinzelte verschlafen ins Scheinwerferlicht der Außenlampen auf dem Areal. »Der soll gefährlich sein?«, fragte der andere Redakteur. Anstatt zu antworten zerrte Tina Giovanni aus dem Kofferraum und nahm ihn in den Polizeigriff.

»Können wir den Wagen hier stehen lassen?«, fragte Eddi. Der kleinere der Männer nickte. »Wir müssen los und dürfen keine Zeit mehr verlieren. Mal sehen, was die Maske an euren Gesichtern noch retten kann.« Sie passierten das Drehkreuz, gingen an den Sicherheitsleuten vorbei, durch die endlosen Gänge des Schweizer Fernsehens.

Frank hielt sich dicht hinter den Redakteuren, bemerkte, dass er unnatürlich ging. Genauso wie ein Mann, der zum ersten Mal in Pumps ging. Ausgerechnet er, der Fernsehprofi, war nervös. Peinlich. Er versuchte, seinen Gang zu ändern. Giovanni konnte aus eigener Kraft gehen, war aber noch so benommen, dass er nicht wirklich realisierte, wo er war. Er murmelte etwas Unverständliches. Tina ging einen Schritt hinter ihm, hielt aber seinen Arm noch immer fest im Polizeigriff. »Ich dachte schon, er müsste kotzen«, sagte sie zu Trisa, die neben ihr trottete. »Da wäre er heute Abend ja nicht in schlechter Gesellschaft«, sagte sie und sah Nougat an. Die hatte sich nur mäßig erholt, folgte den anderen aber tapfer.

Eine weitere Tür wurde geöffnet. Ganz aus Glas. Diese Tür war immer geschlossen und konnte nur mit einem Chip-Schlüssel geöffnet werden. Darum hatte ein Teil der Belegschaft wohl dieses rote Plastik-Ding um den Hals! Die moderne Version des Schlüsselkindes. Die Türen konnten nur mit Hilfe dieses Spezial-Chip-Schlüssels geöffnet werden. Frank sah seine Reflexion im Glas. Er ging jetzt so, wie seiner Meinung nach ein Hetero-Mann ging. Leicht tollpatschig und watschelnd und ganz und gar ungraziös. Dann endlich der kleine Warteraum. Frank hatte leises Augenliderzittern, flatternde Hände. Ging vorbei, wenn man erst mal draußen war, den ersten Satz gesagt hatte. Wenn man überhaupt wusste, was man sagen wollte. Das war nicht *Frank live*, das war irgendeine üble Kiste, organisiert von Tina. Und die schien sich sichtlich wohl zu fühlen. Plauderte mit Trisa, scherzte mit Eddi – mit seinem Eddi –, kümmerte sich um Nougat. Franks Hals war plötzlich trocken, das dringende Bedürfnis, noch einmal pinkeln zu gehen, setzte ein. Jede Hausfrau in *Frank live* war weniger nervös als er.

»Ihr könnt noch einen Moment Platz nehmen, ich werde jemanden von der Maske hierher schicken, das spart Zeit.« Der jüngere Redakteur lächelte und betrachtete die Schar wie eine Kindergärtnerin ihre Schützlinge. Der kleine Warteraum mit orange-braunem 70er-Jahre-Teppich sah wie in einem alten James-Bond-Film aus, nur dass das hier real war. Verdammt real. Die Tür wurde geschlossen, sie waren alleine.

Trisa nahm ihre Kamera aus der Handtasche. »Bitte lächeln«, sagte sie und knipste munter drauflos.

»Oh, übrigens, habt ihr das schon gesehen?«, fragte sie und wedelte mit einem Polaroidbild.

»Wir haben schon ziemlich jedes Fotos gesehen«, nörgelte Frank.

»Das hier bestimmt noch nicht. Ich habe es gerade erst gemacht!« Sie zeigte das Bild Tina. Diese lachte schallend.

»Super. Das kannst du vielleicht sogar an die Presse verkaufen. Die haben schließlich erst ziemlich geschlafen.«

»Darf ich mal?«, fragte Eddi. Tina gab ihm das Bild.

»Das ist eklig und gar nicht komisch.« Er legte das Bild auf seine Knie und begann zu würgen. In diesem Moment schaute der Frisör seinen ehemaligen Liebhaber erschreckt an, erstarrte und klappte dann auf dem Stuhl zusammen.

»Verdammt. Jetzt ist er definitiv aus den Latschen gekippt«, fluchte Tina. »Und das jetzt, kurz vor der Sendung.«

Frank fühlte nach seinem Puls. »Also, ich spüre, dass da noch was pocht. Aber vielleicht ist es einfach mein eigener Herzschlag. Sollten wir nicht die Erste Hilfe benachrichtigen?«

Tina gab Giovanni eine Ohrfeige.

»Das nutzt doch nichts. Das funktioniert höchstens in alten Liz Taylor-Filmen«, sagte Frank und schnappte sich das Polaroid von Eddis Knien.

»Igitt. Das ist tatsächlich grausig.« Er drehte das Foto mit Larissa, die mit einer Gesichtshälfte in Nougats Erbrochenem steckte, schnell um. Die Brühe hatte sich bereits mit Nougats Blut vermischt. Frank hatte noch nie etwas Ekligeres gesehen und musste ebenfalls gegen einen Brechreiz ankämpfen.

»Kein Wunder, dass unser netter Frisör umgekippt ist, als er das Bild eben gesehen hat.«

»Gott sei Dank, dann hatte es nichts mit der Beruhigungsmittelkeule zu tun!«

Giovanni richtete sich wieder auf.

»Siehste? Es funktioniert nicht nur bei Liz Taylor, es klappt auch bei mir«, feixte Tina.

»Da hinten auf dem Bild kann man erkennen, wie du mit dem Kopf in den Schnittchen liegst, Tina. Ich wäre da nicht zu scharf darauf, dass die Fernsehkamera das gleich in Großaufnahme in alle Haushalte überträgt.«

Tina nahm Frank das Bild aus der Hand. »Tatsächlich. Das bin ich. Aber zum Glück relativ unscharf.«

»Was machen wir eigentlich hier, in den heiligen Hallen des staatlichen Fernsehens?«, fragte Trisa und sah Tina scharf an.

»Aaaalso. Ich wollte euch vorhin nicht sagen, worum es hier geht, damit ihr nicht eure Spontaneität verliert. Frisch von der Leber weg erzählt, das wollen die Leute sehen. Nicht wahr, Frank?«, sagte Tina und faltete die Hände.

Frank schluckte mehrmals und nickte. Der Speichelfluss hatte noch nicht wieder eingesetzt, obwohl er sich mittlerweile etwas beruhigt hatte.

»Jetzt noch ein paar Details zum genauen Ablauf.« Sie stand auf und begann, im kleinen Raum hin- und herzuwandern. Offenbar war sie nervöser, als sie zugab. Tina wanderte sonst nie hin und her.

»Nach dem Spielfilm um 22.05 Uhr wird das Programm unterbrochen. Während des Films läuft bereits ein Crawl mit dem Hinweis: ›Messermörder gefasst! Im Anschluss folgt eine Sondersendung. Bleiben Sie dran.‹«

»Äh, was ist ein Crawl?«, warf Eddi ein.

»Eine Laufschrift. Wir sind die Studiogäste, das Ganze findet im Rahmen der Tagesschau statt.«

»Dasselbe Dekor?«, fragte Frank.

»Yep. Es ist allerdings nicht als Tagesschau deklariert, sondern irgendwas mit ›Sonderausgabe‹.«

»Was ›irgendwas‹?«, wollte Frank wissen.

»Habe ich vergessen. Spielt auch keine Rolle. Schließlich geht's um uns. Außerdem hast du morgen eine *Frank live*-Sonderausgabe. Wenn alles klappt.«

Frank nickte und nestelte nervös an seiner Armbanduhr. »Super.« Er lehnte sich in den Stuhl zurück, offenbar hatte er sich etwas beruhigt.

»Das Gespräch wird Nicole Westenfelder führen«, sagte Tina.

»Die Wetterfee?«, fragte Frank.

»Ex-Wetterfee, Frank. Wenn du dich nur einmal für Politik oder Tagesjournalismus interessieren würdest, dann wüsstest du, dass sie sich zu einer Top-Moderatorin gemausert hat. Sie arbeitet inzwischen beim Info-Flash.« Frank nickte. Diese Sendung war eines der Zugpferde beim Schweizer Fernsehen.

»So. Das wäre alles. Jetzt beten wir, dass wir nicht erschossen werden oder uns der Himmel auf den Kopf fällt.« Tina setzte sich. Einen

Moment später ging die Tür auf, und eine Maskenbildnerin stürzte sich auf die Wartenden.

»Kriege ich noch etwas Lip-Gloss?«, fragte Frank. Er würde sich ohne Gloss sehr nackt fühlen, Außerdem vergaß sie, sein Doppelkinn mit dunklem Puder optisch verschwinden zu lassen, aber er wollte nicht truschig wirken, und daher sagte er nichts. Hauptsache, er würde noch etwas Gloss kriegen.

»Hab ich nicht dabei, Außerdem sind wir bereits bei der Werbung, wir haben nur noch zwei Minuten«, sagte die Frau mürrisch. Sie musste wohl ihretwegen Überstunden machen.

Dann kam der jüngere Redakteur in den Raum. »Dann wollen wir mal. Und macht mir keine Schande!«

Freitag, 5. August, 21.28 Uhr. Heinrichstrasse, 8005 Zuerich.

Tibor war ratlos. Er war sich sicher, dass Giovanni etwas zugestoßen war. Er beschloss, nochmals beim Frisörladen nachzusehen, schließlich könnte es ja sein, dass Giovanni schnell weggemusst hatte, und er zwischenzeitlich wieder nach Hause gekommen war. Er machte sich auf den Weg. Aber weder im Salon noch in der Wohnung des Frisörs brannte Licht. Er beschloss, zuhause etwas fern zu schauen und es später nochmal bei Giovanni zu versuchen. Vielleicht hatte er dann ja mehr Glück.

Freitag, 5. August, 22.05 Uhr. Fernsehstrasse, 8052 Zuerich-Oerlikon.

»Guten Abend, meine Damen und Herren. Wir unterbrechen unser Programm, weil der Messermörder, der uns die letzten Tage in Atem gehalten hat, gefasst wurde.«

Westenfelder machte es wirklich gut. Sie strahlte eine Mischung aus Dramatik und Freundlichkeit aus, genau das, was Frank immer versuchte hinzukriegen: eine angenehme Spannung. Deshalb hatte er sich zu der Wimpernkranzverdichtung entschlossen.

Sie standen unmittelbar neben der Moderatorin, waren aber noch nicht im Bild. Die Kamera fuhr näher an die Westenfelder heran. Jetzt war ihr Gesicht bildschirmfüllend. Überall standen Sicherheitsleute, die Polizei war mittlerweile ebenfalls alarmiert worden und würde jeden Moment im Sender sein. Hoffte Frank jedenfalls. Er spürte, wie sich sein Puls normalisierte. Noch zehn Sekunden. Noch acht. Westenfelder lächelte in die Kamera. Ein strahlendes Lachen. Perfekt. Musste sie sich wohl während ihrer Wettershow angeeignet haben. Noch drei Sekunden. Trisa kratzte sich an der Nase. Giovanni schien endlich zu begreifen, wo er sich befand. Noch eine Sekunde. Jetzt.

»Im Studio begrüße ich Tina und Frank Schornik. Guten Abend!«

»Guten Abend«, lächelte Frank. Tina nickte in die Kamera und schaute sich nach Trisa um, die sich weiter hinten im Studio befand. Sie würde vom Aufnahmeleiter im richtigen Moment an das kleine Stehpult gelotst werden. Und plötzlich wusste Frank, weshalb er so übermäßig nervös war. Er war jetzt wirklich live. Das hier war Realität. Das hier war das Leben.

»Sie haben vor wenigen Minuten den Messermörder gestellt«, begann die Moderatorin.

»Und nicht nur das. Wir sind bei Recherchen für die Talkshow *Frank live* auf eine viel größere Sache gestoßen, die beinah viel mehr Menschenleben gekostet hätte.« Tina machte ein Pause und versuchte, das kompetente Lächeln der Westenfelder zu kopieren. Es gelang ihr nur mäßig.

Frank hatte keine Ahnung, weshalb er bereits im Bild war. Schließlich war es Tinas Geschichte, und nur sie hatte den Überblick.

»Erzählen Sie uns, was geschehen ist.«

»Wir erinnern uns an die in Zürich wütende Grippewelle. Hat eben erst den Peak erreicht.«

»Stimmt«, unterbrach Westenfelder. Offenbar waren ihr Tinas Ausführungen zu langatmig und sie durchschaute auch nicht den Zusammenhang der einzelnen Aspekte.

»Mein Bruder und ich waren selbst auch krank. Mich hatte es derart erwischt, dass ich Fieberschübe bekam und mich mein Bruder auf die Notaufnahme des Triemli-Spitals gefahren hatte.«

Das war Frank neu. Dann dämmerte es ihm. Tina wollte Trisa schützen. Gar nicht schlecht, dachte er.

»Ich habe auf der Station eine junge Frau kennen gelernt, die vom Messermörder angegriffen worden war.«

»Eine Prostituierte?«, fragte die Moderatorin.

»Genau. Der Messermörder hatte es – wie wir aus den Medien wissen – ausschließlich auf Prostituierte abgesehen. Diese Frau hatte den Angriff überlebt. Die Polizei wusste das, hielt es aber offenbar nicht für nötig, das Opfer zu schützen.« Tina sah direkt in die Kamera. Perfekt macht sie das, dachte Frank. Dieser Blick würde beim Publikum auf dem Sofa Emotionen erzeugen.

»Ich habe die Frau bei uns aufgenommen. Zu ihrem Schutz. Bald wurde klar, dass es sich bei der Täterin um eine Frau handelte. Eine Messermörderin. Wir hatten vor, die Polizei zu informieren. Aber erst, wenn sie gesund war.«

»Die Prostituierte?«, fragte Westenfelder nach.

»Ja. Heute Abend waren wir alle an einer Vernissage, wo ich mein neues Lied *Night* vorstellte. Dort kam es unerwartet zum Finale.«.

Bitte nicht, dachte Frank. Lieber Gott, mach‹, dass das jetzt nicht peinlich wird. Lieber Gott, halte die vom Singen ab. Nicht jetzt! Es war ihm schon unangenehm genug, hier in diesem Studio wie eine Dekopalme herumzustehen und nicht zu wissen, wohin er gucken sollte. Aber Tina hielt sich wacker und erzählte weiter: »Die Idee der Galeristin war, dass nach meinem Lied die ausstellende Künstlerin eines ihrer Bilder fertig malen würde. Mit passender klassischer Musik. Sozusagen eine Liveperformance.«

»Aha. Erzählen Sie bitte, wie sie dabei die Messermörderin gefasst haben«, warf die Moderatorin ein. Offenbar hatte ihr Tinas Schilderung zu wenig Drive, oder der Aufnahmeleiter hatte ihr ein Zeichen gegeben, dass die Zeit drängte.

»Nun. Als Larissa, die Malerin, begann, erblickte sie Nougat, das Opfer, das überlebt hatte.« Nougat wurde vor die Kamera geschubst, Frank war aus dem Bild. Sie guckte etwas verstört. Wäre das *Frank live* gewesen, hätte die Kamera ihr Gesicht ganz nah gezeigt. Hier aber war man anständig und zeigte sie so total wie nur irgend möglich.

»Dann geschah das Unfassbare: Die Künstlerin sah Nougat, und Nougat sah Larissa. Ihre Widersacherin. Die Messermörderin. Die Frau, die sie an der Tür des Bordells brutal niederstechen wollte. Larissa drehte durch, und stürzt sich auf Nougat.«

Tina war sich nicht sicher, ob sie im Bild war und schielte deshalb auf den Monitor. Das gab ihr einen Silberblick, der die Herzen der Zuschauer wohl definitiv zum Schmelzen bringen würde. Eine junge, attraktive, witzige und charmante Frau deckt den Messermord auf. Mittlerweile schien auch der Produzent der Sendung Tinas Qualitäten entdeckt zu haben, er musste wohl der Moderatorin die Anweisung gegeben haben, Tina nicht weiter zu unterbrechen.

»Es war grauenvoll. Nougat erkennt ihre Angreiferin, die Frau, die für die Schmerzen und ihre Ängste verantwortlich ist, und Larissa erkennt in Nougat einen … äh … Topf Farbe. Sozusagen.«

»Farbe? Das habe ich jetzt nicht verstanden.« Westenfelder lächelte in die Kamera. Etwas zu sehr für die Frage ›Farbe‹, fand Frank. Aber Frauen durften immer etwas mehr lächeln als Männer. Von Frauen wurde das geradezu erwartet.

»Farbe. Die Frau ist nämlich hochgradig schizophren. Sie hat alle ihre Bilder mit Blut gemalt.«

»Blut?« Die Nachrichtensprecherin verzog das Gesicht. Offenbar war sie etwas mit der Vorstellung überfordert, dass jemand mit Menschenblut malen könnte.

»Sie mischte für ihre Bilder, die interessanterweise alle in den Farben Rot und Schwarz gehalten sind und als absoluter Geheimtipp gelten, huch … jetzt habe ich den Faden verloren.«

Tina wurde rot. Nie lange Schachtelsätze machen, dachte Frank und trat einen Schritt vor.

»Wenn ich vielleicht kurz erklären darf«, sprang Frank seiner Schwester zur Hilfe. »Larissa Hapunkt malte ihre Bilder mit menschlichem Blut, welches sie sich ausschließlich von Prostituierten holte. Sie mischte es mit Lack. Mehr wissen wir zum jetzigen Zeitpunkt noch nicht. Klar ist nur, dass die Frau verrückt ist.

Westenfelder kriegte einen Zettel zugeschoben, Außerdem schien ihr die Regie Anweisungen zu geben – sie nickte kurz, holte Luft und grinste: »Die Messermörderin ist offenbar schizophren«. Die Moderatorin hatte Mühe, das Wort richtig auszusprechen. Frank war sich sicher, dass es weniger am Zettel an sich lag, als vielmehr an der mangelnden Übung und Bildung der Moderatorin. Ihm wäre das nie passiert. Sollte die Tante doch wieder zurück zum Wetter! Frank beobachtete im Studiomonitor, wie Westenfelder bildschirmfüllend gezeigt wurde.

»Die Frau funktionierte lange in der Gesellschaft, irgendwann wurde sie krank. Ihr Zustand verschlechterte sich in den letzten Wochen, aber niemand auf ihrer Arbeit schien das zu bemerken. Sie fehlte auffallend viel, aber dem wurde keine große Bedeutung zugewiesen, zumal die Hälfte der Schweiz wegen Sommergrippe im Bett lag.«

Frank staunte. Diese Moderation war gut. Dies musste er neidlos eingestehen. Woher die Redaktion so schnell diese Informationen hatte?

»Sie war beauftragt, ein Virus zur Vernichtung der Menschheit zu finden. Das hat aber nichts mit den Morden zu tun, dafür umso mehr mit ihrem Krankheitsausbruch.« Jetzt wurde es kompliziert. Frank war sich nicht sicher, ob er etwas verpasst hatte, deshalb fragte er sicherheitshalber nach. »Inwiefern?« Das musste für die Zuschauer seltsam geklungen haben, da Westenfelder noch immer den ganzen Bildschirm füllte. Sie guckte unsicher zur Seite, starrte dann auf ihren Zettel und fand die gewünschte Information. Die Kameraeinstellung veränderte sich nicht, Westenfelder wirkte wieder sehr unsicher.

»Man fand in ihrem Blut ein Gehirnvirus. Das so genannte Borna-Virus. Dieser Erreger löst bei Pferden und Katzen eine Nervenkrankheit aus. Bereits 1995 wurden solche Viren im Blut von psychisch gestörten Patienten gefunden. Gut möglich, dass sie damit herumspielte und sich selbst infizierte. Vielleicht war dieses Virus letztendlich auch der Auslöser für ihre Krankheit. Leider ist sie im Moment nicht ansprechbar.«

»Weshalb?« baffte Frank. Tina gab ihm einen Knuff.

»Sie liegt im Koma.«

»Aha«, sagte Frank. Endlich zeigte die Kamera wieder die ganze Szenerie, er war mit im Bild. Westenfelder holte Luft: »Nougat. Du wurdest von der Frau angegriffen. Wie geht es dir?«

»Mir geht es bestens, danke. Obwohl ich selbstverständlich diesen Schmerz und diese Angst nie mehr vergessen werde.«

»Du warst zufällig dabei, als Larissa ihr letztes Bild in der Galerie fertig stellte. Wir haben hier noch ein Fotos des Zwischenfalls. Vielleicht kann die Kamera mal …?«

Tina beobachtete im Studiomonitor, wie das Foto mit Larissa im Erbrochenen gezeigt wurde.

»Grauenvoll«, sagte die Ex-Wetterfee und war sichtlich angeekelt.

»Wie ist es zu diesem Zwischenfall gekommen?«

»Nun …«, sagte Nougat unsicher.

»Du warst zufällig dabei, als Larissa ihr letztes Bild in der Galerie fertig stellte, nicht wahr« half ihr Frank auf die Sprünge.

»Genau. Und ich habe meine Widersacherin erkannt. Als ich ihre Augen sah, kam mir die ganze Geschichte wieder hoch. Ihr offenbar auch … zumal ich auch noch ein Kleid in ihrer Reizfarbe trug. Ein rotes Kleid.«

»Sie drehte durch und stach mit dem Pinsel auf dich ein.«

»Das hat verdammt weh getan. Aber nun geht es wieder«, schloss Nougat und trat einen Schritt zurück.

Tina drängte sich vor Frank, welcher gerade damit beschäftigt war, zu testen, wie er den Kopf am besten halten sollte, damit sein Doppelkinn nicht zu sehr zur Geltung kam. Er benutzte zu diesem Zweck das Zifferblatt seiner Armbanduhr, welches sein Gesicht reflektierte. Er kam zum Schluss, dass die Reflexion seines Gesichtes entweder nicht stark genug war, oder dass er effektiv kein Doppelkinn besaß.

»In Anbetracht der weiteren Ereignisse muss man die Messermörderin fast als harmlos bezeichnen. Um ein Haar wäre die gesamte Menschheit ausgerottet worden«, sagte Tina. Die Nachrichtensprecherin stutzte. »Die Grippe?« fragte sie und konzentrierte sich wieder auf ihren Zettel. Offenbar schien zu diesem Thema nichts aufgeschrieben zu sein, sonst hätte sie nicht derart ratlos in die falsche Kamera geglotzt.

»Eddi, dein Part«, sagte Tina und schob ihn an den blauen Stehpult.

»Ich war Mitglied einer Sekte. Nun, nicht direkt Mitglied, aber ich hatte einen Freund, den werden wir nachher noch sehen, und der ist einer der führenden Köpfe dieser Vereinigung. Die Heilslehre ist eine abstruse Mischung aus dem Christentum und Science-Fiction-Elementen. Auf jeden Fall glauben die Mitglieder, dass der Weltuntergang bevorsteht.«

»Also eine typische Weltuntergangssekte?«, fragte die Moderatorin. Frank fand die Frage unnötig, aber wahrscheinlich hatte die Frau langsam, aber sicher das Gefühl, überflüssig zu sein.

»Genau. Und die Sekte glaubt, dass nur 144.000 Menschen errettet werden. Die Zahl haben sie aus der Bibel. Darf ich?« Eddi zückte aus seiner Gesäßtasche sein kleines, rotes Büchlein. Die Moderatorin nickte. Eddi schlug die markierte Stelle auf und begann zu lesen: »Und ich hörete die Zahl derer, die versiegelt wurden, 144.000, die versiegelt waren von allen Geschlechtern der Kinder Israel.«

Eddi guckte Frank an, dieser lächelte und nickte ihm aufmunternd zu. »Das ist hochoffiziell aus der Offenbarung«, sagt Frank, weil er auch mal wieder im Bild sein wollte.

»Nun«, fuhr Eddi fort, »die Sekte nahm diese Zahl als Grundlage für ihre Lehre. In der Offenbarung steht weiter geschrieben, dass von den Geschlechtern, also den Volksstämmen, je 12.000 Menschen errettet würden. Anhand der Geschlechter wurden die jeweiligen Glaubenszirkel auf der ganzen Welt gegründet. Also Juda, Ruben, Gad, Asser, Naphtali und so weiter.« Er lächelte in die Kamera. »Ich bin zu kurz dabeigewesen, um jetzt sämtliche Namen auswendig aufzählen zu können. Es steht alles auch hier geschrieben.« Eddi hielt das Büchlein in die Kamera. Frank bewunderte Eddis Souveränität und stellte fest, dass er sich absolut, definitiv und total in ihn verliebt hatte. Er war jetzt froh, dass die Kameras nicht auf ihn gerichtet waren, sein Blick würde Bände sprechen. Die ganze Schweiz würde in diesem Moment wissen, dass er in diesen Mann verknallt war. Vorsichtshalber trat er noch einen Schritt zurück und rempelte dabei versehentlich Nougat an. »Ich interessiere mich für Zahlen, und es gibt verschiedene Theorien, was biblische Zahlen bedeuten. Die Zahl von 144.000 ist selbstverständlich symbolisch. Ich habe mit meinem damaligen Freund darüber gesprochen. Er ist vollkommen durchgedreht und hat mich als Verräter abgestempelt.« Eddis Gesicht verzog sich schmerzhaft.

»Können Sie uns diese Theorie kurz und einfach erläutern?«, fragte die Moderatorin. Wobei sie ›kurz‹ betonte. »Klar«, sagte Eddi und faltete denselben Zettel auseinander, den Frank beim ersten gemeinsamen Abendessen in Eddis Brieftasche gefunden hatte.

»Die Sekte war der Auffassung, dass die Bibel als eine Art Code-Buch zu verstehen ist. Auch hierzu gibt es bereits eine Reihe Studien. Die Texte der Bibel enthalten demnach einen Geheimcode, dieser Code beinhaltet Informationen über die Vergangenheit und die Zukunft der Menschheit. Aufgrund der hohen Anzahl an Codierungsmöglichkeiten ist es theoretisch möglich, über alle Lebewesen und Ereignisse Informationen zu finden. Wie gesagt: nichts Neues.«

Westenfelder nickte. »Wie soll dieser Bibelcode funktionieren?«

»Man nimmt den Bibeltext und liest ihn ohne Leerzeichen und

Absätze, also einfach die Buchstaben und Zahlen hintereinander. Dann lässt man in regelmäßigen Abständen Buchstaben aus, man liest also beispielsweise nur jeden 17. Buchstaben. Praktisch bedeutet dies, dass man den gesamten Text in einer Zeilenlänge von 17 Zeichen darstellt und dann sozusagen von oben nach unten liest. Dies kann man bei einer Zeilenlänge von 17 Zeichen genau 17 mal tun, jeweils einmal von oben nach unten.«

»Aha«, sagte Westenfelder. Frank hatten den leisen Verdacht, dass sie Eddis Ausführungen nicht wirklich verstanden hatte.

»Findet man nun den gesuchten Begriff an einer beliebigen Position im Text, dann kann man weitere Begriffe suchen und prüfen, ob diese in einem Zusammenhang mit dem gefundenen Begriff stehen. Für einen bestehenden Zusammenhang ist einerseits die Nähe der gefundenen Begriffe im Text relevant, andererseits auch der im Klartext stehende Bibeltext in der Umgebung der gefundenen Begriffe.«

»Das ist ja unglaublich«, sagte Westenfelder. Frank runzelte die Stirn. Selbst er hatte von diesem Bibelcode schon mal gelesen. Das Wort ›unglaublich‹ passte seiner Meinung nach nicht ganz. Gut möglich, dass Westenfelder tatsächlich keine Ahnung hatte.

»Auf den ersten Blick scheint es tatsächlich unglaublich«, pflichtete ihr Eddi bei. »Beispiele und Überprüfungen mit Hilfe von Computerprogrammen haben ergeben, dass der Code tatsächlich in dieser Form und Deutlichkeit nur in der Bibel zu finden ist. Sucht man nach der gleichen Methode in anderen Texten, so ist die Anzahl der gefundenen Begriffe sehr viel geringer als in der Bibel, viele Begriffe können gar nicht gefunden werden. Einiges deutet darauf hin, dass in der Bibel tatsächlich ein Code versteckt ist, der uns je nach Stand unseres Wissens und der Notwendigkeit verständlich werden soll und uns somit die versteckte Information zugänglich macht. Wer dies so beabsichtigt hat und warum, ist freilich noch völlig ungeklärt.«

»Einige sagen, dass dies das Werk von Außerirdischen sei«, warf Frank ein, dem die Diskussion um diesen ominösen Code schon zu lange dauerte.

Eddi nickte. »Die Sekte behauptete selbstverständlich, dass dies das Werk Gottes sei. Und dass in diesem Code auch die Anweisungen, wie man sich auf den Weltuntergang vorzubereiten hätte, verborgen seien. Die Sekte wollte diesen Weltuntergang beschleunigen. In der Offenbarung steht geschrieben, dass diese Weltuntergangssache ziemlich brutal ablaufen würde. Von Schmerz und Eiterbeulen ist die Rede. Der Kopf der Sekte, schweizer Nomenklatura, wollte meiner Meinung nach einfach schnell viel Kohle machen. Ich interessiere mich sehr für Zahlen, daher habe ich die Dechiffrierung selbst einmal versucht.«

»Sie haben diese Anweisungen in der Bibel auch lesen können?«, fragte Westenfelder, die froh gewesen wäre, wenn ihr die Redaktion einen Religionswissenschaftler oder mindestens einen Pfarrer zur Seite gestellt hätte.

»Es gibt mittlerweile sogar im Internet entsprechende Programme. Ich habe die Stellen untersucht und bin ansatzweise auf dieselben Schlüsse wie die Sekte gekommen. Aber nirgends habe ich was von Milzbrandbakterien oder Viren lesen können.«

»Dann war dieser Teil also erfunden?«

Eddi nickte. »Ich denke schon. Außerdem wurde dasselbe Verfahren auch beim Buch ›Krieg und Frieden‹ angewandt. Auch dort wurden gewisse Zusammenhänge in Sachen Vergangenheit herausgelesen. Bei ›Moby Dick‹ übrigens auch! Als ich meinem Freund von meinen Nachforschungen und ›Moby Dick‹ erzählt habe, ist der natürlich ausgerastet und hat mich definitiv verlassen.«

»Wie ist diese Milzbrand-Geschichte genau abgelaufen?« fragte Westenfelder.

»In diesen Tagen hätten die Mitglieder sich für den kollektiven Abtransport in eine andere, bessere Welt bereitmachen sollen. Wahrscheinlich laufen die Transit-Vorbereitungen jetzt auf Hochtouren.«

»Und wie hätte dieser Weltuntergang vonstatten gehen sollen?«

»Einige Mitglieder sind kluge Köpfe. Bereits vor einigen Jahren wurde mit Viren herumexperimentiert. Die ursprüngliche Idee war wohl, ein Virus zu finden, das die Menschheit möglichst brutal und qualvoll ausrotten würde. Selbstverständlich wären die zahlenden Mitglieder der Sekte geimpft worden. Die Forschungen waren aber nicht erfolgreich. Also wurde weiter experimentiert. Einige führende Wissenschaftler konnten für das Projekt ›Exodus‹ gewonnen werden. Einige sprangen später wieder ab. Alle landeten sie in psychiatrischen Kliniken oder begingen Selbstmord. Die Zeit drängte, man wollte den Weltuntergang auf die Jahrtausendwende legen, aber auch das klappte nicht. Die Sektenmitglieder wurden unruhig, der Sektenführer war zum Handeln gezwungen. Also entschloss man sich, Milzbrand unter die Leute zu bringen. Milzbrand ist ein ziemlich heimtückisches Bakterium. Wird es eingeatmet, dann verwüstet es die Lunge, findet Hautkontakt statt, gibt es hübsche, große Eiterbeulen. Aber frühzeitig erkannt, kann Milzbrand mit Antibiotika bekämpft werden.«

Eddi trank einen Schluck Wasser und fuhr fort: »Milzbrand ist relativ einfach herzustellen, wenn man einen Bakterienstamm erst mal hat, vermehrt er sich in einer primitiven Nährlösung, die unter anderem aus Fleisch, Geliermasse …« Frank registrierte, dass der Aufnahmeleiter die Hände über dem Kopf zusammenschlug. Offenbar war Eddi bereits zu sehr in die Details gegangen und man fürchtete sich vor Nachahmern. Nicole Westenfelder hüstelte und lächelte. »Dann haben diese Irren offenbar die Idee gehabt, sie könnten uns alle auslöschen?«

Eddi nickt ernst. »Genau. Die ersten Milzbrandversuche haben bereits stattgefunden. Mein Freund hier«, er winkte Trisa zu, die zusammen mit einem Sicherheitsbeamten Giovanni vor die Kamera schob, »mein Exfreund ist Frisör. Er verschenkte Duftproben eines Parfüms. Tatsächlich handelte es sich um winzige Milzbrandbomben. Die Duftpröbchen rochen enorm gut, die Leute waren wild auf die kleinen Plastikdinger.

Das erwies sich aber auch als relativ aufwändig, da die Bakterien nur in einer wässrigen Nährlösung überleben konnten, daher nicht in Alkohol, wie das bei Parfüm ja sonst üblich ist!« Frank schmunzelte beim Gedanken an die tolle Duftkreation der Sekte, die sogar Tina begeisterte. Vielleicht gab es den Duft tatsächlich irgendwann mal zu kaufen, unverseucht. Tina meldete sich.

»Ich hatte ein solches Parfüm. Es war ein kleines Plastikpröbchen, ich hatte aber nicht realisiert, dass das eine – alkoholfreie – Nährlösung mit Bakterien ist!« Sie schauderte.

»Letztendlich denke ich, ging es bei diesem ganzen Weltuntergangsszenario um Geld«, sagte Eddi, zu Tina gewandt. »Erst mussten die Mitglieder teure Kurse besuchen, dann ergänzend Bücher kaufen und schließlich mussten sie bei jeder Versammlung noch Geld spenden.«

»Ich habe die Pröbchen auch gesehen«, meldete sich Nougat. Frank ärgerte sich, da offenbar alle zu dieser Geschichte was zu sagen hatten, außer er selbst.

»Ich war in der Wohnung und im Salon des Frisörs.« Sie stockte, suchte nach einer Begründung für ihren Hausbesuch.

»Was genau hast du dort gesehen«, fragte Westenfelder. Offenbar hatte sie es aufgegeben, sich an die Zeitvorgabe zu halten. Oder vielleicht hatte der Sender realisiert, dass die ganze Nation zuguckte.

»Es lagen mindestens tausend solcher Dinger herum. In der Küche, im Flur und vorne im Frisör-Geschäft. Ich hatte allerdings keine Ahnung, dass es sich dabei um dieses Dings, dieses Milzbrand handelte.«

»Wie kam es, dass niemand davon wusste? Immerhin hat die Vereinigung einige Tausend Mitglieder, da wäre doch früher oder später etwas über die Milzbrand-Geschichte durchgesickert«, stellte Westenfelder fest.

»Natürlich waren nicht alle Mitglieder informiert, ich bin mir sicher, dass nur einige wenige davon wussten. Es waren nicht mehr als eine Handvoll. Die anderen hätten wohl heimlich dagegen geimpft werden sollen, beziehungsweise hätten in ihren Weltuntergangslagern Antibiotika genommen. Damit ist Milzbrand relativ einfach zu bekämpfen, im Anfangsstadium wenigstens. Bei euch hat es ja offenbar genutzt, nicht?« fragte Eddi. Trisa und Tina nickten. »Aber wie gesagt, die Pläne waren meiner Meinung nach nicht wirklich realisierbar.«

Westenfelder bekam wieder einen Zettel geschoben, diesmal schien sie es souveräner zu nehmen.

»Im Zoo kam es offenbar ebenfalls zu einigen Milzbrandfällen. Gut möglich, dass erst Tiere infiziert wurden. Noch ist unklar, ob es sich um den selben Bakterienstamm, wie ihn die Sekte benutzte, handelt«, sagte sie. Frank wusste nichts von diesen Fällen, vermied es aber, nachzufragen. Schien ganz so, als ob die vom Schweizer Fernsehen doch recherchieren konnten, auch wenn sie nicht wie sonst üblich Tage und Wochen zur Verfügung gestellt bekamen.

»Warum wurde die Menschheit schließlich nicht ausgerottet?« fragte Westenfelder. Frank überlegte sich, was er antworten sollte, aber Eddi war schneller.

»Die erste Ladung wirkte zu schwach, so dass nur Leute mit einem angeschlagenen Immunsystem erkrankten. Die zweite Ladung wäre absolut tödlich gewesen. So weit ist es Gott sei Dank nicht gekommen.« Die Kameras schwenkten zu Giovanni und zeigten ihn in Großaufnahme. Er sah genauso aus, wie man sich einen durchgeknallten

Irren vorstellte. Seine Augen schienen zu flackern, auf der Stirn klebte etwas Blut, sein Haar war zersaust.

»Er war einer der führenden Köpfe«, fuhr Eddi fort. »Aber bereits seit längerer Zeit gab es Probleme zwischen ihm und der Sektenleitung.« Eddi zeigte mit dem Finger auf Giovanni. »Er ist nämlich schwul. Und das passte den Sektenführern gar nicht in den Kram. Also durfte er seine Sexualität nicht mehr ausleben. Man tolerierte seine Homosexualität, akzeptierte sie aber nicht. Das war wohl ein weiterer Grund, weshalb er mich verließ. Und mir war es auch recht: Dieses ständige Versteckspiel … grauenhaft!«

»Ähm … ich höre gerade, dass wir noch einen Gast zu dieser unglaublichen Geschichte haben. Regie, habe ich das richtig verstanden?« Die Moderatorin drückte den Knopf fester ans Ohr. Länger als beim ersten Mal. Für einen Moment lang sah sie beinahe so aus wie Lieutenant Uhura vom Raumschiff Enterprise. Offenbar war sie jetzt wieder etwas aus dem Konzept geraten: Sie sah sich im Studio um und lauschte der Stimme, die ihr über den Sender im Ohr Anweisungen gab. Sie nickte schließlich und lächelte wieder in die Kamera. Frank ärgerte sich. Er kriegte dauernd Regieanweisungen bei *Frank live*, aber deswegen konnte er locker weiterquasseln. Das war wieder typisch Schweizer Fernsehen: Null Improvisationstalent. Ätzend.

»Soeben hat sich ein weiteres Sektenmitglied gemeldet. Bitte begrüßen sie mit mir Tibor Berger.«

Tina, Trisa, Eddi, Nougat und Frank guckten an der Kamera vorbei zur Studiotür, die geöffnet wurde. Offenbar wurde versucht, einen Showeffekt zu erzielen, wie das bei Talkshows üblich war. »Billiges Plagiat«, murmelte Frank. Ein dicker, schwitzender Mann wurde nach vorne begleitet. Offenbar hatte der Sender Tibor tatsächlich nicht eingeplant, sonst wäre er noch abgepudert worden. Westenfelder begrüßte ihn. »Guten Abend. Sie sind offenbar ein Mitglied, welches auf den Transit wartet?«

Tibor lächelte die Frau an und nestelte nervös an seiner Jacke.

»Der schwitzt ja wie ein Affe«, raunte Tina Frank ins Ohr. Er nickte amüsiert. »Wenn ich so dick wäre, würde ich auch eine Jacke anziehen, selbst bei Temperaturen wie diesen.« Die Kamera zeigte noch immer Tibor, ging jetzt ganz dicht heran. Seine Lippen bewegten sich. Zitterten. Würde er weinen? Dann endlich sagte Tibor zur Nachrichtensprecherin, die noch immer vergnügt lächelte: »Ich wurde getäuscht.« Er stand da und sagte es direkt in die Kamera. Beinahe tonlos. Dann drehte er sich zu Giovanni, der die Augen weit aufgerissen hatte und wiederholte denselben Satz. »Ich wurde getäuscht.« Tina war sich später sicher, dass er dabei geweint hatte.

Seine Hand kam ganz langsam aus der Tasche. Ließ allen genügend Zeit, die Waffe zu sehen. Aber niemand reagierte. Alle starrten wie gelähmt auf das kleine, schwarze Ding in Tibors Hand.

Darum also die Jacke, dachte Frank.
Er weint, dachte Tina.
So sieht eine Waffe aus, dachte Trisa.
Ich oder er?, dachte Eddi.
Mich kann es nicht nochmals treffen, dachte Nougat.
Mein Gott, dachte die Moderatorin.
Die Quoten, dachte der Redaktor.
Ich, dachte Giovanni.

Die Schüsse waren laut. Der Aufschrei aller im Studio Anwesenden kam mit Verzögerung. Eine Mischung aus Schreck und Ungläubigkeit.

Es tut gar nicht weh, dachte Giovanni.

Dieser Schmerz, dachte Eddi.

Eddi fasst sich an die Brust, genau so wie es die Filmstars taten. Aber der Schmerz kam nicht von der Brust. Danebengeschossen. Es wird alles gut, dachte er und brach zusammen, war bei vollem Bewusstsein. Neben ihm stand Giovanni. Er röchelte. Sperrte die Augen auf.

Plötzlich Maschinen um ihn herum. Ich liege auf dem Boden? Woher kommen die Maschinen? Wollen sie mich beatmen? Sind es medizinische Geräte? Wo sind die Krankenpfleger? Ich habe das Krankenauto gar nicht gehört. Keine Luft mehr. Identifiziert die medizinischen Geräte als Kameras, alle auf Sendung.

Man sah, wie sich Tina die Hände vor den Mund schlug, wie Trisa sich an dem kleinen Nachrichtenpult festklammerte, wie Frank bleich wurde, wie Westenfelders Lächeln entgleiste. Dann ein zweiter Schuss. Tibor im Bild, wie sein Kopf zerplatzte. Wie er die Pistole fallen ließ. Eddi. Am Bein getroffen. Und Blut. Überall Blut. Giovanni röchelte ein letztes Mal. Kein Schmerz im Gesicht. Kein Schock. Ein ganz normales Gesicht. Dann plötzlich Menschen vor den Kameras. Viele Menschen. Und noch mehr Blut. Dann reagierte die Sendeleitung endlich und schaltete »Bitte entschuldigen Sie die Störung« ein. Dann – wenige Sekunden später – einen Donald Duck-Zeichentrickfilm.

Epilog

»Das habt ihr toll gemacht«, sagte der Schwede und klopfte Frank auf die Schulter. Tina gab er die Hand. »Eine bessere Publicity kann ich mir nicht vorstellen. Wir sind nicht mehr einfach eine Talkshow. Bei uns passiert es.« Franks Chef machte eine kleine Pause, welche Tina nutzte, um sich zu verdrücken und was von »ich bin nochmals kurz in der Maske« murmelte. »Ich weiß, dass sie jetzt, kurz vor der Sendung wenig Zeit haben …« Frank versuchte, seinem Blick auszuweichen. Wenn der Schwede ihn siezte, gab es meistens Ärger.

»Leider bin ich noch nicht dazu gekommen, die Videoaufzeichnung ganz anzuschauen. Wie geht es diesem jungen Mann?« Frank konnte aus der Stimme des Schweden hören, dass es ihn wenig interessierte, dass er diese Frage nur als Überleitung für eine ganz andere Frage brauchte. Und Frank glaubt zu wissen, was noch kommen würde. Trotzdem richtete er seinen Blick auf und antwortete höflich: »Eddi ist mit einem Streifschuss davongekommen, Giovanni wurde von Tibor, dem Dicken erschossen und anschließend schoss sich Tibor in den Kopf.«

»Aha«, sagte der Schwede.

Frank guckte wieder auf den Boden.

»Frank, ich habe von ihren kleinen Eskapaden mit diesem äh – Eddi – gehört. Ich bin mir sicher, dass das nur ein Ausrutscher gewesen ist, oder? Sie möchten bestimmt nicht, dass die Boulevardpresse etwas über ihr Sexualleben schreibt, habe ich recht?« Frank nickte. »Gut. Dann wollen wir diese Sache subito vergessen. Sie hat nie stattgefunden. Sonst wäre ich wohl gezwungen, mich nach einem Ersatz für sie umzusehen!« Ohne eine Antwort abzuwarten, verabschiedete sich der Schwede mit einem zuckersüßen Lächeln. Frank war noch nervöser. Es war typisch, dass der Schwede seine Drohungen eine Minute vor Sendungsbeginn anbrachte. Wäre nur Tina hier gewesen, sie hätte bestimmt etwas Passendes zu sagen gewusst. Frank hörte den Countdown der Regie, holte tief Luft und öffnete die Showtür. Es war die erste *Frank live*-Sendung, die den Namen rechtfertigte.

»Hallo und herzlich willkommen zu *Frank live*!« Frank hätte beinahe *Frank live live* gesagt, da es die erste echte Live-Sendung war. Die Musik in den Studiolautsprechern wurde leiser, das Publikum klatschte brav. Wie üblich. Auch ohne Tina. Die saß wohl bereits mit den anderen im Gäste-Warteraum. Er machte seine Publikums-Beruhigungs-Handbewegung, doch diesmal hoffte er, dass der Applaus auch tatsächlich aufhören würde. Die Sendezeit würde bestimmt voll ausgefüllt werden.

»Beinahe wären wir alle gestorben, weil eine Weltuntergangssekte die Menschheit auslöschen wollte – und – die Messermörderin wurde geschnappt. Das sind unsere Themen, darüber wollen wir heute reden. Ich bitte jetzt alle meine Gäste, die maßgeblich an der Aufklärung dieser Ungeheuerlichkeiten beschäftigt waren, auf die Bühne.« Die Musik wurde eingespielt, weißer Nebel zischte aus den Düsen und sorgte für Spannung.

»Tina, meine Schwester!« Sie kam mit großen Schritten auf die Bühne. Setzte sich, fuhr mit der Hand durch ihre Haare, die sie offen trug.

Applaus.

»Trisa, Bordellbesitzerin und Hobby-Detektivin!« Trisa öffnete die Tür, lächelte und setzte sich auf den nächsten freien Stuhl, neben Tina.

Applaus.

»Nougat, Arbeitskollegin von Trisa und Messerstecher-Opfer.« Nougat sah glänzend aus, ging den Weg bis zu ihrem Platz elegant und graziös.

Applaus.

»Eddi, maßgeblich beteiligt an der Aufklärung der dubiosen Machenschaften der Sekte!« Franks Herz blieb beinahe stehen, als Eddi die Tür öffnete. Er strahlte, winkte kurz ins Publikum und setzte sich.

Applaus. Mehr als die anderen. Offenbar schien Eddi auch beim Publikum gut anzukommen.

Sein Streifschuss am Bein ließ ihn ein wenig hinken. Es hätte schlimmer kommen können.

Es war jetzt ganz still im Studio. Frank konnte die Nervosität seiner Gäste spüren. Normalerweise würde Gast um Gast im Fünfminutentakt kommen, diese Sendung war in jeder Beziehung anders. Obwohl sie alle Freunde geworden sind, hatte die Situation hier etwas sehr Künstliches. Fernsehen war künstlich. Tina auf dem ersten Stuhl. Die Füße auf den Boden gestemmt, die Hände im Schoss verschränkt. Eddi war wie immer. Ihn schien das hier nicht aus der Fassung zu bringen. Nougat wie eingefroren, den Mund etwas verkniffen. Trisa hatte ihre schönen Beine übereinander geschwungen, saß graziös im Plastikstuhl. Er hörte die Worte des Schwedens: Boulevardpresse, kleine Eskapaden. Ersatz.

Alles war wie immer. Und würde so bleiben.